U0163780

金 學 叢 書
第一輯 15

吳 敢
胡衍南 霍現俊
主編

後設現象：《金瓶梅》續書書寫研究

鄭淑梅 著

臺灣 學生書局 印行

鄭淑梅

出生於臺中，現為國立政治大學中國文學系博士生。關注明清社會文化思潮，並以明清世情小說、志怪筆記為主要研究對象。

本書簡介

本書以「後設」的角度來觀察《金瓶梅》續書，包括《續金瓶梅》、《隔簾花影》、《三續金瓶梅》以及《金屋夢》四部小說，它們雖是依據續衍對象而被歸諸同一續書群體之內，但卻各有其回應原著、前作以及時代的姿態，呈現出殊異的面貌，可說是分別以不同角度在閱讀、傳播與書寫過程中展開對創作、批評的思辯。書中各章針對此批橫跨有清一代的《金瓶梅》續書群進行個別的書寫現象考察，指出小說續書因立足於原著以及其他續書之上，在回應原著之餘，也與先前的續書有所聯繫，閱讀前作所可能產生的競爭／遊戲心態，使小說的字裡行間除了反映其時的審美效應之外，亦不時地顯露出高度自覺的創作、思考痕跡，具有「後設」的況味。

金學叢書第一輯序

　　2012 年 8 月下旬,「2012 臺灣《金瓶梅》國際學術研討會」在臺北、嘉義、臺南三個場地隆重召開,大會同時紀念辭世七年、在海峽兩岸備受推崇的「金學」先驅魏子雲先生。

　　會議落幕之後,臺灣學生書局基於「辨彰學術,考鏡源流」的信念,認為很有必要出版一套「金學叢書」,將 1980 年以後逐漸豐饒起來的《金瓶梅》成果一次性展現出來,於是找了胡衍南商議此事。經過協商,臺灣學生書局接受胡衍南的兩點提議:一,此一事業理當結合海峽兩岸金學專家共同合作;二,為了紀念魏子雲先生,擬將先生在臺灣學生書局的版權書,搭配臺灣近來年輕研究者的金學著作,先以「金學叢書」第一輯的名義出版,藉此向先生獻上敬禮。因此,2013 年 5 月「第九屆(五蓮)國際《金瓶梅》學術研討會」期間,霍現俊答應共襄盛舉;同年 7 月,胡衍南代表書局親赴徐州邀請吳敢加入主編行列,確定此套叢書由吳敢、胡衍南、霍現俊共同主編。在此同時,胡衍南開始蒐集「金學叢書」第一輯的書稿,吳敢、霍現俊逐步展開「金學叢書」第二輯的規劃。

　　不同於「金學叢書」第二輯,主要為中國大陸 20 世紀 80 年代以來學人的《金瓶梅》研究精選集;「金學叢書」第一輯由魏子雲領軍,麾下俱是臺灣年輕學者專書性質的金學著作。

　　第一輯共收十六本書,魏子雲在臺灣學生書局的三本版權書《小說金瓶梅》、《金瓶梅原貌探索》、《金瓶梅的幽隱探照》,足以反映魏先生治學精神及金學見解;且因魏先生後人及學生刻正籌劃全集出版,本套叢書也就不另外爭取先生其他專著。至於其他青年學者專書,如果把金學事業分成文獻研究、文本研究、文化研究,文獻研究明顯最為匱乏,事實上臺灣除魏子雲外興趣多不在作者、成書、版本等考證方面。叢書中具綜述性質的李梁淑《金瓶梅詮評史研究》權屈於此。

　　文本研究稍好,其中又以借鑒西方敘事學理論者較有成績,鄭媛元《金瓶梅敘事藝術》可視為全面性初探,林偉淑《金瓶梅的時間敘事與空間隱喻》意在時空設計的隱喻性格,李志宏《金瓶梅演義——儒學視野下的寓言闡釋》則從敘事特色探討「奇書體」小說之政治寄託。此外,關於《金瓶梅》詩詞的研究也頗見特色,傅想容《金瓶梅詞話

之詩詞研究》、林玉惠《崇禎本金瓶梅回首詩詞功能研究》，一從詞話本、一據崇禎本，前者宏大、後者聚焦，都是考慮詩詞在小說中的美學任務。另外值得一提的是曾鈺婷《說圖——崇禎本金瓶梅繡像研究》，近年頗時興圖像與文字的辯證研究，此書透過對小說插圖的考察，從側面支持了崇禎本《金瓶梅》的文人化、藝術化傾向。

　　至於文化研究，不可免地都集中在性／別文化研究，此係因為臺灣極易取得未經刪節的全本《金瓶梅》，加上 20 世紀 90 年代中期以來對性／別議題特別熱衷，故影響了《金瓶梅》文化研究的「挑食」傾向。收在叢書中的此類著作，有胡衍南《金瓶梅飲食男女》、李欣倫《金瓶梅之身體感知與性別辯證：一個漢字閱讀觀點的建構》、李曉萍《金瓶梅鞋腳情色與文化研究》、張金蘭《金瓶梅女性服飾文化研究》、沈心潔《金瓶梅詞話女性身體書寫析論——以西門慶妻妾為論述中心》等五部，其中胡衍南、張金蘭的著作都曾公開出版，此次收入叢書都作了程度不一的增添及修改。尤需一提的是，臺灣近年來對於小說的續書研究很感興趣，特別是從解構主義的後設立場重新反思續衍現象，嚴格來講也是一種文化批評，叢書中鄭淑梅《後設現象：金瓶梅續書書寫研究》即為個中佳作。

　　「金學叢書」第一輯集結近年臺灣青年學者《金瓶梅》研究專著，有意宣示「哲人日已遠，典型在宿昔」——魏子雲先生逝世十週年前夕，金學事業薪火相傳，生生不息。綜上所述，本輯作者胡衍南、李志宏的著述較為金學界所熟識，其他多數則嶄露頭角，正見其成長茁壯。相較之下，稍晚亦將問世之「金學叢書」第二輯，收入了徐朔方、甯宗一、劉輝、王汝梅、黃霖、吳敢、周中明、張遠芬、周鈞韜等三十一位名家之《金瓶梅》研究精選集，收錄純熟之作，代表當代金學最高成就，敬請拭目以待。

吳敢、胡衍南、霍現俊（胡衍南執筆）

2014 年元旦

後設現象：《金瓶梅》續書書寫研究

目　次

第一章　緒　論

第一節　問題意識的形成

《金瓶梅》第七十九回〈西門慶貪欲得病　吳月娘墓生產子〉[1]以西門慶的死亡為全書由熱至冷的轉折，讓原本赫赫揚揚的繁華家庭快速地走向樹倒猢猻散的落魄光景。「西門慶之死」揭示了人物聚散離合、世態人情冷暖、情欲的放縱耗損……同時，也預示小說即將走向終局。《金瓶梅》最後以百回告結，然而西門慶一家的故事卻仍方興未艾，一批以「西門慶死後……」作為敘事基點而展開書寫的續衍之作，正挾帶著高度自覺的創作、思考方式，呈現出有別於原著的另一番景象。

明清時期小說續書創作蔚為風潮，尤其是四大奇書這等象徵著中國長篇小說豐碑的名著，在成書後便隨之有依附而生的續作，形成一個相當特殊的文學現象。清人劉廷璣曾針對明末清初盛行小說續書的現象提出分析：

> 近來詞客稗官家，每見前人有書盛行於世，即襲其名著為後書副之，取其易行，竟成習套。有後以續前者，有後以證前者，甚有後與前絕不相類者，亦有狗尾續貂者。……總之，作書命意，創始者倍極精神；後此縱佳，自有崖岸，不獨不能加于其上，即求媲美並觀亦不可得；何況續以狗尾，自出下下耶。[2]

劉廷璣已察覺續書與原著之間大致上有著幾種續衍關係[3]，更重要的是，他明確地指出續

1　《金瓶梅》的版本眾多且流傳狀況極為複雜，大體上可分為「兩個系統，三種類型」，兩個系統是指萬曆年間梓行的《新刻金瓶梅詞話》（詞話本系統），以及明清之際出版的《新刻繡像批評金瓶梅》（繡像本系統，又稱崇禎本系統），而第三種類型是通行於清代的《張竹坡批評第一奇書金瓶梅》（簡稱張評本），是以繡像本系統為底本，又與繡像本不同，故稱為第三種類型。此處所引用第七十九回之回目乃是根據詞話本，至於繡像本與張評本的回目則是〈西門慶貪欲喪命　吳月娘喪偶生兒〉。

2　清劉廷璣撰：《在園雜志》（臺北：文海出版社，1973 年），卷 3，頁 146-148。

3　高玉海認為劉廷璣是不自覺地把續書和原著之間的關係作為劃分類別的標準：「『續前』即指接續原著的情節故事而續寫，『證前』只與原著的主旨互相發明而續寫，至於『與前絕不相類者』則指

書必然得面對無法超越原著的困境。此一看法乃是具現了大多數人審視續書的角度，人們習慣將續書與作為「典範」的原著相較，因此很容易將其比之為「狗尾」、「蛇足」，認為續書作者無疑是作繭自縛，即使小說的文采、內容頗有可觀，但終究無法擺脫原著的桎梏，再創另一「奇書」[4]。這種為續書進行價值評判的作法，實乃罔顧續書作者的原初立意，也忽略了續書創作時所處的文化生產狀態。續書原本就有著迥異於原著的自我脈絡化軌跡，讀者要嘗試回到當時「不那麼偉大的創作狀況」[5]來思量之，才得以發現這些寫在典範之後的續作各有其殊性，所呈現出來的書寫狀態值得細細涵咀。

既然當時的續書各有發展的文化語境與脈絡，所呈現的書寫狀態亦各有不同，那麼，《金瓶梅》續書較諸其他典範之作的續書，又有何特殊之處？要詳實回應此一問題則得由原著談起。眾所周知，《金瓶梅》是一部備受爭議的小說，四百餘年來它始終是處於欲顯終晦的特殊境地，主要原因在於小說中對「淫事」直言不諱的描摹，這不僅讓閱讀評賞《金瓶梅》成為一件嗫口裹足之事[6]，也使直接掛上「續」名的小說忙不迭地搶在讀者閱讀前先聲明自己並非以「淫書續淫詞」[7]，甚至還在內文標榜創作續書乃是為「消了前部《金瓶梅》亂世的淫心」[8]。而這種「閱讀淫書」又「續衍淫書」的雙重心理焦慮，反

那些只『襲其名』而實際內容與原著無關的『續書』。」高玉海撰：《明清小說續書研究》（北京：中國社會科學出版社，2004 年），頁 186。

[4] 明末清初將通俗小說稱為「奇書」，是指其內容奇特、思想超拔，此可謂是對小說的最高讚譽。就《金瓶梅》來說，早在明代崇禎年間，張無咎的《批評北宋三遂平妖傳·敘》便已稱其為「奇書」，清代的西湖釣叟、丁耀亢所言的「三大奇書」以及李漁所提的「四大奇書」，《金瓶梅》皆被列於其中。到了張竹坡評點《金瓶梅》時，他更逕稱之為「第一奇書」。由此可知《金瓶梅》的「正典」地位。參見譚帆撰：〈「奇書」與「才子書」——對明末清初小說史上一種文化現象的解讀〉，《華東師範大學學報（哲學社會科學版）》第 35 卷第 6 期（2003 年 11 月），頁 98-99。以及李梁淑撰：《金瓶梅詮評史研究——以萬曆到民初為範圍》（臺北：國立臺灣大學中國文學研究所博士論文，2003 年），頁 30-31。

[5] 高師桂惠指出續書創作乃是偏向斷片性的、拆解式的、邊緣的、也可能是游擊式的，是一種可能不那麼偉大的創作狀況。高桂惠撰：〈畫蛇添足：續集、接續、重寫以及中國小說 "Snakes' legs: sequels, continuations, rewritings, and Chinese fiction"〉，《中國文哲研究集刊·書評》第 27 期（2005 年 9 月），頁 321。

[6] 樂蘅軍清楚地說出《金瓶梅》所處的微妙境地，其言：「從袁中郎珍藏金瓶梅鈔本看，其實文人士夫讀之者亦多，但要進一步來研究評賞就使人嗫口裹足了。」樂蘅軍撰：《古典小說散論》，（臺北：大安出版社，2004 年），頁 113。

[7] 清訥音居士編輯：《三續金瓶梅·自序》，《古本小說集成》（上海：上海古籍出版社，1990 年），頁 3。

[8] 清丁耀亢撰，李增坡主編，張吉清校點：《丁耀亢全集》（鄭州：中州古籍出版社，1999 年），中冊，頁 525。

倒促使續書作者時時顧慮讀者的觀感，自覺地為創作原因提出說明，他們不只在序跋說明續寫動機，還不時地於小說中與讀者對話，或者預設讀者可能的反應與駁難，先行提出回應，形成作者與讀者高度互動的關係。

在中國古典小說敘事模式中有一種特殊的結構與風格，即是運用「說話」的虛擬情境，由說話人引生「現場情境」以達到寫實效果，並增添作品的說服性[9]，《金瓶梅》續書也沿用了此一敘事模式，只是小說中由作者自稱的「說話的」、「作書者」在召喚作為讀者的「看官」、「列公」時，於渲染、營造「似真」情境之外，更側重說服讀者理解續書與原著創作意旨的不同、解釋續書與原著可能存在的矛盾。續書作者儼然成為高度讀者化的作者，他們在創作的同時，不斷地假想「如果我是讀者……」，以此對「創作」進行思索，同時也將此呈現於小說的字裡行間，這無疑具有「後設」的況味。更進一步地說，續書的後設特質實具有兩個層次，其一是承襲自宋、元話本小說的特色而來，話本在語言表述上總是不斷地運用說話人的虛擬修辭策略，經常表露創作的痕跡，有著跟讀者對話的渴望，而明清時期白話小說承此餘緒，文中顯而易見的說話人聲音，無不帶有那麼一點後設的況味；其二，由於續書主要是針對原著而作，有一個明確且具體的對象作為參照，因而強化了續書的對話性，遂使小說的後設特質更為突顯。再加上《金瓶梅》自身又有其殊性，續書作者總是刻意且自覺地對此進行表述、評論，如此一來，又格外地突出此一特質，遂引發了筆者興起分析了解其書寫狀態的動機。

現存的《金瓶梅》續書有：《續金瓶梅》、《隔簾花影》、《三續金瓶梅》以及《金屋夢》，然而真正出自原創的僅有《續金瓶梅》和《三續金瓶梅》，其中《續金瓶梅》因內容反映了世代交替的混亂局面，被認為寄寓了作者的黍離之悲而備受矚目，《三續金瓶梅》則是在閱讀了原著、《續金瓶梅》與《隔簾花影》之後產生的續作，故自言己作為「三續」。至於《隔簾花影》與《金屋夢》乃是據《續金瓶梅》刪改而成，二書雖非原創，但此並無法動搖它們是有別於《續金瓶梅》且可獨立視為《金瓶梅》續書的事實，如同《金瓶梅》在版本上有兩個系統，三種類型，不可將其等同視之。這兩部於不同背景中造就的刪改本，呈現出大相逕庭的狀態，由於「刪改」本身就是一件饒富趣味之事，刪改者看似握有主導文字去留的最高權力，可是實際上真正的主宰力量是由刪改者與當時的政治風氣、讀者意識、文學傳播與批評……等文學及文化的因素互相交雜，彼此共同推動、形塑之，原著、續書與刪改本則於此過程中形成複雜的關係。由此看來，《金瓶梅》續書確有其特色，《金瓶梅》的殊性使得續書以多重且複雜的方式回應原著，

9　王德威撰：〈「說話」與中國白話小說敘事模式的關係〉，《想像中國的方法：歷史·小說·敘事》（北京：三聯書店，1998年），頁81-82。

既保有原著的框架，又有解構框架的意圖。此外，後起續書在回應原著之餘，也與先前的續書有所聯繫，閱讀前作所可能產生的競爭／遊戲心態，使後起的續書不斷地透過自我形塑、脈絡化，試圖區別於前作。總的看來，這些續書作者是以高度的創作意識打破了「創造」和「批評」的界限，在閱讀、傳播與書寫的過程中顯露後設思維。故本書將擬由「後設」的觀點作為主要思考線索，針對《金瓶梅》續書所呈現的書寫現象進行分析，先梳理續書所接受的原著版本與系統，察看此中的別異對其書寫所產生的影響，再進一步觀察這批各自夾處在原著、其他《金瓶梅》續作，甚至還有其他小說續作中的《金瓶梅》續書，是如何透過書寫來自我形塑、自我脈絡化？它們各以何種方式回應原著？又是否與當時流傳的世情小說有所對話？最後再回到當時的文學生產狀態，以一窺形成此書寫現象的社會、文化因素。

第二節　前人研究綜述

目前所見有關《金瓶梅》續書的研究，大部分是針對《續金瓶梅》展開討論，《隔簾花影》與《金屋夢》因是刪改自《續金瓶梅》，故通常是在論及《續金瓶梅》時順帶提及，或者是藉由比較二書增刪的內容，再對增刪後的結果進行價值優劣的評判。至於《三續金瓶梅》因發現較晚，且被一致地認為思想內容不足、藝術價值不高，僅有幾篇期刊論文針對此書內容作一簡要的介紹評價，仍乏較全面性的關注。

從張振國〈《金瓶梅》續書研究世紀回眸〉[10]一文即可大略得知目前大陸學者對《金瓶梅》續書的研究概況，大致說來，研究重點主要有四個方面：第一，關於《續金瓶梅》的作者生平及成書時間的研究；第二，《金瓶梅》續書的版本及文獻考察；第三，思想藝術的研究（主要是針對《續金瓶梅》）；第四，續書三種比較研究及其他續書的研究。前兩方面在經過前人篳路藍縷地開拓，今已取得一定成果，而張振國也將此部分的研究成果予以總結，雖然近年來仍有一些不同的意見[11]，但由於這並非本論題所涉及的重點，

10　張振國撰：〈《金瓶梅》續書研究世紀回眸〉，《徐州師範大學學報（哲學社會科學版）》第 30 卷第 5 期（2004 年 9 月），頁 24-28。

11　西元 2000 年中國第一歷史檔案館公佈了丁耀亢的受審記錄，他自陳《續金瓶梅》乃是其於順治十七年（西元 1660 年）獨自撰寫，此資料的出現可謂是解決了眾人對《續金瓶梅》成書年代的爭論。然而，之後還是有學者對此抱持懷疑態度，如歐陽健便根據丁耀亢的生平經歷，重新考察此書的成書年代，認為丁耀亢是在 1648 至 1654 年構思動筆，而丁耀亢的供詞，極有很可能是為了避免牽連刻工及為其作序者，故將此事獨攬，檔案亦不見得可信。歐陽健撰：〈《續金瓶梅》的成書年代〉，《齊魯學刊》第 5 期（2004 年），頁 119-123。另外，劉洪強則透過文獻記載和考證發現，指出「寧古塔流人」這一歷史現象最早發生於 1655 年，書中兩次出現「寧古塔流人」，可斷定此書動筆不

故不再贅述。後兩方面的研究因仍有許多可開展的空間，是研究者持續關注的部分，筆者以下將著重於此方面的檢討與回顧。至於臺灣學者對於《金瓶梅》續書的研究則是較晚近才展開，亦多集中於對《續金瓶梅》一書的探索，是在前人研究的基礎上繼續發展，有不同研究角度與側重面向，相當值得重視，下文也將逐一提出，加以介紹說明。

一、《續金瓶梅》相關研究

　　自《續金瓶梅》問世以來，就有一些針對此書發表的評論，除了小說序跋的稱許外[12]，清人劉廷璣、平步青也對此書有所評價，劉廷璣稱其「每回首載《太上感應篇》，道學不成道學，稗官不成稗官，且多背謬妄語，顛倒失倫，大傷風化，況有前本奇書壓卷，而妄思續之，亦不自揣之甚矣。」[13]；平步青則言：「借因果以論報應，蔓引佛經《感應篇》，可一噱也。……不知紫陽道人有何殺父之讎、亡國之恨，而為此貂尾也，徒為罪孽，自墮泥犁而已矣。」[14]，二人是將此書附屬在「奇書」《金瓶梅》之下審視，因而否定了續書的價值。到了二十世紀初，魯迅、鄭振鐸、茅盾等人也曾對《續金瓶梅》發表一些看法：魯迅認為《續金瓶梅》「主意殊單簡……以國家大事，穿插其間，又雜引佛典道經儒理，詳加解釋，動輒數百言，顧什九以《感應篇》為歸宿」[15]；鄭振鐸說其「文筆較《金瓶梅》為瑣屑，卻亦頗放恣，較高於他種『續書』之懨懨無生氣者，其中敘金人南下的行動，與漢人受苦之狀，頗似作者正在描寫他自己親身的經歷，卻甚足以動人。」[16]；茅盾則指出「全書命意與《玉嬌李》彷彿，亦述《金瓶梅》中人物轉生為男女，各食孽報。描寫性欲，亦仿《金瓶梅》，然而筆力不逮」[17]。他們雖已注意到此書，但多是在論及《金瓶梅》或中國小說史時，略而提及，尚未將之視為一個獨立的

會早於 1655 年，據此他又進一步透過書中所言的「罷官」來推斷《續金瓶梅》應當是於 1661 年寫成。而後其又考證、推論小說中的王推官即王漁洋，並從丁耀亢、王漁洋二人之交往來強化《續金瓶梅》成書於 1661 年之說。劉洪強撰：〈《續金瓶梅》成書年代新考〉，《東岳論叢》第 29 卷第 3 期（2008 年 5 月），頁 105-109。又見劉洪強撰：〈《續金瓶梅》中的「王推官」即「王漁洋」考——兼論《續金瓶梅》成書於 1661 年〉，《常熟理工學院學報（哲學社會科學）》第 7 期（2010 年 7 月），頁 61-64。以上關於成書年代的討論，各有其論點，然而仍缺乏直接有力的證據，故筆者此處仍是採用丁耀亢所自陳的成書年代。

12　西湖釣史、天隱道人以及愛日老人為此書作序，序中多為稱許之語。

13　同注 2，頁 147。

14　清平步青撰：《霞外攟屑》（臺北：世界書局，1963 年），卷 9，頁 663-664。

15　魯迅撰：《中國小說史略》，《魯迅全集》（北京：人民文學出版社，2005 年），卷 9，頁 191-192。

16　鄭振鐸撰：《文學大綱》（上海：上海書店，1992 年），頁 1145-1146。

17　茅盾撰：〈中國文學內的性欲描寫〉，收入茅盾等撰，張國星編《中國古代小說中的性描寫》（天津：百花文藝出版社，1993 年），頁 27。

研究個體而加以關注。

　　直到二十世紀八〇年代以來，才真正開啟了對《續金瓶梅》的研究，綜觀這些研究成果，除卻文獻及版本的考證外，其餘則可略分為「思想主旨探索」、「藝術成就分析」這兩個研究取徑，此中又以探討小說思想主旨的篇章為數最多，論者的意見通常不出愛國主義、民族意識、社會現實批判、宿命思想以及宗教勸懲……這幾個面向。時寶吉〈《續金瓶梅》所表現的愛國主義精華〉[18]、孫言誠〈論《續金瓶梅》的思想內容及其認識價值〉[19]便是強調小說具有強烈愛國主義、民族意識及民主精神的代表篇章。而主張小說旨在批判、反思現實的，則如王瑾〈《續金瓶梅》主旨解讀〉[20]一文，其較詳盡地分析了小說的三條情節線索，認為「宋金交兵」這一線索雖是作為故事的背景出現，但卻是作者創作的真正用意，展現作者的政治情緒以及對現實的關懷。周鈞韜、于潤琦〈丁耀亢與《續金瓶梅》〉[21]和聶春豔〈淺議《續金瓶梅》的歷史反思與社會現實批判〉[22]二文亦是持此一意見，以為作者是借宋金故事反映明末的社會現實，總結明代滅亡的歷史經驗，進行歷史反思和社會批判。另外，關注小說中的因果報應思維，指出其勸懲意旨的文章，主要有王汝梅〈丁耀亢的《續金瓶梅》創作及小說觀念〉[23]、黃霖《金瓶梅續書三種·前言》[24]和邵來文〈試論《續金瓶梅》的哲學機鋒〉[25]，王汝梅主要是透過觀察丁耀亢如何用宿命因果報應思想來解釋續書的人物，明白指出小說是以勸世為宗旨；黃霖同樣也認為作者是以因果報應、勸善懲惡的思想為主導，借此來描繪明清易代之際的亂世圖景；邵來文則是從不同角度思考，他提出小說以佛學和道學為形式，闡發了人本主義的內容，達到勸世目的，但是伴隨而來的因果輪迴觀念是為思想上的糟粕。此外，

[18] 時寶吉撰：〈《續金瓶梅》所表現的愛國主義精華〉，《殷都學刊》第 2 期（1991 年），頁 42-46，48。

[19] 孫言誠撰：〈論《續金瓶梅》的思想內容及其認識價值〉，《吉林大學社會科學學報》第 6 期（1991 年），頁 51-55。

[20] 王瑾撰：〈《續金瓶梅》主旨解讀〉，《廣州大學學報（社會科學版）》第 3 卷第 2 期（2004 年 2 月），頁 11-13。

[21] 周鈞韜、于潤琦撰：〈丁耀亢與《續金瓶梅》〉，《明清小說研究》第 1 期（1992 年），頁 144-156，95。

[22] 聶春豔撰：〈淺議《續金瓶梅》的歷史反思與社會現實批判〉，《時代文學》第 8 期（2008 年），頁 83-84。

[23] 王汝梅撰：〈丁耀亢的《續金瓶梅》創作及小說觀念〉，收入李增坡主編《丁耀亢研究——海峽兩岸丁耀亢學術研討會論文集》（鄭州：中州古籍出版社，1998 年），頁 157-163。

[24] 黃霖撰：〈前言〉，收入清丁耀亢撰，陸合、星月校點《金瓶梅續書三種》（濟南：齊魯書社，1988 年），上冊，頁 1-22。

[25] 邵來文撰：〈試論《續金瓶梅》的哲學機鋒〉，《中國文學研究》第 2 期（1997 年），頁 64-66。

羅德榮〈《續金瓶梅》主旨索解〉[26]一文，根據小說卷首〈太上感應篇陰陽無字解序〉，以所謂的「無字解」作為思考的出發點，認為《續金瓶梅》除了有透過作品直接表述的意旨，即揚善懲惡以及勸人棄惡從善，還有超越於言象之外的寄託，其主旨乃是多元、多層次的。總的說來，上述這些研究雖各有側重之處，但對其他面向亦略有提及，可知論者皆試圖以宏觀的角度探索全書，以期勾勒出《續金瓶梅》整體思維。

　　純粹分析小說的藝術手法、闡發其藝術成就的論文，有張振國〈《續金瓶梅》的人物塑造藝術〉[27]以及孔繁華〈兩副臭皮囊　一副醜嘴臉——《續金瓶梅》《金瓶梅》中應伯爵形象談〉[28]，張振國分析《續金瓶梅》於描述人物所使用的藝術手法，認為此書不僅是簡單的模仿，在承襲原著優秀的寫作手法時，亦有創造之處。孔繁華同樣也是對二書創作手法進行比較，只是特別將焦點鎖定於應伯爵這一幫閒人物身上。基本上，如上述二文這般針對小說藝術成就進行論述的文章較少，多數以此為研究進路的論文，通常是將之與內容主旨合併在一起討論，例如在前引的王汝梅一文中，其在論及小說思想時，還提到丁耀亢的小說觀，並由此指出《續金瓶梅》「不拘格套，自創體制，開綜合、多體制、寫現實、講學問、別善惡這種小說類型之先河」[29]；羅德榮〈別一種審美意趣的追求——《續金瓶梅》審美價值探求〉[30]指出「無字解」乃是一種審美意趣，而與之相應的即是《續金瓶梅》「散文體」的藝術表現形式，此種從藝術表現形式來探求小說主旨的觀點極具啟發性。另外，王君澤〈《續金瓶梅》主體精神探析〉[31]一文，是以「創作意識」為切入點，文中所謂的「主體精神」是一種獨立自主的創作精神，他認為因主觀意識的介入，方使小說中的社會批判意識明顯增強，並指出這與明清時期的小說觀念以及作者本身的經歷有所關係。文中又透過分析小說結構模式，指出《續金瓶梅》在承襲和借鑑原著的同時，也有所發展和創造。此篇論文的思考進路與筆者相當接近，皆嘗試以作者的創作意識著手觀察，只不過王君澤並未就此點深入論述，最終還是轉向對《續金瓶梅》結構、主旨的探求。

26　羅德榮撰：〈《續金瓶梅》主旨索解〉，《明清小說研究》第 3 期（1997 年），頁 165-174。

27　張振國撰：〈《續金瓶梅》的人物塑造藝術〉，《太原師範學院學報（社會科學版）》第 3 卷第 2 期（2004 年 6 月），頁 90-93。

28　孔繁華撰：〈兩副臭皮囊　一副醜嘴臉——《續金瓶梅》《金瓶梅》中應伯爵形象談〉，《丁耀亢研究——海峽兩岸丁耀亢學術研討會論文集》，頁 176-182。

29　同注 23，頁 162。

30　羅德榮撰：〈別一種審美意趣的追求——《續金瓶梅》審美價值探求〉，《南開學報》第 6 期（1997年），頁 36-42。

31　王君澤撰：〈《續金瓶梅》主體精神探析〉，《赤峰學院學報（漢文哲學社會科學版）》第 27 卷第 3 期（2006 年），頁 42-44。

　　以上論及的篇章皆是大陸地區單篇學術論文的研究成果，至於臺灣地區以《續金瓶梅》為研究對象的論文僅有：胡曉真〈《續金瓶梅》——丁耀亢閱讀《金瓶梅》〉[32]、高桂惠〈情慾變色：論丁耀亢《續金瓶梅》的德色問題〉[33]以及胡衍南〈「世情小說」大不同——論《續金瓶梅》對原書的悖離〉[34]。胡曉真是從丁耀亢的「閱讀」著眼，其認為《續金瓶梅》是丁耀亢對《金瓶梅》極度自覺的閱讀之呈現，並指出丁耀亢不斷藉由書寫來導引其後的讀者對原作與己作都有「正確的閱讀」，最後再觀察原著和續書的拉扯、思辯，理解其間的關係。高桂惠一文是從「德／色」的視角來分梳《續金瓶梅》的創作內涵，指出此書乃是具有多重文化性質的文本，並在解釋文本之際，深入了解文化背景對小說思維模式的影響，認為《續金瓶梅》為《金瓶梅》續書，其意在「褒貶」而非「勸懲」。至於胡衍南則是立足於《金瓶梅》善摹世情的特色上，以《續金瓶梅》為對象，從「世情」摹寫的純度，以及其「細節化」寫作的努力這兩方面進行分析，比較二書的寫作型態之差異，最後得出《續金瓶梅》因高舉道學宣傳的旗幟，而背離了《金瓶梅》那種細節化的描寫，是完全不同的寫作型態。大抵言之，上述三篇論文對於《續金瓶梅》的研究，皆不囿於小說思想主旨之探求，開展不同的切入點，尤其是胡曉真與高桂惠的文章，著眼於作者的創作意識與創作內涵深入分析，啟發了筆者對於續書作者的創作意識、續書的文化現象與書寫現象之探尋。

　　最後則是要提及與《續金瓶梅》有關之專著及學位論文，就專著而言，目前未有專門探討《續金瓶梅》的著作，僅有以小說續書作為研究對象的專著，它們皆是在宏觀的視野下將此書納入續書發展脈絡中進行概略性的介紹，如王旭川《中國小說續書研究》第八章〈末世人情世態的揭示：《金瓶梅》續書〉[35]以及高玉海《明清小說續書研究》[36]。王旭川一書是以獨立章節的分類方式，將不同小說的續書分章進行研究；高玉海則是依照明清小說續書的發展概況、接續方式、藝術得失、對原著的鑑賞價值和批評價值……等來論述，是以綜觀的方式來考察小說續書現象，對《續金瓶梅》的論述則散見於這些主題之下，因此較為片斷、零碎。

---

[32] 胡曉真撰：〈《續金瓶梅》——丁耀亢閱讀《金瓶梅》〉，《中外文學》第 23 卷第 10 期（1995 年 3 月），頁 84-101。

[33] 高桂惠撰：〈情慾變色：論丁耀亢《續金瓶梅》的德色問題〉，《追蹤躡跡——中國小說的文化闡釋》（臺北：大安出版社，2005 年），頁 177-213。

[34] 胡衍南撰：〈「世情小說」大不同——論《續金瓶梅》對原書的悖離〉，《淡江人文社會學刊》第 15 期（2003 年 6 月），頁 1-26。

[35] 王旭川撰：《中國小說續書研究》（上海：學林出版社，2004 年），頁 249-284。

[36] 高玉海撰：《明清小說續書研究》（北京：中國社會科學出版社，2004 年）。

　　雖然現今未有與之直接相關的研究專著，但學位論文的研究成果卻頗值得注意，如林雅鈴《《續金瓶梅》研究》[37]是較早的學位論文，從故事結構、寫作目的和小說反映的社會現象進行探究，為《續金瓶梅》一書提供基礎的研究；張振國《傷時勸世　生新續奇──《續金瓶梅》價值重估》[38]是將思想內容與藝術形式結合觀之，分析小說中塑造人物的手法和結構模式，指出當中透顯了作者強烈的主體精神，並對小說的價值進行重估。陳小林的《《續金瓶梅》研究》[39]則是檢討了前人的相關研究後，發現往昔研究中缺乏理論視角的深度介入，故借用巴赫汀的「對話」概念，透過三重對話關係的構想來梳理《續金瓶梅》的多聲現象及其間相互交織的關係，並兼論小說的敘事特點，最後再回到「世情」和「續書」兩個系列來考察此書於小說史上的定位。此種藉助理論的研究視角，幫助我們更進一步地了解小說的內容與特質，開展另一向度的研究，值得研究者參酌。至於段春旭《中國古代長篇小說續書研究》第四章〈人情小說的續書（二）〉[40]與王旭川的研究近似，同樣也是對《金瓶梅》續書進行整體的內容概述。另外，黃瓊慧《世變中的記憶與編寫──以丁耀亢（1599-1669）為例的考察》[41]亦論及《續金瓶梅》，但並非以續衍的角度切入，而是回歸丁耀亢的作品譜系來觀察其自傳性，提供了不同側面的補充。

二、續書三種比較與其他續書相關研究

(一)續書三種比較

　　由於《隔簾花影》和《金屋夢》是《續金瓶梅》的刪改本，因此研究者通常是將三本續書並置而觀，主要以《續金瓶梅》為討論的主體，進而比較二書的刪改內容，或者說明刪改的原因。在筆者目前所見的資料中，張振國《傷時勸世　生新續奇──《續金瓶梅》價值重估》第五章〈《金瓶梅》續書三種比較〉[42]，是較詳盡、細緻地對兩部刪改本所更易的內容進行分析，不過由於此乃是附屬於《續金瓶梅》之後的討論，故主要焦點還是集中在《續金瓶梅》一書，對刪改本也僅止於內容的比較而欠缺更深入的闡釋，

37　林雅鈴撰：《《續金瓶梅》研究》（臺中：私立東海大學中國文學研究所碩士班，1992 年）。

38　張振國撰：《傷時勸世　生新續奇──《續金瓶梅》價值重估》（濟南：山東師範大學中國古代文學研究所碩士論文，2003 年）。

39　陳小林撰：《《續金瓶梅》研究》（長沙：湖南師範大學中國古代文學研究所碩士論文，2005 年）。

40　段春旭：《中國古代長篇小說續書研究》（福州：福建師範大學中國古代文學研究所博士論文，2004 年），頁 43-58。

41　黃瓊慧撰：《世變中的記憶與編寫──以丁耀亢（1599-1669）為例的考察》（桃園：國立中央大學中國文學研究所碩士論文，2009 年）。

42　同注 38，頁 42-45。

且多是據侯寶源〈《金瓶梅》續書三種比較談〉[43]一文而來。其他單篇論文有：朱眉叔〈論《續金瓶梅》及其刪改本《隔簾花影》和《金屋夢》〉[44]、劉淦〈中國古代小說史上的連體兒——淺談——《金瓶梅續書三種》的成因及其他〉[45]、侯寶源〈《金瓶梅》續書三種比較談〉，這三篇論文同樣也是對三本續書進行比較，但內容更為簡要。朱眉叔先是針對《續金瓶梅》一書作較全面的檢討，包括丁耀亢生平及著作、創作意圖、藝術成就、思想內容、民間風俗……等方面，之後才評析了刪改本的功過；劉淦則是聚焦於造就三部小說共生一體的原因，指出此是統治者高壓政策下所作育的怪胎，文中著重在闡發《續金瓶梅》的社會意義，對於刪改本討論不多。侯寶源雖也是比較三本續書的情節安排、內容增減，但是他注意到作者論述的角度，並觀察三本書的閱讀效果，最後則對三者進行藝術價值高低的判斷，認為《金屋夢》最好，《續金瓶梅》次之，《隔簾花影》拖後。

(二)其他續書相關研究

除卻續書三種的比較研究外，單論兩部刪改本的篇章僅有余嘉華〈評《金瓶梅》的續書《隔簾花影》〉[46]、田可文〈《金屋夢》中的明清佛道音樂〉[47]和郭浩帆〈《金瓶梅》續書《金屋夢》若干問題考述〉[48]。余嘉華是透過比較的方式，對《隔簾花影》進行初步的評判和研究，至於田可文更是直言他之所以使用《金屋夢》作為文本，是因為沒有《續金瓶梅》一書，所以文中並沒有闡發《金屋夢》的特殊性，只是將之視為代替《續金瓶梅》的文本，以此來討論其中的佛、道音樂資料。唯有郭浩帆直指《金屋夢》一書尚欠充分和深入的研究，其文著眼於《金屋夢》的時代特色，同時也論析了刪改者孫靜庵的生平事蹟與作品，認為孫靜庵作為晚清革命志士的身分與《金屋夢》的民族思想內容不無關係。

---

[43] 侯寶源撰：〈《金瓶梅》續書三種比較談〉，《聊城師範學院學報（哲學社會科學版）》第 4 期（1998年），頁 94-97。

[44] 朱眉叔撰：〈論《續金瓶梅》及其刪改本《隔簾花影》和《金屋夢》〉，《明清小說論叢》（瀋陽：春風文藝出版社，1984 年），第 1 輯，頁 250-279。

[45] 劉淦撰：〈中國古代小說史上的連體兒——淺談——《金瓶梅續書三種》的成因及其他〉，《聊城師範學院學報（哲學社會科學版）》第 2 期（1995 年），頁 107-108。

[46] 余嘉華撰：〈評《金瓶梅》的續書《隔簾花影》〉，《湖北師範學院學報（哲學社會科學版））》第 4 期（1989 年），頁 58-65。

[47] 田可文撰：〈《金屋夢》中的明清佛道音樂〉，《黃鐘（武漢音樂學院學報）》第 2 期（1996 年），頁 7-10。

[48] 郭浩帆撰：〈《金瓶梅》續書《金屋夢》若干問題考述〉，《廈門教育學院學報》第 13 卷第 2 期（2011 年 5 月），頁 25-30。

　　而有關《三續金瓶梅》之研究，通常是在論及《金瓶梅》續書時略微提及，多半僅止於內容簡介而已。較早對《三續金瓶梅》展開研究的論文有魯歌、馬征的〈讀《三續金瓶梅》〉[49]和葛邦祥〈且看海內孤本《三續金瓶梅》之真偽〉[50]，前者略微介紹其內容，並肯定此書獨特的價值和意義，至於後者則是從版本方面進行簡單的討論。此後的論文皆認為此書的糟粕多於精華，因此評價往往不高，如張春山〈《小奇酸志》是否「上乘」之作？〉[51]即大力地抨擊《小奇酸志》並非佳作，論者從三方面來討論：其一是書中大肆宣揚淫穢的色情，是為一部淫書；其二指出大部分的情節皆模仿自原作，甚至還有不少情節是因襲自《紅樓夢》，無獨創之處；其三是認為小說既以因果報應貫串全書，理當給予每個人適當的因果安排，然而卻明顯地過於寬容西門慶和龐春梅，實乃不合情理與邏輯。段春旭〈論《金瓶梅》續書——《三續金瓶梅》〉[52]則針對此書進行下列幾個面向的討論：第一，具有針砭時弊的現實主義精神，指出此書乃完成於嘉靖末道光元年，中國正處於歷史遽變的前夕，小說中對於藍太監掌控大權的描寫，正反映了清朝吏治的腐敗；第二，揭示了封建婚姻制度對女性的摧殘，例如小說中描寫黃羞花被王三官以一紙休書逐出家門，無所倚恃之情狀，以及西門慶一妻五妾之間的嫉妒與爭寵，呈現出傳統社會中女性地位的卑微與無奈。最後，論者認為小說中不可避免有一些封建迷信色彩、傳統道德觀念、因果報應、消極出世思想之類的糟粕。由此看來，上述這些研究都未能深入當時的文化背景、文學發展脈絡，因此只能停留在以思想內容和藝術價值來評斷《三續金瓶梅》優劣的狀況。比較值得注意的是，胡衍南〈論《三續金瓶梅》的世情書寫與俗雅定位〉[53]一文跳脫歷來著眼於《三續金瓶梅》果報思想的議題，是從小說中的世情描寫進而論及此書於明清世情小說之定位，是為較別開生面的觀察。

　　綜觀《金瓶梅》續書的相關研究，無論是文獻考察，還是思想內容、藝術成就的探索，均已積累了一定的成果，只不過多數的研究仍僅是針對其中一部續書來討論，缺少

49　魯歌、馬征撰：〈讀《三續金瓶梅》〉，《徐州師範學院學報（哲學社會科學版）》第 1 期（1992年），頁 37-38。

50　葛邦祥撰：〈且看海內孤本《三續金瓶梅》之真偽〉，《淮陰師專學報（哲學社會科學版）》第 3期（1992 年），頁 36。

51　張春山撰：〈《小奇酸志》是否「上乘」之作？〉，《運城高等專科學校學報》第 17 卷第 2 期（1999年 4 月），頁 58-60。

52　段春旭撰：〈論《金瓶梅》續書——《三續金瓶梅》〉，《遼寧行政學院學報》第 9 卷第 7 期（2007年），頁 234-235。

53　胡衍南撰：〈論《三續金瓶梅》的世情書寫與俗雅定位〉，《淡江中文學報》第 23 期（2010 年 12月），頁 27-54。

整體性的觀察[54]，也因而忽略了這批《金瓶梅》續書彼此間相互交涉卻又各自獨立的特質，是以筆者嘗試借用理論的思維，有機地縮結自清初以來的《金瓶梅》續書，以完足前人研究中空白及漏落之處。

第三節　研究範圍與進路

一、研究範圍

　　學界對於小說續書內涵的界定向來有所分歧[55]，不過無論這些研究者所界定的續書範圍是廣是狹，小說的續書基本內涵為「對原著的人物和情節的接續、演繹」，這一點乃是無庸置疑的。而本書即依此原則找出四部符合「《金瓶梅》續書」的作品，作為主要探討對象，分別是：《續金瓶梅》[56]、《隔簾花影》[57]、《三續金瓶梅》[58]以及《金屋

[54] 大陸地區學位論文近年亦有針對《金瓶梅》續書的研究，如陳智喻撰：《《金瓶梅》續書研究》（石家莊：河北師範大學中國古代文學研究所碩士論文，2010 年）。論者雖已觀察到續書與原著之間的聯繫，以及續書的思想性與時代性，但卻將刪改本《隔簾花影》、《金屋夢》與《續金瓶梅》等同視之，忽略二書自身的意義。

[55] 林辰是較早對小說續書進行義界的學者，他認為廣的續書有兩層意思：「一是重寫前書，使之提高；一是學步名著，摹擬仿作」；而狹義的續書則有兩種類型：「一種類型是就前書中的有懸念的人物或情節，進行引申或演義……另一種類型則是對前書立之反動（全部的或局部的），意不在續，而在於抒發與前書相反的觀點。」林辰撰：《明末清初小說述錄》（瀋陽：春風文藝出版社，1988 年），頁 118-119。李忠昌則是認為「所謂續書，就是以原書的某些情節、人物為緣起，進而沿原書脈絡作出種種不同的延伸擴展，從而創作出與原書既相關聯又不相同的小說。」此乃是偏向狹義的續書定義。李忠昌撰：《古代小說續書漫話》（瀋陽：遼寧教育出版社，1992 年），頁 15。高玉海同樣也提出要看續書是否與原著的人物具有某種聯繫，故事情節是否對原著有所發展和補充，以此作為判斷續書的標準。同注 36，頁 5。至於王旭川則是全面擴大了小說續書的內涵，認為續書不應只限制在原作人物、情節進行續寫的白話章回小說，也應把「表現為在敘事的題材、文體類型、風格等的對典範的延續」的文言小說一併納入進行思考。同注 35，頁 3-5。

[56] 《續金瓶梅》十二卷六十四回，作者丁耀亢，成書於順治十七年（西元 1660 年）。

[57] 《隔簾花影》四十八回，全名為《新鐫古本批評三世報隔簾花影》，不題撰人，卷首有四橋居士序，孫楷第認為四橋居士即是著者，柳存仁則懷疑其與《快心編》所題的評點者四橋居士時代大致相同，有可能為同一人。參見孫楷第撰：《中國通俗小說書目（新訂本）》（臺北：木鐸出版社，1983 年），頁 134。以及柳存仁編：《倫敦所見中國小說書目提要》（臺北：鳳凰出版社，1974 年），頁 313。

[58] 《三續金瓶梅》八卷四十回，亦名《小補奇酸誌》。題「訥音居士編輯」，道光元年（西元 1820 至 1821 年）抄本，是為海內僅見之孤本。

夢》[59]。

　　究其實，在《金瓶梅》流傳後，隨即有續作出現，現所知最早的續書應是《玉嬌李》，然而此書早已亡佚，無從進行考察，只能根據前人的文獻紀錄略知其面貌[60]。沈德符《萬曆野獲編》中記載：

> 中郎又云：「尚有名《玉嬌李》者，亦出此名士手，與前書各設報應因果。武大後世化為淫夫，上烝下報；潘金蓮亦作河間婦，終以極刑；西門慶則一駿憨男子，坐視妻妾外遇，以見輪迴不爽。」中郎亦耳剽，未之見也。去年抵輦下，從邱工部六區（志充）得寓目焉，僅首卷耳，則穢黷百端，背倫滅理，幾不忍讀。其帝則稱「完顏大定」，而貴溪分宜相構，亦暗寓焉。至嘉靖辛丑庶常諸公，則直書姓名，尤可駭怪，因棄置不復再展，然筆鋒恣橫酣暢，似尤勝《金瓶梅》。邱旋出守去，此書不知落何所。[61]

由此可知，《玉嬌李》是接續在《金瓶梅》一百回之後續寫，小說是以敘述原著人物轉世為主軸，最後以因果報應作結。在《玉嬌李》之後所出現的續書，除了《金屋夢》是在清末民初刪改而成，於民國四年（西元 1915 年）刊載在《鶯花雜誌》創刊號上，其餘三部皆可確認是有清一代的作品。此外，在宣統二年（西元 1910 年）另有一部名為《新金瓶梅》[62]的作品，作者署名慧珠女士，編輯者是天綉樓侍史，由上海新新小說社刊行出版，共四冊十六回，小說借用《金瓶梅》中西門慶、吳月娘、玳安等人物，寫西門慶家財萬貫，享有高官厚祿，為人正直且秉性善良，而其妻吳月娘卻以文明、自由為名，和小廝玳安縱淫。在西門慶得知後與其吵翻，兩人各立門戶，吳月娘便和玳安前往上海大千世界尋歡作樂。此書雖是沿襲原著的人物，然而卻將時空背景移植至當代，藉由這種時空背景錯置以反映新時代的特殊現象。從小說的內容看來，此書可謂是承襲自吳趼人《新石頭記》所掀起的一陣舊作翻新之風潮，後被稱之為「擬舊小說」[63]或「翻新小說」[64]，

59　《金屋夢》六十回，署名編輯者夢筆生，民國五年由鶯花雜誌社抽印成單行本出版。

60　如劉洪強認為丁耀亢創作《續金瓶梅》時應有受到《玉嬌李》之影響，其就《續金瓶梅》之人物命名、情節、人物命運等方面，結合目前所見提及《玉嬌李》的幾則文獻材料，勾勒《玉嬌李》之可能面貌。劉洪強撰：〈《玉嬌李》與《續金瓶梅》關係考論〉，《南京理工大學學報（社會科學版）》第 23 卷第 2 期（2010 年 4 月），頁 59-65。

61　明沈德符：《萬曆野獲編》（北京：中華書局，1997 年），卷 25，頁 652。

62　《新金瓶梅》書前有小序、圖和簡短評語，有宣統二年上海新新小說社刊本，現藏於吉林省圖書館。

63　最早觀察到此一現象的阿英將之稱為「擬舊小說」，說明其「大都是襲用舊的書名與人物名，而寫新的事。」並且嚴厲地指出「此類書之始作俑者，大約也是吳趼人，然窺其內容，實無一足觀者。」阿英撰：《晚清小說史》，《阿英全集》（合肥：安徽教育出版社，2003 年），第 8 卷，頁 188-189。

是屬於另一個層面的續書類型，可以獨立視之，故不將其納入研究範圍。

二、研究進路

本書嘗試以「後設」的角度，針對《金瓶梅》續書的書寫現象進行考察，以期開展出有別於以往側重於小說思想內容的研究。文中所援引的「後設」概念，可由詞根「meta-」的意涵談起，臺灣學界普遍將之譯為「後設」，強調同質性之後的自我指涉，大陸則多將之譯為「元」，側重於元初的本質與超越，有論者根據辭典中對「meta」的解釋，指出此詞具有濃厚的哲學意涵，並且有兩層意義值得關注：第一，具有超越的、形上的屬性；第二，具體特質是：對以它為前綴的任何對象之研究，如後設小說（metafiction）亦即是將「虛構小說」（fiction）作為討論對象[65]。可以說，「後設」基本意涵是指超越或是在一個較高的層次之上。由「後設」的原初概念出發來審視《金瓶梅》續書，可以發現其無疑具有後設的特質，因為續書就是建立「在原著之上」，或說是「在原著之後」所進行的創作，以後起之姿回應原著，帶有評論的意味。此外，《金瓶梅》續書的書寫中所呈現的創作意識、讀者意識、批評意識……亦在在透顯作者已經開始通過小說創作的實踐來思索小說創作的本質。

然而，要特別指出，此一觀察角度並非意謂可以將《金瓶梅》續書等同於「後設小說」，畢竟「後設小說」的提出是與後現代主義思潮密切相關，它是後現代情境的具體呈現，故後設小說通常是用來指稱那些以揭露「文學虛構」本質為核心職志的當代小說，我們可以透過帕特里莎・渥厄的定義更明晰「後設小說」的概念：

> 後設的最小公分母（共同之處）同時在創造小說，並且對小說的創造進行陳述。這兩個過程被合成於一種正常的張力，它打破了「創造」和「批評」的界限，並且把這兩者融合到「闡釋」和「解構」的概念中。[66]

若不考慮後現代的情境，而將後設小說的定義比附至中國古典小說中，確實可發現某些

---

64 繼阿英於 1995 年提出「擬舊小說」的說法之後，1997 年歐陽健重新賦予此類小說新名，稱為「翻新小說」，他認為其有翻案、翻新之意圖，因此一改「擬舊小說」帶有的貶抑態度，給予較高的評價與稱許。歐陽健撰：《晚清小說史》（杭州：浙江古籍出版社，1997 年），頁 143、335。

65 從「後設」到「後設小說」的「名」、「實」問題，可參見黃清順的《臺灣小說的後設之路——「後設小說」的理論建構與在臺發展》「第二章」。黃清順撰：《臺灣小說的後設之路——「後設小說」的理論建構與在臺發展》（臺北：國立臺灣師範大學國文研究所碩士論文，2003 年），頁 9-11。

66 帕特里莎・渥厄（Patricia Waugh）撰，錢競、劉雁濱譯：《後設小說：自我意識小說的理論與實踐》（臺北：駱駝出版社，1995 年），頁 7。

小說具有後設小說的特質，如《紅樓夢》於第一回中，作者曹雪芹直接表示他要寫一部自傳性小說的企圖，這即是「對小說的創造進行陳述」，此外，他又經常於述說故事的同時，提醒讀者「解構」的筆法，與之進行對話，所展現的特點與後設小說並無二致。然而，我們卻不能否認作者可能不具有「自我指涉小說創作過程」的意識，只是將之視為一種形式技巧的運用，不像當代的後設小說是在後現代思潮下而產生變革小說形式，以及揭示小說虛構特質的意圖指向，陶東風指出：

> 傳統小說中敘述人或作者的露面的目的，根本不是為了暴露故事敘述的虛構性（至少在主觀上如此），而恰恰是為了增加故事的真實性。因而像巴爾札克這樣的現實主義小說家常常在序中反覆申言自己的小說所敘述的故事是實有其事的，儘管客觀上作者與敘述人的出現總不免使敘述行為露出馬腳。關鍵是：傳統作家並不曾認識到暴露行為必然會導致對真實性的消解，因而也就沒有這方面的顧慮。他們的現身說法或則是為了強化真實性（主觀上），叫你相信他的故事，更主要是為了教育你。因而傳統小說的介入性話語常常就是道德說教性的（這在中國古典小說中隨處可見）。[67]

中國古典小說中慣常使用的虛擬修辭策略，是透過說話人現身，營造與讀者直接溝通的情境，在這種「似真」的敘述方式中，寄予作者的論點，使讀者心悅誠服地領受。可以說，小說中運用後設手法，乃是在調適傳統敘事模式中逐漸形成，我們不能肯定作者就是自覺地進行虛構指涉，也不能隨意將使用後設手法的古典小說直接與後設小說劃上等號。

筆者以為小說續書的書寫狀態原本就是極為特殊的，它雖承襲了「說話」的敘事模式，但因續書必須在原著之後進行書寫，從作者下筆延續原著中的情節與人物開始，就已經暴露了故事的虛構性，因此在續書中敘述人現身通常是直接闡述創作者的其他理念，扭轉了先讓讀者相信故事的真實性，再說服讀者信服其觀點的方式。就《金瓶梅》續書而言，不管是原創還是增刪後的本子，皆建立在作者早已自知故事的虛構性，由是使其產生高度的創作意識，開展出有別於傳統敘事的書寫模式。是以，本文不是將當代的「後設小說」概念來分析《金瓶梅》續書的書寫現象，而是以代表後起的、具有高度創作與批評意識的「後設」角度來觀察《金瓶梅》續書。換言之，是採取較為廣泛的後設觀念，試圖透過分析小說的後設特質，知悉中國小說於發展過程中，如何不斷地透過自我形塑而造就出獨特書寫現象，並且觀察續書如何通過自創的意義世界來闡釋原著，

67　陶東風撰：《文體演變及其文化意味》（昆明：雲南人民出版社，1999 年），頁 194。

藉此更全面地了解小說續書這一文學現象，明晰其文本特質。

　　此外，梳理《金瓶梅》的傳播情形與出版狀況亦是筆者據以思考續書書寫現象的基礎。自明末清初丁耀亢所撰寫的《續金瓶梅》出現，直到民國初年出版的《金屋夢》為止，這批續書的創作時間橫跨了有清一代，而原著《金瓶梅》的版本在此期間內亦未曾停止流傳移易。大致說來，《金瓶梅》最早是以手抄本的形式傳抄，而後刻本出現，開始進入商業文化的網絡，繼之而來還有明末的繡像本與清代的張竹坡評本，它們雖皆名之為《金瓶梅》，卻各有別異的風格、意旨和特色：詞話本俚俗、繡像本文雅；詞話本偏向儒家的教化色彩、繡像本則富有佛教精神[68]，另外，繡像本與張評本中還挾帶著讀者閱讀蹤跡的評點……這些特點在在都顯示出《金瓶梅》版本間的歧異。續書作者因創作時間的先後差異，接受、閱讀了不同的《金瓶梅》文本[69]，其思想與創作亦將或多或少地反映出不同版本的原著中獨有的觀點。因此本書除了以「後設」角度為研究基點外，於探討續書的書寫現象時，將盡可能釐清作者所接受的《金瓶梅》之版本，分析其對續書書寫產生的影響，探求文本之間的因應關係。

---

[68] 有關《金瓶梅》詞話本與繡像本的差異，是近年來學者頗為注意的研究議題，只不過多數仍是著力於分析文本，較少涉及二者於思想主旨的差異。而田曉菲則曾對二系統的意旨提出了精闢的看法，其言：「詞話本偏向於儒家『文以載道』的教化思想：在這一思想框架中，《金瓶梅》的故事被當做一個典型的道德寓言，警告世人貪淫與貪財的惡果；而繡像本所強調的，則是塵世萬物之痛苦與空虛，並在這種富有佛教精神的思想背景之下，喚醒讀者對生命──生與死本身的反省，從而對自己、對自己的同類，產生同情與慈悲。」田曉菲撰：《秋水堂論金瓶梅·前言》（天津：天津人民出版社，2008年），頁6。

[69] 由丁耀亢在〈《續金瓶梅後集》凡例〉中說：「小說類詩詞，前集名為《詞話》」便可得知，他是據《金瓶梅詞話》而寫的續書。《隔簾花影》與《金屋夢》因非原創，是為《續金瓶梅》的刪改本，故其與原著版本系統的關係較為幽微，難以探尋。至於《三續金瓶梅》則可從書前的〈自序〉與〈小引〉，發現其中有許多觀念的引用皆是出自張竹坡的評點理論，且此書又名為《小補奇酸誌》，也同樣是源自於張竹坡之說法，可見作者所接受的正是通行於清代的張評本。

第二章 從讀書、著書至注書：
《續金瓶梅》的創作思維與文類意識

　　順治十七年（西元 1660 年），《續金瓶梅》脫稿成書，是丁耀亢身歷明清易代之變，心境歷經幾番曲折縈紆，於年過甲子之際所完成的小說創作。此書可謂匯聚其平生所歷、所思、所讀、所創之精者，揉雜三教思想，蘊蓄豐贍意旨。南海愛日老人所題〈序〉中言道：「紫陽道人以十善菩薩心，別三界苦輪海，隱實施權，遮惡持善，從乳出酥，以楔出梢，正復不減讀《大智度論》，何曾是小說家言也！」[1]，天隱道人則曰：「《續金瓶梅》，古今未有之奇書也，正書也，大書也。」[2]二者皆直指《續金瓶梅》並非街談巷語的稗官「小」說，有其「奇」、「正」、「大」之處，得以「翊聖而贊經」[3]，點出《續金瓶梅》在內容上別具一格的殊性。

　　小說第一回篇首先是引用了《大方廣佛華嚴經》及呂真人《贈劉處士歌》，而後隨之開宗明義指出：「這篇詞是要說佛、說道、說理學，先從因果說起，因果無憑，又從《金瓶梅》說起。」[4]突顯這一段接續《金瓶梅》說起的故事，不僅是「續衍」原著情節而已，還試圖從中寄寓佛、道、理學的思想，其為文的實大有深意：

　　　　我今為眾生說法，因這佛經上說的因果輪迴，遵著當今聖上頒行的《勸善錄》、

1　清南海愛日老人撰：〈序〉，收入清丁耀亢撰，李增坡主編，張清吉校點《丁耀亢全集》（鄭州：中州古籍出版社，1999 年），中冊，頁 2。

2　〈《續金瓶梅》序〉云：「天隱道人曰：《續金瓶梅》，古今未有之奇書也，正書也，大書也。大海蜃樓，空中梵閣，畫影無形，繫風無跡，齊諧志怪，莊列論理，借海棗之談而作菩提之語，奇莫奇於此。唐人紀事則藻繪風雲，元人說海則借談神鬼，雖快塵談，無裨風化。此則假飲食、男女講陰陽之報復，因鄙夫邪婦推世運之生化，滌淫穢而入蓮界，拔貪欲以清涼。不墮狐禪，不落理障，袞賢鞭佞，崇節誅淫，上翊天道，下闡王章，正莫正於此。以漆園之幻想，闡乾竺之真宗；本曼倩之詼諧，為談天之炙轂。齊煙九點，須彌一芥，元會恣其筆底，鬼神沒於毫端，大莫大於此矣！」
清天隱道人撰：〈《續金瓶梅》序〉，《丁耀亢全集》，中冊，頁 1。

3　清西湖釣史撰：〈《續金瓶梅集》序〉，《丁耀亢全集》，中冊，頁 3。

4　清丁耀亢撰：《續金瓶梅》，《丁耀亢全集》，中冊，頁 2。以順治本為底本，內文引用皆據此書，不另加注，僅於文後標明回數與頁碼。

《感應篇》，都是戒人為惡，勸人為善，就著這部《金瓶梅》講出陰曹報應、現世輪迴。緊接這一百回編起，使這看書的人知道陽有王法，陰有鬼神，這西門大官人不是好學的，殺一命還一命，淫一色報一色，騙一債還一債。受用不多，苦惱悔恨，幾世的日子冤報不了。又說些陰陽治亂，俱是眾生造來大劫，忠臣義士、財色不迷的好人，天曹降福，使人好學。借此引人獻出良心，把那淫膽貪謀一場冰冷，使他如雪入洪爐，不點自化。豈不是講道學的機鋒，說佛法的喝棒，講《感應篇》的注解？今把做書大意說明閣起，且講正傳。（第一回，頁3）

丁耀亢清楚地表明勸世說法的苦心孤詣，並以「機鋒」、「喝棒」、「注解」為《續金瓶梅》定位，更重要的是，他有意識地將之與順治皇帝敕諭刊行的《太上感應篇》[5]進行聯繫，足見其用意綿密。據此，即便我們姑且不論《續金瓶梅》與《金瓶梅》的續衍關係，此書的多重互文性也已明確揭示其終究無法被獨立諦視，而合該與他書彼此問答，互相啟發，棒喝交施，目的在於使人於當下開悟。

　　由是觀之，丁耀亢及其《續金瓶梅》委實關涉相當駁雜的創作理念與歷史背景，文中積聚了丁耀亢多年來的閱讀感悟以及創作詩詞、戲曲、筆記、雜著之經驗，並投射其人生閱歷，彷彿是藉由續衍《金瓶梅》進行一場虛實交錯的創作表演，從而折照出對政治、歷史、現實……等不同層面的思維與評論。因此本章主要是以《續金瓶梅》所提供的語義圖景為主（包括正文與邊緣文字），從丁耀亢的創作意識切入，探究此部續書如何與原著以及預設讀者的對話，並兼及尋索《續金瓶梅》遭焚之因，藉此觀察一些「特定」且「實際」的讀者在社會與歷史背景下所展現的主觀價值取向，以一種主、客體間多重交互作用的觀照來詮解《續金瓶梅》的書寫現象，把握《續金瓶梅》的文本特質與丁耀亢的文類意識，一窺《續金瓶梅》所呈現的後設思維。

第一節　稗官、史家、道學家
——多重身分與視角的動態建構

　　丁耀亢，字西生，號野鶴、別署紫陽道人、野航居士、漆園遊鶒、華表人、西湖鷗

<hr>

5　《太上感應篇》簡稱《感應篇》，約成書於北宋末年，此書問世不久，即引起不少統治者及教內外人士的高度重視。第一個公開推廣這本書的皇帝是南宋理宗，他曾賜禁錢百萬，命工刊梓，並為這本書題頌「諸惡莫作，眾善奉行」八個字冠於篇首，稱《御題太上感應篇》。明世宗也曾作序稱讚《感應篇》「不但扶翼聖經，直能補助王化」，將之頒行天下。清順治十三年則是敕諭刊行，頒賜群臣及舉貢生監。陳霞撰：《道教勸善書研究》（成都：巴蜀書社，1999年），頁43。

吏，晚號木雞道人。是為山東諸城人，生於明萬曆二十七年（西元 1599 年），卒於清康熙八年（西元 1669 年），享年七十一歲。生逢明清易代滄桑之變的丁耀亢，不僅得面對新舊朝代交替的認同問題，同時又因著作豐贍，橫跨各種文類，諸如小說、劇本、雜文、詩作……等[6]，故無法以某一文類的創作者稱之，再加上其創作內容不但有對舊國覆滅的沉痛亦有對新朝的投誠輸忠，因此就一位創作者的身分認同意識而言，丁耀亢確實有著難以定位的疑義。究其實，丁耀亢之所以具有政治身分與文學創作身分的多重性、矛盾性，主要是緣於其思想往往隨著不同的身心經歷而有所變動更易，這些源自外在的體悟皆反映於著作中，以下即就《續金瓶梅》一書論之。丁耀亢曾說道：

> 予生平詩文襲彩炫世，未有可以見閻羅老子者。我將借小說用《感應篇》注，執贄於菩提王焉。知我者，其惟《春秋》乎？[7]

這段話充分表露出他在《續金瓶梅》初成時，滿懷俯仰無愧的自信，甚至自認此書凌駕於其先前所有的詩文之作，然而，在《續金瓶梅》因「反清思想」遭焚，他又為此身陷囹圄之後，外在的磨難加上身體的衰老、苦疾則使其心境為之一轉，油然興起迥別於以往的慨嘆：

> 瓶梅成舊識，似為著書開。不斷寒香約，偏令凍雪催。[8]

> 瓶梅落盡嘆枯魚，松作龍麟悔著書。[9]

6　據丁耀亢之子丁慎行於〈重刻《西湖扇傳奇》始末〉中所提到的丁耀亢作品有：「《天史》、《陸舫》、《椒丘》、《江干》、《歸山》、《聽山亭》、《逍遙遊》、《漆園草》、《化人遊》、《赤松遊》、《表忠記》、《非非夢》、《星漢槎》等」，其中《非非夢》、《星漢槎》二作，今已亡佚。清丁慎行撰：〈重刻《西湖扇傳奇》始末〉，《丁耀亢全集》，上冊，頁741。而中州古籍出版社所出版的《丁耀亢全集》，收錄其六部詩草（《陸舫詩草》、《椒丘詩》、《江干草》、《歸山草》、《聽山亭草》、《逍遙遊》）、四部劇本（《化人遊詞曲》、《西湖扇》、《赤松遊》、《新編楊椒山表忠蚺蛇膽》）、一部小說（《續金瓶梅》）以及四部雜著（《天史》、《家政須知》、《出劫紀略》、《增刪補易》）。

7　同注 2。此語是天隱道人引述丁耀亢之言。

8　在此組詩前丁耀亢以短文自記因《續金瓶梅》下獄之始末：「乙巳八月，以『續書』被逮，待罪候旨。至季冬，蒙赦得放還山，共計一百二十日。獄司檀子文馨，燕京名士也。耳予名如故交，率諸吏典各釀酒，三日一集，或至夜半，酣歌達旦，不知身在籠中也。各索詩紀事，予眼昏作粗筆，各分去。寄詩誌感。」清丁耀亢撰：《歸山草·請室雜著八首》，《丁耀亢全集》，上冊，頁472-473。

9　清丁耀亢撰：《歸山草·龔大司寇招同閻古古白仲調紀伯紫夜集即席分韻十首》，《丁耀亢全集》，上冊，頁474。

快書焚後成盲史，請室歸來罷苦吟。[10]

解網方知獄吏尊，焚書始信文章賤。[11]

從「翊聖」、「贊經」的意氣軒昂到「悔著書」、「文章賤」的不勝感喟，其間的轉折充分顯示出外在境遇對創作者身心的衝擊，同樣的，這些著述也反映了創作者面對外在世界的態度，如丁耀亢於《續金瓶梅》中高舉著《太上感應篇》為旗幟，顯然便不僅是以小說家的身分來續衍、評論，而是兼有其他立場與視角，由此覺察到《金瓶梅》中適以發揮的部分，借之寄託寓意，雖刻意以「前集」（《金瓶梅》）、「後集」（《續金瓶梅》）名之，但後集與前集的聯繫，主要是人物性格的延續，且多半已有定評、定見[12]，其餘諸如場景、結構、事件……等皆與前集截然不同，誠如王汝梅所言：「作者不重形象性格的刻畫，不以家庭為題材，人物大多活動在戰場、禪林、山寨、旅途、郊野，重在寫戰亂離散給人們帶來的苦難。」[13]，可以說，《續金瓶梅》所呈現的語義圖景實是丁耀亢據其多重身分與複雜經歷的主觀融匯，包含許多特殊視角及觀點，是以本節將著眼於此，觀察丁耀亢如何藉由不同身分展現出充滿自我意識的創作思考。

一、借《金瓶梅》為戲談——稗官的技藝

〈《續金瓶梅後集》凡例〉云：

> 此刻原欲戒淫，中有遊戲等品，不免復犯淫語，恐法語之言與前集不合，故借金蓮、春梅後身說法，每回中略為敷演，旋以正論收結，使人動心而生悔懼。[14]

自《金瓶梅》問世傳布以來，由於文中深刻地描摹淫事，遂而爭議之聲鼎沸不絕，連同那些讚嘆此書之人亦不免先行替閱讀《金瓶梅》的讀者規範條件，以確保純粹的審美觀照，如作序的東吳弄珠客說道：「余友人褚孝秀，偕一少年同赴歌舞之筵，衍至霸王夜

10　清丁耀亢撰：《聽山亭草·寄懷巴山孫健之》，《丁耀亢全集》，上冊，頁533。

11　清丁耀亢撰：《聽山亭草·丁未中秋月》，《丁耀亢全集》，上冊，頁540。

12　誠如高師桂惠所指出《續金瓶梅》中的「全人」（包括現實上的全人，如：月娘、孝哥、玳安，以及歷史上的全人：岳飛、韓世忠等）與「畸人」（黎金桂、孔梅玉、吳銀瓶、鄭玉卿、金子等）互動非常微少：「全人在自己的軌道中成全心願，畸人在彼此的糾葛中消解業障，原來恆久纏裹的人性矛盾與善惡參雜在那個混亂的大時代反而各自運轉，互不干涉。」高桂惠撰：《追蹤躡跡——中國小說的文化闡釋》（臺北：大安出版社，2005年），頁197。

13　王汝梅撰：〈丁耀亢的《續金瓶梅》創作及其小說觀念〉，收入李增坡主編《丁耀亢研究——海峽兩岸丁耀亢學術研討會論文集》（鄭州：中州古籍出版社，1998年），頁160-161。

14　清丁耀亢撰：〈《續金瓶梅後集》凡例〉，《丁耀亢全集》，中冊，頁4。

宴，少年垂涎曰：男兒何可不如此！孝秀曰：也只為這烏江設此一著耳。同座聞之，嘆為有道之言。若有人識得此意，方許他讀《金瓶梅》也。不然，石公幾為導淫宣欲之尤矣！」[15]，為之評點的張竹坡則言：「讀《金瓶》，必須靜坐三月方可。否則眼光模糊，不能激射得到。」[16]，而由上文所引述的凡例觀之，續衍《金瓶梅》的丁耀亢同樣也秉持著對書寫淫欲的戒慎恐懼之心，但比起作序者及評點者從旁對讀者的諄諄告戒，丁耀亢的創作實踐無疑更深刻地探索文本與讀者間的對位關係，他自覺地思考該如何書寫故事，如何無所不容地延展、深化原著所著眼之處——即貪淫與果報，以使讀者戒懼而不耽溺，小說中直言：

> 那《金瓶梅》前集說的那潘金蓮和春梅葡萄架風流淫樂一段光景，看書的人到如今津津有味。說到金蓮好色，把西門慶一夜弄死，不消幾日與陳經濟通姦，把西門慶的恩愛不知丟到那裡去了。春梅和金蓮與經濟偷情，後來受了周守備專房之寵，生了兒子做了夫人。只為一點淫心，又認經濟做了兄弟，縱欲而亡。兩人公案甚明，爭奈後人不看這後半截，反把前半樂事垂涎不盡。如不說明來生報應，這點淫心如何冰冷得！如今又要說起二人托生來世因緣，有多少美處，有多少不美處，如不妝點的活現，人不肯看，如妝點的活現，使人動起火來，又說我續《金瓶梅》的依舊導欲宣淫，不是借世說法了。只得熱一回，冷一回，著看官們癢一陣，酸一陣，才見的筆端的造化丹青，變幻無定。（第三十一回，頁226）

這段話彰顯出小說家丁耀亢在創作時總是記掛著《金瓶梅》的存在，因而衍生出一種微妙的心理：既抱有讚揚與肯定，但亦有與之競爭較量的心態。故於小說中刻意暗示《金瓶梅》力道不足之處，藉此表彰自己「熱一回，冷一回」的書寫策略，能使「看書的」獲致「癢一陣，酸一陣」的閱讀效果，不致使淫心復燃。可以說，丁耀亢所謂「借《金瓶梅》為戲談」，即是欲借「遊戲」之名盡情地馳騁筆墨，以展現書寫之「藝」與「巧」，同時又以此反襯出遊戲筆墨中實有寄寓之「道」。

(一) 續寫之「藝」

誠如佛斯特所言：「小說的基本面是故事」[17]，作為一個說故事的能手，必須巧妙地設計、銜接一連串的事件，引發讀者不斷地探問「然後呢？」，直至故事完結。小說

15　明東吳弄珠客撰：〈金瓶梅序〉，《金瓶梅詞話》（臺北：里仁書局，2007年），頁4。

16　清張竹坡撰：〈讀法七十二〉，《第一奇書》（臺北：里仁書局，1981年），頁24。

17　〔英〕佛斯特（Edward Morgan Forster）撰，李文彬譯：《小說面面觀——現代小說寫作的藝術》（臺北：志文出版社，2002年），頁46。

續書寫在一個已完結的故事之後，作者除了「承前」還要「衍後」，這意謂其還得接受讀者追問「為什麼？」，於是乎，前後情節的對應便成為續書作者創作時必須仔細思忖之處[18]。丁耀亢的《續金瓶梅》正是一個寫在《金瓶梅》完結之後的故事，由「家爛了」[19]的隱喻出發，以宋金交戰為背景，讓活著的人物：吳月娘、孝哥、玳安、小玉因戰亂而散若飄蓬，於原著中死去的人物如：西門慶、李瓶兒、花子虛重新轉世為沈金哥、袁常姐（後改名為銀瓶）、鄭玉卿，繼續償還未了的宿債，至於潘金蓮、龐春梅、陳經濟則轉世為黎金桂、孔梅玉、劉瘸子，仍因前世果報而彼此牽纏。續書中這些人物分別走在三條平行的道路上，渺不相涉，原本的「家」不僅爛了也散了，取而代之的是動亂時代下的流離失所，其隱喻指向更廣大的人生遭際。

雖然在《續金瓶梅》中已不復見《金瓶梅》那般歌舞昇平、飲宴酬酢的家庭生活及市井風情，而是轉向兵馬倥傯的人生場景，其隱喻亦不僅限於一時一地、一家一戶的衰頹耗散，而是面向整個朝代與歷史的治亂興亡。但是丁耀亢在續書中所要處理的議題主要仍是本於人性之根所產生的各種「欲念」，故不免要描寫各類的性欲與可欲的財貨，而為了拿捏「戒絕」與「導揚」之間的分寸，避免如同南海愛日老人所言：「不善讀《金瓶梅》者，戒痴導痴，戒淫導淫。吳道子畫地獄變相，反為酷吏增羅織之具，好事不如無矣。」[20]，於是丁耀亢運用了佛經的品第觀，將之冠於每回篇首，其中的「遊戲品」即是刻意用來分化出大部分的欲望描寫，以期讀者能預先知悉而不被小說所提供的愉悅引誘，獲得「正確的閱讀」[21]。

除此之外，「因果報應」、「六道輪迴」觀念的強化，亦是全書的重要關節所在，此不但是丁耀亢續衍故事時所依循的主要策略，同時又能從中發揮勸戒作用。在續書中

18　丁耀亢言明其已竭盡所能地將續書與原著聯繫，但仍有些許無法對應之處，故於〈《續金瓶梅後集》凡例〉中特別指出：「前集中年月、事故或有不對者，如應伯爵已死，今言復生，曾誤傳其死，一句點過。前言孝哥年已十歲，今言七歲離散出家，無非言幼孤孀，存其意，不顧小失也。客中並無前集，迫於時日，故或錯訛，觀者略之。」同注 14。

19　章亞昕指出：「就潛在主題而言，也許可以這樣說：《金瓶梅》隱喻『家爛了』，《紅樓夢》暗示『家散了』，《醒世姻緣傳》則象徵『家沒法子待了』。」章亞昕撰：〈歷史的反思與民俗的批評──論《醒世姻緣傳》的文化視角〉，《丁耀亢研究──海峽兩岸丁耀亢學術研討會論文集》，頁 151。

20　同注 1。

21　胡曉真將《續金瓶梅》中的色情場面分為「扭曲的性」（distorted sexuality）與「否定的性」（denied sexuality），指出這些情節缺乏實質的特點，認為這是丁耀亢唯恐讀者不能正確閱讀所採用的寫作技巧。胡曉真撰：〈《續金瓶梅》──丁耀亢閱讀《金瓶梅》〉，《中外文學》第 23 卷第 10 期（1995年 3 月），頁 94-98。

所有人物的命運遭際皆是本自於《金瓶梅》中驕奢淫逸、禍稔惡盈的生活而來，原著種種被借用為「因」，於續書中演述其「果」，丁耀亢總不時以敘述者發聲來提醒讀者前、後集之間的因果感應：

> 今日說一段理學，也只為西門慶罪多惡重，受了那不義之財，以致妻子受害，家破身貧，全無住處。當初如有一點善根，肯輕財重義，那有此報？（第三回，頁17）

> 看官聽說這段因果，當初李瓶兒盜了花子虛半萬家財，貼了身子給西門慶。今日花子虛又托生做鄭玉卿索他的情債，那銀瓶欠他情債一一還完，還不足原數，因又貼上一千兩買身的錢，完了債，花子虛因氣而亡，尚欠他一死。（第二十六回，頁197）

> 只因潘金蓮嫌他丈夫武大矮小，淫欲心貪，用藥毒死武大，又弄死西門慶，陰司犯法，與陳經濟偷情，閻王罰他托生一女身，絕他一生的色欲，不得夫星之命，使他折算前世縱欲的罪過，故此番夫星該殘疾貧窮，使他捱那一世的空寡，致成奇疾，以淫奔傷命。（第三十九回，頁303）

敘述者反覆重申因果輪迴的定數，藉此讓這些原著中的人物或是為了清償前世宿債，或是承受前人之業報[22]，在續書中分化為三條互不相屬的線索。此外，又據歷史背景的延續而加入許多歷史人物作為情節支線，雖與前集的時代背景相契，卻也使小說的敘述脈絡顯得紛雜且支離破碎。但若試由整體架構觀之，將會發現丁耀亢實是有意識地以各種框架、宗教觀來整合這些線索，小說中刻意置入因果框架、道德框架、歷史框架，並以《太上感應篇》為旨要，兼以每回的佛經品第評定來梳理不同線索的發展。如此一來，在續衍的視野下，那些由宋金交戰延伸的情節，也能透過《太上感應篇》的縮結而與續衍的故事產生關係。至於這些不斷受到干擾、截斷的三條主要線索，看似斷斷續續，如果逐一細審每回前的品第，亦可發現月娘與孝哥總不離「正法品」、「淨行品」與「妙悟品」，而經過輪迴轉世的西門慶、李瓶兒、花子虛，以及潘金蓮、春梅、陳經濟則是延伸其原本的性格繼續發揮，在經歷幾番「遊戲（品）」之後，才逐漸走向「淨行品」與「妙悟品」，而最終三條線索亦分別以「證入品」收束之，與《太上感應篇》末段所言相映：「其有曾行惡事，後自改悔，諸惡莫作，眾善奉行，久久必獲吉慶，所謂轉禍為福

---

22 此與道教的「承負說」有關，《太平經》中提到個人要前承五代，後負五代，前後十代為一個承負週期，「承」是先人所積功過將會流及後人；「負」則是指這代人所積功過對於下一代人的積極或消極影響。同注5，頁5。

也。」[23]。由此可知，丁耀亢在續書中乃是有意識地結合各種思維，建構獨特的書寫策略，巧妙地讓錯綜複雜的主線與支線，以及那些乍看與故事無關，而且經常被視為破壞敘事流暢性的情節，在《太上感應篇》的覆被之下，於各自的品第、框架中尋得安身立命的所在。

(二)遊戲之「道」

《續金瓶梅》中共有十回「遊戲品」，這十回如同丁耀亢所言是為「復犯淫語」，當中論及了各類的情欲與性欲，欲以此招徠讀者的目光，再予以勸戒。既然「寫淫」與「止淫」誠屬一體兩面，如何拿捏勸戒與愉悅的分寸便顯得格外重要，作者在這幾回中刻意不以《太上感應篇》為標幟[24]，而是採用另一種循序漸進的說理方式，逐步禁絕讀者對淫穢描寫所可能產生的各種心蕩神馳的想像。如在第二十回中先是引用了呂祖詩以資戒惕，便頗具睥睨物表的意味：

> 二八佳人體似酥，腰間仗劍斬愚夫。雖然不見人頭落，暗裡教君骨髓枯。（第二十
> 回，頁143）[25]

然而，隨後刻畫以李師師、鄭玉卿、翟員外與銀瓶為主的情欲牽扯中，不但以敘述者的聲音說道：「我做書的到此也替他快活。」（第二十回，頁147），又以老子非李樹所生、孔子生下伯鯉為喻，指出「這段大道理，自聖聖相傳，原不曾說絕欲，只說寡欲。」（第二十三回，頁164），展現出對男女之情以及本自造物生人、自然之欲的肯定。可是面對過度耽溺淫欲，甚至是超越道德倫常的性關係，例如第三十二回李守備逾越分際，同時與黎指揮娘子、孔千戶娘子行淫，以及第四十一、四十七回中黎金桂與孔梅玉對性欲的渴望與模擬，對此，作者則往往將「淫苦」情狀緊接於「淫樂」情事之後：

> 原來這婦人再嫁，過了中年的，專要在枕席上取樂，一些羞恥也沒有，就是窮也
> 罷富也罷，吃的穿的俱是小事，上床來這件東西是要緊的。如果不足其意，到明
> 日把臉揚著，一點笑容也沒有，摔匙打碗，指東罵西，連飯也不給男子吃。先是
> 淫生出恨來，後來因恨越想要生出淫來。（第三十二回，頁235）

23　清丁耀亢撰：〈太上感應篇陰陽無字解〉，《丁耀亢全集》，中冊，頁16。

24　列為「遊戲品」的十回分別是：第五回、二十回、二十三回、三十二回、三十九回、四十回、四十一回、四十五回、四十七回、五十三回。而除了第五回開篇引述一段《太上感應篇》的話語來解釋西門慶等何以墮入輪迴之外，其他九回皆未另行徵引。

25　此詩亦見於《金瓶梅詞話》第七十九回中，於西門慶縱欲亡身前引出。明蘭陵笑笑生撰，梅節校注：《金瓶梅詞話》（臺北：里仁書局，2007年），頁1378。

> 這個病，是天地間女子固閉，血脈不通，以橫骨塞其陰竅，只流一線走小水的路
> 兒。人有此疾，遂致終身失偶，醫家無藥可治。俗名石姑，佛經中說是石女兒。……
> 那金桂姐生來色根不斷，欲念方新，如何捱得這個病。如今弄得有了色心沒了色
> 相，好不難受。（第四十七回，頁363）

這些享盡淫樂又飽嚐淫苦的人物，最終或悟淫亡身，或絕欲參禪，足見遊戲品中並非純粹地描寫欲望，而是含蘊「寡欲」、「縱欲」、「絕欲」這三個層面，漸進地達乎「以淫止淫」的目的，可謂是以「遊戲」之名，行「淨行」、「妙悟」之實。

此外，丁耀亢既言要「戲談」《金瓶梅》，那麼除卻人物、情節之外，自是不可忽略其中深刻的「世情」描摹。《金瓶梅》中的世情圖景主要是以西門慶為核心，著意刻畫家庭乃至於社會的人情往來，到了《續金瓶梅》中家庭已然潰散，但社會上的人際互動仍在，原著中的幫閒、假兄弟，遂成為續書作者戲擬的對象，如在《續金瓶梅》中鄭玉卿號稱為「女色裡的班頭、幫閒中的領袖」，三言兩語便能將翟員外、李師師與銀瓶哄得服服貼貼，銀瓶甚至還帶著千萬金的妝奩寶玩，隨他連夜逃往揚州。可是於第二十九、三十回中，鄭玉卿卻反倒被苗青設計安排的另一幫閒——諢名吳呆子，號為撒漫公子的吳友——哄騙，原本拐騙而來的財色頓時有去無回，陷入與李師師、翟員外相同的光景，顯得分外諷刺，而作者安排此段情節除了是要了卻前集因果之外，同時也是為了嘲諷《金瓶梅》中西門慶與應伯爵之行徑[26]，故由敘述者引出一段對幫閒的評論：

> 這種人極是有趣的，喜的是趨奉諂佞，不好的也說好，不妙的也說妙。幫閒熱鬧，
> 著人一時捨不得他。如今蘇杭又叫做伴堂，如門客應伯爵、謝希大活活的把個西
> 門慶奉承死了，還要嫁賣他的妻子。你道人情惡也不惡？（第三十回，頁224）

幫閒間的奉承欺瞞、陳陳相因在此表露無遺，徹底突顯了人情險惡、唯利是圖的一面。

在《金瓶梅》中西門慶結義的十兄弟，不外乎是應伯爵這類趨炎奉勢的幫閒人物，他們彼此間毫無情誼道義可言，連西門慶自己也拐騙了結拜兄弟花子虛的妻子與財物，對此張竹坡曾一語道破：「書內寫西門許多親戚，通是假的。如喬親家，假親家也；翟親家，愈假之親家也；楊姑娘，誰氏之姑娘？愈假之姑娘也；應二哥，假兄弟也；謝子

---

26 孔繁華認為《金瓶梅》中所刻畫的應伯爵可謂是幫閒族中的一絕，但他同時也指出：「其實西門慶也是蔡京等朝廷命官的幫閒，他對蔡京等人的阿諛奉承本領比應伯爵還要高明。」孔繁華撰：〈兩副臭皮囊 一副醜嘴臉——《續金瓶梅》《金瓶梅》中應伯爵形象談〉，《丁耀亢研究——海峽兩岸丁耀亢學術研討會論文集》，頁182。

純，假朋友也。至於花大舅、二舅，更屬可笑，真假到沒文理處也。」[27]，「十兄弟」之虛假可見一斑。而原著中虛情假意的「十兄弟」到了《續金瓶梅》中則有了正、反的借用，一則為以來安為首，他和土賊過街老鼠張三、草裡蛇劉四、鐵指甲楊七等一夥強盜所結成的十兄弟，不僅謀騙了月娘從宅中掘出的財物，彼此間亦相互算計，可謂是為惡不悛；另一則為真情實意的十個義氣兄弟，是周守備府中的家將李安與昔日在營裡結識的舊武官們，這些好漢在宋金交戰的歷史場景中糾合起壯士千餘人，並於兀朮大敗後，趁勢進入揚州城捉拿住苗青、蔣竹山、王秀才等奸人，立下汗馬之勞。丁耀亢以這兩組十兄弟作為文本中亂世場景的極端對照，也遙相對應於原著《金瓶梅》中只出現於舞榭歌臺上的酒肉兄弟。據此，即可知作者為文細膩深刻，或由直接的仿效深化文本中的諷諭；或藉正、反兩面的仿諷與文本外的原著相互映襯，於戲談中蘊藏續寫意趣與意旨，足見其匠心。

二、以因果為正論——史家之筆意

丁耀亢於〈《續金瓶梅後集》凡例〉直言道：

> 前集止於西門一家婦女酒色、飲食言笑之事，有蔡京、楊提督上本一二段，至末年金兵方入殺周守備，而山東亂矣。此書直接大亂，為南北宋之始，附以朝廷君臣忠佞貞淫大案，如尺水興波，寸山起霧，勸世苦心，正在題外。[28]

《續金瓶梅》以宋金交戰為背景，丁耀亢除了借續寫原著人物來呈現小人物的歷史之外，還穿插許多歷史人物來演繹對國家治亂、朝代興衰的看法，成為此書別具一格的特色，而此一書寫特點是源自於丁耀亢對「歷史」的重視，在其著作中，無論是詩作、戲曲、雜文，抑或是小說，皆具有歷史傳遞者的影跡與姿態，足見其「以史閱世」的書寫實踐[29]。至於《續金瓶梅》中對歷史的敘述與解釋，簡言之，主要是延續自丁氏編撰的《天史》而來[30]。《天史》一書成於明崇禎五年（西元1632年），是丁耀亢幾經鄉試落第後，歸返山居，兩經寒暑而就，關於此書的寫作，他曾於《出劫紀略·山鬼談》中提及：「明崇

27　清張竹坡撰：〈讀法八十六〉，《第一奇書》，頁53-54。

28　同注14。

29　龔鼎孳言道：「野鶴自言：『吾等稱詩，小異人者，腹中多數卷史書耳。』夫能讀史斯能閱世，能閱世斯能玩世。」清龔鼎孳撰：〈序〉，《丁耀亢全集》，上冊，頁632。

30　黃瓊慧即曾針對《天史》與《續金瓶梅》的歷史對話進行詳細討論。黃瓊慧撰：《世變中的記憶與編寫——以丁耀亢（1599-1669）為例的考察》（桃園：國立中央大學中國文學研究所碩士論文，2009年），頁124-136。

禎壬申，余既山居久，觀史之餘，偶感人事，欲有所懲，因集十史惡報，分為十案，名
曰：《天史》。書成，藏諸笥中，不敢以示人。」[31]，《天史》匯集正史中記載的一百
九十五條史事，並加以評述，〈凡例〉中強調「茲書專尊聖經，借演因果，皆有據之感
應，非無影之輪迴」[32]，而書末附有《管見》、《集古》、《問天亭放言》三部作品，
其中又以《管見》尤為重要，分為「天帝、天理、氣、數、天命、鬼神、天鈇、輪犴、
因果、陰騭、儆戒、變化」十二方面，說明選評《天史》的理論根據，並且系統地表達
其世界觀與人生觀[33]，同時也更進一步地明晰所言「因果」、「感應」之含意：

> 今釋氏言輪迴，所謂阿鼻、黑山等獄，杳冥昏黑，似涉幻妄，而一真自如、法輪
> 常轉者，與吾儒感應之理，實相表裡。[34]

> 蓋因有善惡，果有芳穢。其果速者，禍小而福輕；其果遲者，殃餘而慶長。孟氏
> 云：「為高必因邱陵，為下必因川澤。」與釋氏說「種瓜種豆」之言若合符節。[35]

《天史》是根據正史所載史實加以編撰而成，所言「因果」主要是針對人、事、物間因果
關係之揭示，不言及佛家的果報輪迴，但丁耀亢認為二者實相表裡，故又藉《管見》闡
明這些觀念乃相互涵容，更於之後的小說《續金瓶梅》徹底具現了以因果、輪迴詮解歷
史的思維，小說所附宋金的「朝廷君臣忠佞貞淫大案」即為作者刻意置入的歷史框架，
企圖透過「寫史」到「解史」，闡述存乎心中之「正論」。

(一)寫史：如左注《春秋》，莊演《道德》

　　《續金瓶梅》於第一回明白地點出：「宋欽宗靖康十三年間，遇著金兵大入中原，把
汴京圍了，擄掠金銀子女無算，講了和盟北去。不消一年，傾國又來。那時山東、河北
地方俱是番兵，把周守備殺了，濟南府破了。清河縣地方離臨清不遠，富庶繁華，番兵、
土賊一齊而起。」（第一回，頁3）丁耀亢以此為背景，在小說敘事中融合大量歷史敘事，
甚至有數回專言歷史，加以評述，如：第十三回〈陷中原徽欽北狩　屠清河子母流離〉、
第十九回〈宋道君隔帳琵琶　張邦昌御床半臂〉、第二十一回〈宋宗澤單騎收東京　張

31　清丁耀亢撰：《出劫紀略·山鬼談》，《丁耀亢全集》，下冊，頁271。

32　清丁耀亢撰：《天史·凡例》，《丁耀亢全集》，下冊，頁8。

33　陳慶浩指出《天史》對於我們了解丁耀亢的作品及其人生道路十分重要，《表忠記》與《續金瓶梅》
　　就反映了《天史》的史觀，有些資料甚至是直接取自《天史》。陳慶浩撰：〈「海內焚書禁識丁」
　　——丁耀亢生平及其著作〉，《文學、文化與世變——第三屆國際漢學會議論文集文學組》（臺北：
　　中央研究院中國文哲研究所，2002年），頁358。

34　清丁耀亢撰：《管見·輪犴》，《丁耀亢全集》，下冊，頁146。

35　清丁耀亢撰：《管見·因果》，《丁耀亢全集》，下冊，頁145。

邦昌伏法赴西市〉、第三十四回〈排善良重立黨人碑　殺忠賢再失河南地〉、第五十四回〈韓世忠伏兵走兀朮　梁夫人擊鼓戰金山〉、第五十八回〈遼陽洪皓哭徽宗　天津秦檜別撻懶〉，從回目中即可略知其主要是透過帝王、將領、忠奸之士……等人事，逐步地勾勒宋金交戰的歷史面貌，並從中指出朝代興亡的原因在於眾人「淫奢太過、暴殄天物」，連地獄輪迴都無法逐一報應，故釀成此一大劫，完了個大報應。可見丁耀亢乃是從局部的興亡節奏中，帶出對宏觀歷史規律——天道——的反思，其言道：

> 原來天運一南一北、一治一亂，俱是自北元魏至五代、六朝、唐、遼、金、元，更迭承統。好似一件衣服，這個穿破了，那一個又來縫補拆洗一番，才去這些灰塵虱蟻；又似一件窯器，這個使污了，那一個又來洗濯磨刷一番，才去了那些腥羶泥垢。又似一個破銅鐵器，這個使得漏了，那個又來毀了，另下爐錘打，造的有長的、短的、方的、圓的，還有造的兩件的、三件的，也有還成一件的，隨各家款制不同，終是這一塊銅鐵，儘他支爐改竈；又像一盤棋子，這一盤輸了的，那一盤又下，有高的、低的、占了腹的、占了邊的，或是角活兩持，或是殺個罄淨，才完了這場你爭我鬥，各費心機。這等看起，一部綱目，把這天地運數只當作一個大裁縫、大燒窯匠、大銅鐵爐火道人、極大的一個棋盤，豈不勾消了一部二十一史？（第十五回，頁105-106）

其實《續金瓶梅》中所言天道人事之互為表裡、強弱盛衰之報復……等觀點，仍與《天史》無異，但是，從上述話語又可進一步察見丁耀亢在歷經明清易代之變後，面對歷史的遞嬗，已經不再是「喟然而悲，愀然而恐」[36]，亟欲讀者藉著閱讀《天史》所書罪禍而知懼，而是欲讓那些載於《續金瓶梅》中亦真亦假的歷史敘事，透過小說這個獨立的時空結構，對照於與之平行的現實世界，從而產生更深刻的隱喻。

　　當然，丁耀亢所有形於文字的歷史敘事其實都是經由一連串閱讀、取捨、感悟所建構而成，《天史》如此，《續金瓶梅》尤然。「無論歷史敘事還是文學敘事，進行這種話語活動的目的都不僅僅是傳達一個事件，而是要通過對一個或一系列事件的敘述和闡釋而表達某種意義。」[37]所謂某種意義正是書寫者所欲強調的中心意旨。質言之，丁耀

36　丁耀亢於《天史・自序》中論及從讀廿一史進而編撰《天史》的過程與體悟：「風雪窮廬，偶檢先大夫手遺廿一史而涉獵之。喟然而悲，愀然而恐，因見夫天道人事之表裡，強弱盛衰之報復，與夫亂臣賊子、幽惡大憝之所危亡，雄威巨焰、金玉樓臺之所消歇，蓋莫不有天焉。」清丁耀亢撰：《天史・自序》，《丁耀亢全集》，下冊，頁7。

37　高小康撰：《中國古代敘事觀念與意識形態》（北京：北京大學出版社，2005年），頁17。

亢寫史的意旨不外乎是二書〈凡例〉中反覆重申的渡世、勸世之苦心[38]，但如果再進一步細究其著作中對儒、釋、道三教典籍的匯通與比附，將發現真正的中心意旨總是迂迴曲折地包裹於層層疊砌的比附之中。

綜觀丁耀亢所有詩文創作，除了詩集之外，其為文總慣習以此釋彼，相互比附，如《赤松遊》之於《史記》、《天史‧管見》之於《續金瓶梅》，《續金瓶梅》又之於《太上感應篇》，以及《管見》之於《天史》，不可諱言，搬演史事與編寫歷史確實須有所憑據，那麼何以連同虛構的小說亦復如此？其深意何在？我們或可由〈太上感應篇陰陽無字解序〉所言觀之：

> 謹取御序頒行《感應篇》而重鋟之。欲附以言，而箋者已詳之矣。吾聞天道至秘，以言解之反淺。人心惟微，以法繩之而愈遁。不如以不解解之……談《易》者，始於無極；參禪者，妙於無字。解者，解之；不解者，不必解也。附以《天史‧管見》十章，如左注《春秋》、莊演《道德》同一無解耳。[39]

其中「如左注《春秋》、莊演《道德》同一無解耳」實乃洞中肯綮。丁耀亢以《續金瓶梅》作為《太上感應篇》之注，於此卻又強調《太上感應篇》理應以「不解解之」，反而將《天史‧管見》比附於《續金瓶梅》，自詡此正如同左丘明作《左傳》以釋《春秋》，莊子理解老子《道德經》之精義，係以各自的文字體式闡明是書微言大義，以期最終能由「不落言詮」乃至「得意而忘言」。就此說來，丁耀亢於《續金瓶梅》穿插歷史敘事，附以《天史‧管見》，且特意以「左注《春秋》」作為比喻，並非作者無端造文，而是試圖凸出《天史》、《左傳》著力於資鑑勸懲的目的[40]，一則表明小說中以因果報應論史乃鑿鑿有據，證明「做書的不是邪說」；二則有意將小說所言之正論，更深一層地指向史書透過資鑑勸懲所欲支援的根本意旨——褒善貶惡[41]。

38　《天史‧凡例》中指出：「作者實有苦心，切於渡世，故以敘事明白顯實為主，便於俗雅省閱，即生警戒。」同注 32。至於〈《續金瓶梅後集》凡例〉則言：「附以朝廷君臣忠佞貞淫大案，如尺水興波，寸山起霧，勸世苦心，正在題外。」同注 14。

39　清丁耀亢撰：〈太上感應篇陰陽無字解序〉，《丁耀亢全集》，中冊，頁 8。

40　《天史》所載皆為惡事，作者自言：「蓋人情畏則生慎，慎則生祥，譬如聞雷涉海，則忠信生焉。庶幾毒蝂貪鬼用以消去云爾！」同注 36。而關於《左傳》在敘事上的特點，徐復觀曾指出其「特別凸出行為的因果關係，以作為成敗禍福的解釋，並為孔子的褒善貶惡，提供有力的支援。」徐復觀撰：《兩漢思想史》（臺北：臺灣學生書局，1984 年），卷 3，頁 328。可知二書寫史皆側重於資鑑勸懲的目的。

41　高師桂惠便曾指出丁耀亢作《續金瓶梅》，是以創作「春秋」自居，其「意在『褒貶』，而非『勸懲』。」同注 12，頁 213。筆者認為資鑑勸懲與褒善貶惡，看似為一體兩面，實際上則是關涉不同

(二)解史：無因果處正是因果，無感應處正是感應

以易代為背景的《續金瓶梅》中，無論是透過小人物的平凡視角來呈現顛倒、亂離的歷史景象，如以月娘的視角看宋朝於亂世中城堞夷毀、劫殺相襲，以及骨肉離散的淒慘光景，又如以蔣竹山來見證金朝陣營中的潑天富貴與聲勢赫赫；或是透過歷史人物的視角來描述事件演繹的盛衰興廢。這些由不同人物視角所建構的歷史，看似自有一套得以精確計算的因果報應作為敘事動力，合理地推演所有事件[42]，正如前、後集人物間的因果報應。然則，作者視為正論的「因果」是否真能經由計算逐一「解」之，我們可由岳飛與秦檜作為例證以進一步尋索，在《續金瓶梅》的現世因果中，忠臣岳飛因「莫須有」罪名亡身，秦檜卻五福全享並壽終正寢，對於如此不公的因果報應，人多心有不平，以為「因果二字有疏有漏，感應中間半假半真」（第六十二回，頁498），於是敘述者便將二人的前世加以詮解，指出秦檜是周世宗的忠臣韓通轉世，而岳飛父子、張憲、牛皋等人，則是當年陳橋兵變擁戴太祖以黃袍加身的眾將，兩人原係夙冤，於是此世岳飛必須殺身償還。追根究底，一切總因在於天帝命宋朝有此大劫，只能偏安江南不許一統，岳飛遂成為逆天的君子，秦檜則是順天的小人，「只因元會輪迴大冊，千年一大輪，五百年一小輪，係歷代治亂劫數，上帝與地藏王掌管，不屬閻羅發放，因此在劫數的忠臣，謂之以道殉身，與佛菩薩一樣，不係鬼使勾提，多有不入陰司，直升上界的。」（第六十二回，頁 508），岳飛死後證位天神，秦檜則墮地獄，永不得轉世，依舊因果報應分明，可是從中卻也點出歷史的因果報應除了由現世的行為善惡主導外，還受制於不可見的「輪迴」與「天命」，以及常人無法精確計算、操控的「數」與「劫」。正緣於此，丁耀亢雖以因果論史，然其中實乃蘊蓄更深一層的詮解之道，即要人「解悟」因果，而非僅透過計算來「解釋」因果，其言曰：

> 自有天地古今，便是這個山川，這個歲月，這個人情世事，這個治亂悲歡。笑也笑不得，哭也哭不得。看到一部《莊子》透徹，方許讀得我《金瓶梅後集》。那些俗儒淺夫，沒有打破輪迴手段，句句著相，便說是風流罪過，罵世春秋，豈不負此婆心俠骨？（第三十六回，頁267）

此道理亦如同李卓吾針對佛經的解說所言：「經可解，不可解，解則通於意表，解則落

層次，對善惡的褒貶是出自個人的判斷與感受，勸懲則是從中延伸而出，以作為世人行為的殷鑑。

42 胡曉真指出《續金瓶梅》有一套「因果報應的精確理論」，作者將此理論推演到家國大事上，於是朝代的衰亡也是因果計算的結果。同注 21，頁 92-93。

於言詮。」[43]，若停留在語言文字的工具範圍內，終究無法頓悟佛法因果，亦難以從輪迴中解脫。

丁耀亢何由在小說中融會世情與講史？主要是為讀史有「感」之餘，兼以親歷劫難，體察朝代遞嬗，於是借題發揮以寄寓褒貶、隱喻現實。同時又是為了抒發當中那無從排解又讓人「哭笑不得」的無力感，於是便從對天道因果的反思轉向佛家因果尋求解「悟」。《續金瓶梅》中所展現的感悟結構與內涵[44]，反映丁耀亢從崇禎三年（西元 1630 年）始著《天史》至順治十七年（西元 1660 年）完成《續金瓶梅》其間的身心經歷與轉折，小說最終呈現出匯通三教的心境，正是表明了無論是以「南華閱世」[45]、「以史閱世」，亦或是以「佛禪悟世」，所欲言的不外乎是個「空」字：

> 三教講了一個「空」字，并因果感應包藏在內，才知忠臣孝子、烈士貞女，當他一心成仁取義，原沒有個想到因果報應輪迴上才去行善的。那些賊子奸臣忘了君父，淫夫貪吏不怕鬼神，當他行惡之時，定沒有個怕那因果輪迴，猛然退步的。總是因果二字為下根人說法……講佛宗的，從上根人便講了個空，從下根人須講個果。到了正果，自然能空，不落禪家套棒。（第六十四回，頁 525）

所謂「無因果處正是因果，無感應處正是感應」意即在此。

三、除卻習氣宿根——道學家的機鋒

劉廷璣指出《續金瓶梅》「每回首載《太上感應篇》，道學不成道學，稗官不成稗官，且多背謬妄語，顛倒失倫，大傷風化。」[46]，此評論雖有肯綮之處，然亦有其偏頗之處。無庸諱言，《續金瓶梅》以《太上感應篇》作為號召，不時地擷取《太上感應篇》的內容以鑲嵌於小說，進而大發議論，此書遂滿溢嚴肅的講道說理言論[47]，如同道學家

43　明李贄撰：〈書決疑論前〉，《焚書》（臺北：河洛圖書出版社，1974 年），卷 4，頁 134。

44　章亞昕指出《醒世姻緣傳》寓歷史反思於民俗批評，成就了感悟二分的藝術結構，表現為小說內容上感與悟的二重性：「感」是描寫明清之際封建道德社會規範解體下的生活故事，從而強調了小說的可觀賞性。「悟」則是通過家與國的聯想來強化其可發揮性，並由此導致佛儒家雜的繁複思路。同注 19，頁 146-147。關於感悟結構的展現亦適用於《續金瓶梅》，只是當中交雜的思路更加複雜。

45　清丁日乾撰：〈敘〉，《丁耀亢全集》，上冊，頁 633。

46　清劉廷璣撰：《在園雜志》（臺北：文海出版社，1973 年），卷 3，頁 147。

47　胡衍南指出丁耀亢在《續金瓶梅》中有過度植入正話以及發表議論的現象，以每回回首議論來看，全書六十四回中，僅十八回沒有在開場詩詞後發表議論，此十八回分別是：第九回、十八回、二十回、二十二回、二十六回、二十七回、四十回、四十一回、四十二回、四十四回、四十五回、四十八回、五十六回、五十七回、五十九回、六十回、六十一回、六十三回。胡衍南撰：〈「世情小說」

的講稿，失卻了小說藝術審美上的精純度。然而，《續金瓶梅》是否真當得起「大傷風化」的罪名，則有待商榷。劉廷璣所謂「背謬妄語，顛倒失倫」，顯然是以清廷的角度，針對小說中「人無定位，顛倒無常」的內容而言，但此原係易代鼎革所不可避免的悖亂情景，況且丁耀亢所以著墨於此，是為了指出亂世的「禍根」及世人的「貪淫病根」，與被其稱為「仙佛根基」的《太上感應篇》形成強烈對應，目的是為導正而非敗俗。就此以觀，作者丁耀亢雖為文人但同時又具有一種道學者的姿態，《續金瓶梅》不僅只是呈現文人的易代感懷與歷史反思，尤堪注意者，正文中藉《太上感應篇》作為議論言詞之發軔，勾牽出對於「天理」、「人欲」以及「人之所以為人」的根本性、內在性之思考，實透顯出道學者所崇尚、追求的人格與境界。

丁耀亢何以選擇《太上感應篇》作為講道說理的濫觴之始？要言之，一則與當下時局有關，一則是緣於《太上感應篇》的性質與內容。相對於十六世紀的思想家對於善書、功過格在教化改革以外，可能引發個人對「善」與「利」關係之論辯[48]，到了十七世紀，無論是政府還是新功過格的提倡者，他們在面對以《太上感應篇》為首的各類善書及功過格時，比起道德合理性的問題，毋寧更關注於穩定社會秩序、促進社會整理道德改善的功用與方法[49]。雖然《太上感應篇》自宋代以來便不乏皇帝的推廣，可是當滿清皇帝正式坐進中國的金鑾殿，並且於建國之初特將此善書頒賜群臣及舉貢生監，此舉透顯《太上感應篇》實與當時一批新的功過格一樣，明顯是為「穩定社會秩序」的目的服務。丁耀亢洞悉這般幽微意旨，便順勢以御頒的正當性作為續書旗幟，藉以大發議論，又因《太上感應篇》所臚列各種善惡行為，善類計有二十四條，惡類卻多達一百五十三條，懲惡的成分大大地超越勸善的內容，近似於《春秋》「書褒者十之一，書貶者十之九」[50]的著書精神，符合其慣於「紀罪而不紀功，言禍而不言福」[51]的書寫模式，遂更加順理成

大不同——論《續金瓶梅》對原書的悖離〉，《淡江人文社會學刊》第 15 期（2003 年 6 月），頁 9、22。

48　如袁黃在《立命篇》中揭示了個人地位升遷與道德積累的緊密聯繫，此涉及了使用功過格行善的心態正當與否，以及「善」與「利」之間關係的思索，引發泰州學派及東林黨人士對之產生支持、懷疑的不同聲浪。〔美〕包筠雅（Cynthia J. Brokaw）撰，杜正貞、張林譯：《功過格——明清社會的道德秩序》（杭州：浙江人民出版社，1999 年），頁 114-145。

49　包筠雅指出十七、十八世紀的功過格提倡者明確強調功過格的廣泛的教化價值，其指出：「袁黃已經向那些個人使用者提供了一種獲得道德改進和物質成功的可靠看法，而現在這些人卻寧願將功過格視為一種促進社會整體道德改善的方法，一種輔助政府取得普遍『教化』成效的途徑。」同前注，頁 174。

50　清鍾羽正撰：〈序〉，《丁耀亢全集》，下冊，頁 4。

51　同注 36。

章地將之作為《續金瓶梅》的道德框架。此外，《太上感應篇》所描述的善惡情事涵蓋了各個不同面向的行為類型，包括了儒家經典所言的人倫關係、個人內心修養、各個職業的道德犯罪事例、褻瀆文化和宗教禁忌之事……等[52]，不僅內容廣泛足以支援丁耀亢所欲彰顯的各類議題，且已初具匯通三教的色彩，先行充廣了《續金瓶梅》的道學內容。

　　試以《續金瓶梅》中藉《太上感應篇》、詩文、佛道經典所闡述的道學話語為主，小說的故事情節為輔，加以觀察，可發現丁耀亢透過敘述者議論人事以及說明因果輪迴時，經常提出不同的「根」與之對應，如第三十四回引用《太上感應篇》中所言「陰賊良善，暗侮君親，貶正排賢，妄逐朋黨」，進而指出黨的根在人心裡，並將黨視為累朝的「禍根」。論及人物的因果輪迴時，則是指陳西門慶因當初無一點「善根」，而遭受如此報應，反之，月娘與孝哥則是素有「善根」，能捨財、無欲，故總能絕處逢生，難中得樂；又如潘金蓮與春梅總因「情根」不死、「淫根」不斷，須經三世流轉輪迴，嚐盡惡果。除了上述的禍根、善根、情根、淫根之外，尚有愛根、色根、夙根、凡根、聖根、淨根、貪淫病根、佛法仙根……這些種類、名稱不一之「根」，看似駁雜，卻有不少乃名異而實同，例如情根與愛根同義，而淫根近乎於色根[53]。大致說來，丁耀亢所言的「根」具有兩層意義，其一主要是針對「人」而言，是指人之所以為人的「根源性」，認為此乃是讓世人輪迴不斷的緣由；其二則是點明「心」生出種種「根」，由於人心的習染、欲望不同，遂有淫根、色根，或是善根、道根的區別，眾人皆可能兼具不同的根，且其中輕重有別，隨著根之善惡、輕重不斷積累，對應的因果報應亦將有所變異。

　　丁耀亢在《續金瓶梅》中經常反覆提及的主要是為「情根」，有用來比喻婦子行淫的肉體，如描寫李師師被捉拿受審，行刑二十大板，「可憐把個白光光、滑溜溜、香噴噴、緊緒緒兩片行雲送雨的情根，不消幾下竹篦，早紅雨斜噴，雪皮亂卷。」（第三十六回，頁275）嘲諷意味十足。有用以指稱世人無法跳出輪迴之網的根源：

> 單表人世上一點情根，從無始生來，化成色界。人從這裡生，還從這裡滅，生生死死，總從這一點紅白輪迴不斷。（第二十三回，頁164）

不過多半還是以「情根」表示個人前世積累的情債業冤，以此說明人何由囿於因果報應，

52　同注48，頁37-38。
53　《續金瓶梅》第四回中引用《北邙行》並進而說明：「首歌是唐人張籍所作，專嘆這人命無常，繁華難久。三九大老，貂冠紫綬，幾年間一夢黃粱。二八佳人，花面蛾眉，頃刻時一堆白骨。此話人人俱解，個個還迷，只為一點愛根，被他輪迴不住。」（頁24），第四十七回則指出：「那金桂姐生來色根不斷，欲念方新，如何捱得這個病。如今弄的有了色心沒了色相，好不難受。」（頁363）可知「情根」和「愛根」、「色根」與「淫根」雖為不同用語，卻具有同質關係。

牽纏不休：

> 單表這男女為人生大欲，生出百種恩情，也添上千般冤業。雖是各人恩怨不齊，原來情有情根，冤有冤種，俱是前世修因，不在今生的遭際，所以古書上說，那藍田種玉，赤繩繫足，俱有月老檢書，冰人作伐。（第四十三回，頁329）

> 看官你道劉癩子是誰？原來前世情根就是今生孽種。他也曾：「花洞偷春，撥雨撩雲調岳母；畫樓雙美，眠花臥柳作情郎。妝奸賣俏，章台慣學風流；色膽包身，地獄還成淫鬼。前生的花債原多，該是今生短少；隔世的情根不斷，撮成一對冤家。舌短難嘗鼻上蜜，眼饞空看鏡中花。」（第四十回，頁310）

究其實，圍繞著「情根」開展的討論，並不限於「男女之情」，亦包括「人倫之情」與「家國之情」，由小說中描寫月娘、孝哥對骨肉離異的牽記與訪尋，以及國運傾覆下種種人事的顛倒錯置，即可見一斑。這種由個人擴及至家國的書寫，似乎是明清時期的文人創作上的共性，他們面對明末以來各種思想紛紜雜沓，再加上易代鼎革所造成的家國遽變，於是試圖在混茫中透過向內自省，由內在推及至外在世界，形成一種獨特的感知方式——以「情根」作為一種內在的、本源性的出發點，思索個人及家國的出路。如董說在《西遊補》中藉由孫悟空出入鯖魚（情欲）腹中，裹藏對理學、心學、家國、歷史的反思[54]，最終導向〈西遊補答問〉所言：「悟通大道，必先空破情根；空破情根，必先走入情內；走入情內，見得世界情根之虛，然後走出情外，認得道根之實。」[55]，又如以南明為背景的傳奇《桃花扇》，此劇係完成於康熙三十八年（西元1699年），雖已時至清代中葉，但仍深刻地反映了明末清初的世變滄桑與易代感懷，作者孔尚任毫不諱言地直指此劇是借侯生與香君的離合之情，寫南明興亡之感。在接近尾聲的第四十齣〈入道〉，透過道人張瑤星斥罵侯方域與李香君的話語，道出情根與家國間的關係：

> （外）你們絮絮叨叨，說的俱是那裏話。當此地覆天翻，還戀情根慾種，豈不可笑！
> （生）此言差矣！從來男女室家，人之大倫，離合悲歡，情有所鍾，先生如何管得？
> （外怒介）阿呸！兩個癡蟲，你看國在那裏，家在那裏，君在那裏，父在那裏，偏是這點花月情根，割他不斷麼？[56]

---

54 關於《西遊補》所涉及的繁複內在思維與表達方式，以及最終所指向的家國之思，可參見高桂惠撰：〈《西遊補》：情欲之夢的空間與細節的意涵〉，收入余安邦主編《情、欲與文化》（臺北：中央研究院民族學研究所，2003年），頁309-339。

55 明董說撰：〈西遊補答問〉，《西遊補》（臺北：世界書局，1975年），頁1。

56 清孔尚任撰，王季思、蘇寰中、楊德平校注：《桃花扇》（臺北：里仁書局，1996年），頁309-310。

由此看來，無論是《續金瓶梅》、《西遊補》還是《西湖扇》，這些明清文人們所言及的「情根」總與「家國」有著綿密聯繫，此係緣於他們目睹易代中家國覆滅，並從中覺察歷史遞嬗的必然性，心中不免興起一種無由解決的悲感。於是乎，這些訴諸「根本性」的議題，最終往往向佛、道尋求解脫：《續金瓶梅》要人依佛法，「滅除情根」，跳脫輪迴，《西遊補》要人一刀兩段地「斬決情根」，走向道根之實，達到「掃塔洗心」的境界，至於《桃花扇》則是教人「割斷情根」，歸隱桃源。

　　雖然明末清初文人所談的「情根」，每每由佛、道中尋其終極根源，但是這些創作中所呈現出對各種欲望的探求，又與宋明理學對「天理」與「人欲」的辯證不無關係。南宋朱子主張「存天理，滅人欲」，明人王陽明言道「去得人欲，便識天理」[57]，顯見從宋學至陽明學之間，「天理」與「人欲」始終是為相對立的兩極，理學家往往將「人欲」歸之於負面的，必須被排除的一方，多側重於「天理」之存在及其內容。然而，至明末清初卻有了嶄新的轉變，溝口雄三認為此時期有兩點和昔日完全不同的變化：「一、對欲望予以肯定的言論表面化；二、提出對『私』的肯定。」[58]，指出此時期談及「欲」與「私」已不僅是指個體之生理、本能的一般情欲，或是相對於國家的私心、私情以及相對於「利他」的「利己」等道德領域，「欲」已增廣為生存欲、物質欲、所有欲等，「私」則是指私的所有面向，包括欲望的私的方面，如個人的私欲[59]。「人欲」與「天理」已非判然不合，「人欲」逐漸獲得正視與肯定，由當時的文學家、思想家，如呂坤、陳確、李贄等人的言論中，皆可察見對天理／人欲的關係已有一番新的見解與思辨[60]，且對與之相關的「心」、「性」等議題也有所延伸與發揮。要之，即是承認「欲」在「理」中，並且透過梳理其間關係，進而省察「人欲」的多重面目，以「心」為主體，把握其存在的本質。明末清初的小說、戲曲創作者，受此思想觀念所及，兼之吸收了佛、道二

57　陳榮捷：《王陽明傳習錄詳註集評》（臺北：臺灣學生書局，1988 年），頁 104。

58　〔日〕溝口雄三撰，索介然、龔穎譯：《中國前近代思想的演變》（北京：中華書局，2005 年），頁 10。

59　同前注。溝口雄三以李卓吾、馮從吾、趙楠星、黃宗羲等人相關言論，說明此時期「欲」與「私」的範圍。

60　呂坤：「世間萬物皆有所欲，其欲亦是天理人情。」明呂坤撰：《呻吟語》（臺北：志一出版社，1994 年），卷 5，頁 266。陳確則認為「人心本無所謂天理，天理正從人欲中見，人欲恰好處，即天理也。」出自明黃宗羲撰：〈陳乾初先生墓誌銘〉，收入清陳確撰《陳確集》（北京：中華書局，1979 年），第 1 冊，首卷，頁 7。至於李贄則是處於「存天理，去人欲」、「人欲恰好處，即天理也」這兩種主張的夾縫之中，一面受制於天理、人欲壁壘分明的框架，一面則又肯定人欲，其思想上的罅隙，反而使之不斷地逼視人欲的複雜與糾葛，對人性有更深刻的洞察。參見劉季倫撰：《李卓吾》（臺北：東大圖書公司，1999 年），頁 149-151。

教對於心性修為的見解，遂產生種種針對情、欲的根源性之思索，雖然小說最終總是走
向佛、道，但此並非意味以出世逃避現世，而是蘊含著三教共通的希企——對內在生命
的超越[61]。

　　將此對照丁耀亢的思想與創作思維以觀，可發現在其完成於易代之前的《管見》中，
也已然透顯出對天理與人欲的看法：

> 知天理之自然，而萬善之名可以不設矣。雖然，見金而思攫，見少艾而思摟，見
> 高官厚祿而思竊，亦自然也，獨非理乎！曰：此欲也，非理也。人也，非天也。
> 帝王未嘗以饑寒待名節，天地未嘗以鰥寡稿夫婦，聖賢未嘗以干祿病學問，得之
> 正者則為理，得之邪者則為欲。[62]

丁耀亢所言實與呂坤、陳確並無二致，承認天理與人欲都是自然的，認為人們對於財、
色、名利的追求乃屬人之常情，但仍主張「人欲自然」得必須透過矯正以回歸「天理自
然」，方為道學家所崇尚的境界。事實上，《續金瓶梅》的道學言論，即是根柢於這種
「天理」與「人欲」的思辨，只是通過三教互為解說，相互闡明，別有一番呈現。丁耀亢
依循《太上感應篇》所提供的道德框架，融合儒釋道的思維，將人欲的不同面向表現為
各種「根」，以因果、感應、輪迴來強化「根」的難以改易，不斷地用道學話語勸化世
人通過「捨財」、「捨名」、「不淫」以除卻諸種習氣宿根，如此等等，與之從「寫史」
到「解史」所闡明的意旨無異，均是為彰顯一個「空」字。「空」意味破除表象也否認
本質，要世人不受天地萬物拘執，大徹大悟，如此一來，不論善惡，皆能體悟空無，獲
得救解，達到聖賢、仙佛之境界。

　　小說最末回指出：「今日講《金瓶梅》的感應結果，忽講入道學，豈不笑為迂腐？」
（第六十四回，頁 520）丁耀亢十分清楚在小說中置入過多的道學話語，無非是犯了讀者所
不喜的教條毛病，但他卻又偏以道學話語貫穿、總結全文，只為點出個「空」字，這顯
然是一種自覺性的反諷書寫，那些具有「閱讀惰性」的讀者[63]，往往只解讀文字，而不

61 此乃是李豐楙以道教為例，論及明代文人會通三教思想時所提出的觀點。李豐楙撰：〈情與無情：
　道教出家制與謫凡敘述的情意識〉，收入熊秉真主編，王璦玲、胡曉真合編《欲掩彌彰：中國歷史
　文化中的「私」與「情」‧私情篇》（臺北：漢學研究中心，2003 年），頁 188。
62 清丁耀亢撰：《管見‧天理》，《丁耀亢全集》，下冊，頁 134。
63 胡亞敏在分析小說中「非聚焦型」的視角時，指出：「傳統的敘事文尤其是我國傳統敘事文大多屬
　於這一類型。這種全知全能的位置在顯示其優勢之時也暴露出自身的弱點，書中那無微不至的敘述
　在充分滿足讀者好奇心的同時也強化了讀者的閱讀惰性。」胡亞敏撰：《敘事學》（武漢：華中師
　範大學出版社，2004 年），頁 27。

解悟其意，殊不知冗雜的道學話語只是表象，「無字」、「無極」、「空」才是作者斂藏的本意，亦是道學家的機鋒所在，而訕笑其迂腐者，正是作者所嘲諷的俗儒淺夫。

第二節　著書／注書──《續金瓶梅》的兩面性質

丁耀亢的閱讀與創作活動中，存在一種隱蔽的顛覆思維，此與之好「奇」的特質有關，王晫《今世說》曾言其「襟期曠朗，讀書好奇節。高談驚坐，目無古人。」[64]，他雖自詡腹中有數卷史書，卻不囿於傳統史觀，對於天地運數自有一套獨特思維，如以特殊體例編選、評論歷史事件，將之名為《天史》，即頗具解構二十一史的意味，可謂是由閱讀上的「好奇」進而發展至創作上的「出奇」。於戲曲理論中，更是直接提出要「串插奇」，因為「不奇不能動人」[65]，戲曲如此，小說尤然，即使他因《續金瓶梅》而披災蒙禍，甚至興起悔著書之感，仍舊視之為「奇字」、「奇文」。丁耀亢屢屢以「奇」指稱《續金瓶梅》，卻又刻意以「注書」為之定位，此明顯與其自傲著書的心態不甚相稱，若再將之對比於在續衍脈絡下，視《續金瓶梅》為《金瓶梅》後集的「前集／後集」平行對舉，更可知悉丁耀亢對於《續金瓶梅》總帶有一種不甘屈居於下的心態，這無非能進一步確認他以「注書」定位「著書」所隱含的顛覆意圖。

《續金瓶梅》在情節正文以外，還包含他序、自序以及其他附加的文章，如《太上感應篇》、借用書目……等邊緣文字，雖不至於喧賓奪主，可是正如同王璦玲所言，這是作者在「主觀的」創作之外，企圖策略性地以一種「客觀化」的方式呈現其構思[66]，尤其是將《太上感應篇》全文抄錄於情節正文之前，卻題署為〈太上感應篇陰陽無字解〉，

64　清王晫撰，陳大康校點：《今世說》，收入《清代筆記小說大觀》（上海：上海古籍出版社，2007年），頁171。

65　此戲曲理論出自〈嘯臺偶著詞例數則〉，丁耀亢提出「詞有七要」：「一要曲折，有全部中之曲，有一齣中之曲，有一曲中之曲，有一句中之曲。二要安詳，生旦能安詳，丑淨亦有安詳，插科打諢，皆有安詳處。三要關係，佈局修詞，皆有度世之音；方關名教，有助風化。四要聲律亮，去澀就圓，去纖就宏，如順水之溜、調舌之鶯。五要情景真，凡可挪借，即為泛涉；情景相貫，不在襯貼。六要串插奇，不奇不能動人，如琵琶糟糠即接賞夏，望月又接描容等類。七要照應密，前後線索，冷語帶挑，水影相涵，方為妙手。」清丁耀亢撰：《赤松游・嘯臺偶著詞例數則》，《丁耀亢全集》，上冊，頁808。

66　孔尚任於《桃花扇》中也洋洋灑灑地撰寫了〈小引〉、〈小識〉、〈凡例〉、〈考據〉、〈綱領〉、〈本末〉、與〈砌末〉等邊緣文字，王璦玲指出此「表達了完整的創作理念與藝術構思。這顯示孔尚任不僅『主觀地』創作劇本，同時作者亦曾策略性地以一種『客觀化』的方式，企圖呈現他的某種構思。」王璦玲撰：〈「忖度予心，百不失一」──論《桃花扇》評本中批評語境之提示性與詮釋性〉，《中國文哲研究集刊》第26期（2005年3月），頁208。

「無字解」雖使「注書」的意義顯得晦昧不明，卻又隱約透露「著書」之深意。顯然，邊緣文字比起情節正文蘊含更多關於作者思想淵源的線索，就此而言，「情節正文／邊緣文字」實與「著書／注書」一樣，既彼此對舉又曖昧含混，是一種作者自覺且刻意而為的書寫策略，帶有欲掩彌彰的意味。究竟丁耀亢如何調和《續金瓶梅》的兩面性質？為何且如何於創作中展現「顛覆」意圖？這些書寫策略有何特殊意義？此外，丁耀亢是否視《金瓶梅》為奇書，又是否以「奇書」自詡其續作？以上皆是本節試圖詢問的議題。

一、注解與無字解

為經籍作傳、作注乃是中國淵遠流長的文學批評傳統，亦即為習者所熟知的「注疏傳統」、「經傳關係」，注解依附經籍而產生，其「寄生」之地位根深蒂固。然而，明末著名的異端李卓吾（西元 1527-1602 年）卻一反此觀念，有重寫經傳關係的言說：

> 《華嚴合論》精妙不可當，一字不可改易，蓋又一《華嚴》也。如向、郭注《莊子》，不可便以《莊子》為經，向、郭為注；如左丘明傳《春秋》，不可便以《春秋》為經，左氏為傳。何者？使無《春秋》，左氏自然流行，以左氏又一經也。使無《莊子》，向、郭自然流行，以向、郭又一經也。然則執向、郭以解《莊子》，據左氏以論《春秋》者，其人為不智矣。[67]

李卓吾此番宣示，確立了「傳」的獨立性，解放注解的依附性，更重要的是，此說深刻地影響了晚明文學批評[68]，丁耀亢即是其中之一。

丁耀亢的創作不拘一格，除了大量詩作之外，還有續書、注解、編史、選詩……等各種形式，這類著作與直出胸臆的詩作不同，大多是借前人文本為根柢，進而加以發揮，雖呈現出與前作相互依附，彼此闡發的姿態，卻每每於序跋、凡例、內文中流露出意欲獨立、超越，甚至顛覆前作之企圖，可謂與李卓吾翻轉文類價值的觀點相契。如劇本《赤松游》是基於悼念故友王子房而作，王子房，名漢，本名應駿，因傾慕留侯之為人，遂自號子房，更名為漢，胸懷椎秦之志，在鎮壓闖亂中立有戰功，最後亦於戰場上身亡。丁耀亢以此作為出發點，主要取材自張良事蹟，表明是為「借宮商，傳史記」[69]，又於

67　明李贄撰：〈又與從吾孝廉〉，《李溫陵集》，收入《續修四庫全書》（上海：上海古籍出版社，2003 年），第 1352 冊，卷 2，頁 28-29。

68　楊玉成指出李卓吾此說乃是一種中心（center）／邊緣（periphery）的翻轉，宣告一個新的批評時代的來臨。楊玉成撰：〈啟蒙與暴力——李卓吾的文學評點〉，收入於林明德、黃文吉總策劃《臺灣學術新視野——中國文學之部（二）》（臺北：五南圖書公司，2007 年），頁 933-934。

69　清丁耀亢撰：《赤松游》，《丁耀亢全集》，上冊，頁 908。

〈《赤松游》本末〉指出：「讀史至《留侯傳》，太史公摹擬椎秦、授書大關節處，鬚眉衣摺勃勃，欲動頰上三毛矣。千古傳奇之妙，安有如太史公者？何假別作注腳，登場扮演乎？……三代而下，唯鴟夷與留侯二人蹤跡略似。然彼攜姝載寶而去者，仍嫌其霸氣、買心，何如留侯之見首而不見尾也？」[70]一面讚許太史公文章得神之處，無須注腳；一面卻表其缺憾之處，借宮商補其不足，為之作注，寄託旨意：「可以勉忠孝，抒憤懣，作福基，長道力。名教樂地，詞曲勝場，安得使吾子房復起浮白、擊節乎？若夫工詞誇豔，則吾豈敢。」[71]，可見丁耀亢對注腳、傳注的概念實已超出訓詁的傳統，雖未明言注解的獨立性，卻透過書寫實踐，宣示注解不必墨守成規，任何文類皆可作注，所寄託、彰顯的意旨甚至是有別於所注經籍，不拘囿於注解專以通經釋義的範圍。

除此之外，丁耀亢另有一受命而作的劇本《新編楊椒山表忠蚺蛇膽》，其於卷首指出：「茲刻一脫《鳴鳳記》枝蔓，專用忠憨為正腳。起孤忠於地下，留正氣於人間。全摹《年譜》不襲吳趨本。奉命進呈，未敢自炫。姑公之海內，以補忠經云爾。」[72]清廷之所以命人重作此劇，自有其深意，郭棻〈弁言〉已隱然點出：

> 忠憨大節如日星海岳，弇州題碑、中郎之誄有道無愧辭矣。後人敲音推律，被之管弦，以其腴而易傳婉而多風也。曩如《鳴鳳》諸編，亦足勸忠斥佞。戲是以鄒林為主腦，以楊夏為鋪張，微失本旨。今上几務之暇，覽觀興嘆，思以正之。嗣以辭曲，非本朝所尚，應有旁啟，未渙綸音。[73]

清廷唯恐王世貞的《鳴鳳記》所呈現的忠烈激憤之情，動搖統治者的政治權威，盼能以新作取代，「思以正之」[74]，然則奉旨作劇的丁耀亢，不僅未遵從清廷意旨，反倒更直露地刻畫忠奸鬥爭，集中突顯楊繼盛的孤忠與悲壯，以及嚴嵩父子禍國殃民之罪惡，大肆抒發個人對國家興亡之感悟，試圖總結明亡的歷史教訓，引以為鑑，向清廷表忠輸誠，只是當中揮之不去的憤世之語，不免掩蓋表忠之志，故此劇終究未能進呈。

---

70 清丁耀亢撰：〈《赤松游》本末〉，《丁耀亢全集》，上冊，頁805。

71 同前注。

72 清丁耀亢撰：《新編楊椒山表忠蚺蛇膽》，《丁耀亢全集》，上冊，頁913。

73 清郭棻撰：《新編楊椒山表忠蚺蛇膽·弁言》，《丁耀亢全集》，上冊，頁914。

74 王璦玲詳細地析論清廷命人重作此劇的隱微意旨：「依《鳴鳳記》的寫法，雖肯定了賢臣忠義的節氣，但臣之忠無以救國之頹亂，正凸顯了責任在於帝王之家自失法度，以致王綱不振、朝廷無力。對於帝王的思慮來說，他們其實只願意在傳統君上陳下之倫常架構下，講究所謂臣子之忠，並不願一種社會發展而出的『清議』，壞了『君臣分際』。所謂『微失本旨』，隱微之意其實在此。」王璦玲撰：〈記憶與敘事：清初劇作家之前朝意識與易代感懷之戲劇轉化〉，《中國文哲研究集刊》第24期（2004年3月），頁82。

從「何假別作注腳」、「借宮商，傳史記」乃至於「用忠愍為正腳」、「補忠經」等說法以觀，丁耀亢總慣以謙抑之語遮掩犀利詞鋒，假「注腳」、「補經」等看似自我矮化之語，行「坐大」、「超越」之實，甚而蘊蓄「顛覆」、「諷刺」之意，特別是這類與清廷御頒、奉旨有關之作，更是迂迴曲折地以各種冠冕堂皇之語，欲掩彌彰地寄託創作意旨。總的說來，丁耀亢乃是以獨特的「注腳觀」涵攝幽微之意，故其言以《續金瓶梅》為《太上感應篇》作注，亦別有用心。〈太上感應篇陰陽無字解序〉說：

> 今見聖天子欽頒《感應篇》，自制御序，諭戒臣工，可謂皇皇天命矣。海內從風，遂有廣其箋注，匯集徵驗，以堅人之信從者。上行下效，何其盛歟！……欲附以言，而箋者已詳之矣。吾聞天道至私，以言解之而反淺。[75]

丁耀亢率先強調本欲隨眾而為《太上感應篇》箋注，一展對皇皇天命的投效，而後隨即以「箋者已詳」委婉地表現不願從眾的心意，看似臣服於「御頒」的正統權威，實際上是一種超越與顛覆。他特別在《太上感應篇》之後加上「陰陽無字解」五字，正是藉以灌注自身的思想，「陰陽」代表各種對舉的觀念，包括善惡、吉凶、生化萬物的兩個元素……等，這些在《續金瓶梅》皆有所演繹，至於「無字解」除了表示不應拘執於言表，亦突顯丁耀亢刻意刪去其他的傳贊解釋文字，獨存原文，不採取他人的箋注形式，而以「小道」作為全新、另類的注解，一反傳統箋注應有的形式，瓦解「御頒」的崇高與優越。〈太上感應篇陰陽無字解序〉最後說道：「附以《天史·管見》十章，如左注《春秋》、莊演《道德》同一無解耳。」[76]丁耀亢一方面藉著將《續金瓶梅》比之為《春秋》、《道德》，以抬高著作地位，深化寄託，另一方面其所附的《天史·管見》則體現一種注解的注解，造就迭見雜出的意義附會，最後再以「無字解」解構「注解」，使一切復歸於空無，如同天隱道人所言：「大海蜃樓，空中梵閣，畫影無形，繫風無跡，齊諧志怪，莊列論理，借海棗之談而作菩提之語，奇莫奇於此。」[77]透過兩面對舉的操作，不但極具顛覆意味，且無非是為一種具有強烈針對性的後設書寫之展現。

二、情節正文與邊緣文字

《續金瓶梅》中列於卷首的邊緣文字有：天隱道人、愛日老人、西湖釣史的贈序題辭，丁耀亢自撰的〈《續金瓶梅》序〉、〈《續金瓶梅後集》凡例〉、〈《續金瓶梅》借用

75　同注 39。
76　同前注。
77　同注 2。

書目〉、〈太上感應篇陰陽無字解序〉，以及名為〈太上感應篇陰陽無字解〉的《太上感應篇》全文。除此之外，尚有每回回目、回目前的品第，和丁耀亢自言「附以《天史·管見》」……皆屬於情節正文之外的邊緣文字，它們形成一個參照系統，既在文本之內又在文本之外，既是主觀說明又是客觀呈現，用以導引讀者閱讀、理解文本，是作者刻意為之，是一種策略性的建構，展現其創作意圖。

　　比起情節正文對讀者的引導和控制，邊緣文字毋寧更能直接向讀者表彰著書內容、主旨和撰寫體例，丁耀亢充分地利用此特性，在〈《續金瓶梅後集》凡例〉中直言無隱地評論前作、批評時文，從而強調自身創作優點，並說明著書意旨：

> 近觀時作，半用書柬活套，似失演義正體，故一切不用。兼有採用四六等句法，仿唐人小說者，亦即時改入白話，不改粉飾寒酸。
> 小說類有詩詞，前集名為《詞語》，多用舊曲，今因題附以新詞，參入正論，較之他作，頗多佳句，不至有套腐鄙俚之病。
> 坊間禁刻淫書，近作仍多濫穢。茲刻一遵今上頒行《太上感應篇》，又附以佛經、道籙，方知作書之旨，無非贊助聖訓，不係邪說導淫。[78]

作者希冀讀者在閱讀凡例後，能立即掌握此書大要，進而挾帶其先行灌輸的理念以對情節正文進行詮解，順理成章地接受文本中各種鋪排設計，這正是一種主觀控制的手段。不僅如此，丁耀亢也試圖以客觀呈現來引發讀者主動尋索其創作根源，如〈《續金瓶梅》借用書目〉、〈太上感應篇陰陽無字解〉即是。他洋洋灑灑地羅列近六十本的借用書目，除了用以彰顯文中之言乃有憑有據而非妄言妄聽，所列書目及其次序亦有意義。其中廣涉儒、釋、道典籍與文論、詩、詞、曲、小說等專著，先將《今上皇帝御序頒行太上感應篇》置於首要，依序是佛教禪宗典籍、道教經典、儒家經典、史書，最後方為各種文類之選本、類書、文集、小說。如此龐雜的書目，自是不可能於正文中逐一徵引，最常被直接引用的無非是列於前端的《太上感應篇》以及儒、釋、道三教經籍，一來是因為此乃《續金瓶梅》大旨所在，二來則是與凡例所言借佛經、道籙以贊助聖訓相符，證明此書絕非順治皇帝嚴禁的「瑣語淫詞」[79]。至於所臚列其他書目，大多是作者蔓衍情節或創作詞曲所參照的資料，如活閻羅斷、《西湖志》、北曲雍熙樂府、元人百種曲等等

78　同注 14。
79　《書坊禁例》云：「順治九年（1652 年）題准，坊間書賈，止許刊刻理學政治有益文業諸書。其他瑣語淫詞，及一切濫刻窗藝社稿，通行嚴禁。違者從重究治。」王彬主編：《清代禁書總述》（北京：中國書店，1999 年），頁 22。

選集、類書皆是，另外，有的則是丁耀亢欲藉由比附他作以抬高自作，如比之為《水滸傳》、《西遊記》等「奇書」；或是用來自陳思想脈絡、觀念來源，如列出明代幾位著名心學家之專著：陳白沙先生文集、王陽明先生文集和李卓吾先生焚書，即是呈露小說中未明言的思想來源，特別是李卓吾的《焚書》可謂極關重要，在丁耀亢的其他作品中亦有提及，〈漫興四首〉說道：

> 得失難憑問太虛，平陂往復轉輪車。脫驂義重人難殺，投石機深禍反除。閉目左丘成《國語》，髡頭李贄有《焚書》。蜉蝣朝暮真無定，鯤化為鵬鳥是魚。[80]

這首作於晚年的詩作，看似表露丁耀亢經歷劫難、疾苦後，深知人生無定的安然心境，但實際上是透顯了絕處逢生的積極精神，其自比為盲史左丘明以及剃髮出家的異端李贄，並不僅只是代表當時身體狀態（眼盲、薙髮）與之契合，同時也意味一種「寧鳴而死，不默而生」的進取精神之效尤與對應。由此可知，丁耀亢對於李贄的思想、精神，是抱持肯定的態度。

那麼《焚書》又有何特點，能使丁耀亢不畏自明代以來政府對李贄著作的禁毀[81]，而不時地於著作中點出？可從李贄於〈答焦漪園〉所言切入探究：

> 承諭《李氏藏書》，謹抄錄一通，專人呈覽。年來有書三種，惟此一種繫千百年是非，人更八百，簡帙亦繁，計不止二千葉矣。更有一種，專與朋輩往來談佛乘者，名曰《李氏焚書》，大抵多因緣語、忿激語，不比尋常套語。恐覽者或生怪憾，故名曰《焚書》，言其當焚而棄之也。[82]

〈李溫陵自序〉同樣自稱《焚書》「所言頗切近世學者膏肓，既中其痼疾，則必欲殺我矣，故欲焚之，言當焚而棄之，不可留也。」[83]，李贄以為此書道出時人不願承認的痼疾，所言多是不比尋常的因緣語、忿激語，故當焚而棄之，所以名為《焚書》。「焚書」可說是一種徹底的反諷，道破世人之自欺與盲目，展現其一貫高昂的鬥志與強烈的個人風格，而這種放言橫議正是丁耀亢欲為卻又不能為的。所以，相較於李贄的《焚書》以直

---

80 清丁耀亢撰：《聽山亭草·漫興四首》，《丁耀亢全集》，上冊，頁 510。

81 明代皇帝曾兩次禁毀李贄的著作，分別是萬曆三十年（西元 1602 年）及天啟五年（西元 1625 年），但其著述仍通行不斷，到了文化禁令更加嚴苛的清代，政府的禁絕依然無法阻擋李贄學說的流傳播散，可見其思想具有無法撲滅的生命力。許蘇民撰：《李贄評傳》（南京：南京大學出版社，2006年），頁 638-645。

82 明李贄撰：〈答焦漪園〉，《焚書》，卷 1，頁 7。

83 明李贄撰：〈李溫陵自序〉，《焚書》，頁 2。

言盡意之反諷展現啟蒙精神，丁耀亢的《續金瓶梅》便顯得格外地隱晦曲折，情節正文
中的因果正論及道德說教，其實亦是因緣語、忿激語，但他卻透過邊緣文字〈《續金瓶
梅後集》凡例〉表示：「茲刻首列《感應篇》並刻萬歲龍碑者，因奉旨頒行勸善等書，
借以敷演，他日流傳官禁，不為妄作。」[84]他預料此書可能遭致的結果，故先以《太上
感應篇》為之擋禦。可見這些由作者主觀撰寫的邊緣文字，亦發揮某種掩蔽的作用，不
斷為文本的合法性辯證，反倒是客觀呈現的借用書目以及「太上感應篇陰陽無字解」這
幾個字成為讀者得以追溯創作者思維的符碼，幽微地闡述其意旨。

　　《續金瓶梅》所關涉的語境，正如同丁耀亢所身處於時代變異之環境，既複雜又矛盾，
它攀附政治語境，揉雜宗教語境，且試圖勾勒歷史語境，卻反而使文學語境隱而不顯，
而涵蓋他人及作者觀點的邊緣文字，適切地呈現作者的構思，梳理情節正文中千絲萬縷
的文學記憶，指引讀者閱讀、探尋，就此說來，二者可謂是相互依存、補充，構築了文
本完整的語義圖景。

三、注善書與續淫書

　　《續金瓶梅》最昭著的特點在於丁耀亢將「善書」《太上感應篇》與「淫書」《金瓶
梅》這兩個看似悖謬的著作加以結合。畢竟《金瓶梅》一向被視為危害人心的毒瘤，自
流傳初始便非議之聲不絕，禁毀之令不斷，而《太上感應篇》則與之相反，問世不久即
引起各級統治者及教內外人士的高度重視，加以刊行、推廣，不遺餘力。張竹坡曾說：
「凡人謂《金瓶》是淫書者，想必伊止知看其淫處也。」[85]這段為《金瓶梅》辯駁的話，
實亦點出多數人囿於文字所呈現的片面思維，任意予以論斷，遂使《金瓶梅》有「淫書」
之惡諡，其無疑是與《太上感應篇》這類以傳達道德倫理思想為主的「善書」判然不合。
然而，《金瓶梅》這部以描寫家庭為核心，擴及至官場、商場等人情往來的世情小說，
可說是徹底地具現《太上感應篇》中最豐富的內容，陳霞指出：「《感應篇》共列出善
行二十四條，惡行一百六十一條。其中有三十四條關於個人道德修養，和一百二十條涉
及人在家庭、社會中的利他行為。處理家庭、社會關係的道德倫理是《感應篇》中內容
最為豐富的部分，其中包括家人、朋友、為官、經商等等方面的道德原則。」[86]二書同
樣根植於中國傳統倫常觀念，只是《金瓶梅》是以「正言若反」的方式表現，其中蘊涵
的因果報應框架與《太上感應篇》無異，至於將「貪欲」與「解脫」對舉的「色空」說

84　同注 14。

85　清張竹坡撰：〈讀法五十三〉，《第一奇書》，頁 41。

86　同注 5，頁 40。

則與佛教思維有著綿密交涉[87]。

雖然《金瓶梅》的內容、意旨與《太上感應篇》並不相悖，但仍不足以解釋丁耀亢何以將續衍之作與《太上感應篇》進行聯繫，或可由浦安迪針對《金瓶梅》中虛幻本質之探究來加以思索，其言：「作者反覆地告誡，要人們從聲色的虛幻中覺醒過來，去領悟萬事皆空之理，是為第一層寓意。與此同時，作者又使我們感到，這種說教實際上聽起來又十分的空洞乏力，是為第二層寓意。」[88]當多數人立足於第一層寓意，透過「以淫止淫」和「不善讀此書」為《金瓶梅》除汙時，丁耀亢則覺察到小說的第二層寓意，即「空洞乏力的說教」，並以此缺口作為續衍新作的切入點，又不時在文中將續作對比於原著，反覆重申其意旨：

> 善讀《金瓶梅》的，要看到天下士大夫都有了學西門大官人的心，天下婦人都要學《金瓶梅》的樣，人心那得不壞，天下那得不亡？所以講道學的，要看聖人著經的主意。因此前兩回講了淫女醜狀，今只得說正論一番，使正人君子知我作書的不是邪說。（第三十四回，頁249）

> 一部《金瓶梅》說了個「色」字，一部《續金瓶梅》說了個「空」字。從色還空，即空是色，乃因果報轉入佛法，是作書的本意，不妨再三提醒。（第四十三回，頁329）

丁耀亢屢屢於文中闡明著書意旨，足見續衍《金瓶梅》可能產生的焦慮，包括憂慮復犯淫語，說教空洞，落入前作窠臼……如此總總，突顯出丁耀亢在續衍《金瓶梅》之時，不僅懷有對政府禁令的顧忌，也隱含無法超越前作的恐懼，於是丁耀亢選擇借《太上感應篇》敷演小說，有效地增強其正統性、合理性——「得今上聖明，頒行《感應篇》勸善錄的教化，才消了前部《金瓶梅》亂世的淫心。」（第六十四回，頁525），只可惜這個注善書的舉動，非但沒有讓續書獲致「扶翼聖經，補助王化」的地位，反使其在康熙四年（西元1665年）因「續金瓶梅案」被詔獄。據中國第一歷史檔案館所公布丁耀亢的受審資料指出，《續金瓶梅》雖是寫宋、金交戰之事，但書中提及寧古塔、魚皮國的言詞，

---

87 廖肇亨標出「空結情色」與「導欲增悲」這兩個思維，並以此連結至《金瓶梅》的結構，探究其與佛教思維間綿密的交涉。廖肇亨撰：〈晚明情愛觀與佛教交涉芻議——以《金瓶梅》為中心〉，收入熊秉真主編，王璦玲、胡曉真合編《欲掩彌彰：中國歷史文化中的「私」與「情」·私情篇》，頁159-177。

88 〔美〕浦安迪撰：《中國敘事學》（北京：北京大學出版社，1995年），頁137。

以及描寫徽宗流放蠻荒之處、洪皓教習冷山地區番童等事，似有影射、諷刺清朝之嫌[89]。實際上，文中確乎有此字眼，但有些只是用以比喻，如提及寧固塔，是用以強調冷山之偏遠，至於所言徽宗、洪皓之事，更是未曾直指「滿州」，這些非難者殊不知真正的諷刺與影射根本不在於這些顯而易見的文字當中。由是可見，在文網嚴密的清朝，政府為全面箝制人民思想[90]，著眼於所有可能暗射清廷的字句語詞，完全不在乎是否斷章取義，罔顧文中實意，是故，乾隆年間禁毀丁耀亢的詩集《逍遙遊》，也僅以「中間違礙之語甚多」[91]一概而言。「違礙」一詞精準地點出處於清朝的政治文化氛圍中，這些特定讀者只見丁耀亢著作的不合時宜，即使其為文思慮縝密、作意好奇，往往一面曲折地以注書、贊經、續衍……各種形式為著書進行包裝；一面又透露許多線索，設想讀者即使不能洞察文中層層堆疊的豐富意涵，亦能藉其引導而不致有錯誤的閱讀。然則，「淫書」與「善書」的區劃早已是多數讀者先入為主的概念，即便是丁耀亢亦不免如此，文中指出作為《金瓶梅》續書：「如不妝點的活現，人不肯看」，正是出於自身作為讀者的閱讀經驗以及對原著中隱藏讀者的了解之呈現，可知多數讀者已有根深蒂固的價值觀念與閱讀傾向，即使丁耀亢試圖將續《金瓶梅》與注《太上感應篇》有效地縐合為一，並清楚指出「不免復犯淫語」是為「借色談禪」，企圖先吸引讀者目光再轉移焦點、翻轉思維，進而達到超越原著的境界，確立「著書」之價值。然其最終仍因某些讀者的誤讀而被災蒙禍，連同著述亦橫遭禁毀，可見丁耀亢以「注善書」掩蔽「續淫書」的寫作策略，的實不無曖昧，因為多數讀者往往無法體察其複雜幽微的創作心情，而這一切不正顯示讀者於閱讀所涉及的複雜心智活動，永遠不是作者所能完全揣想、掌握？

89　〈刑部尚書尼滿等為丁耀亢一俟到案即行嚴審議罪事題本〉：「據張達供，有諸城縣補役張詮來與小的言稱，遷丁耀亢為惠安知縣後，借以眼疾而不赴任，竟至杭州西湖撰寫小說《續金瓶梅》一書，並到處售賣。該書內寫道，徽宗帝為滿州掠去，而滿州獵獲飛禽走獸之後，不論生熟皆食，徽宗帝被逼無奈，亦同滿州食生熟，不時仰天而嘆。又，徽宗帝躺臥於有駝、馬、羊糞之地，身披羊皮襖，頭戴狗皮帽，不避腥臭，與狗同臥。看得，人寡而狗多。等語。張詮將寫有此等內容之卷本留給小的之後，又言稱，該書內寫有一名叫洪皓之人，伊至滿州地方後，教授過滿州子弟。而丁耀亢亦曾職任教習，教授過遼東人，借此加以比喻。等語。……又，查丁耀亢所撰寫《續金瓶梅》十三卷，雖為前金、宋二朝之事，但係為違禁撰寫，且於書中又有寧古塔、魚皮國等言辭。據此，擬請敕下該督臣作速緝拿丁耀亢解送刑部，以便嚴審議罪。」中國第一歷史檔案館：〈順康年間《續金瓶梅》作者丁耀亢受審案〉，《歷史檔案》第2期（2000年），頁29-30。

90　王彬總結清人的禁書標準，指出三類：「第一類，體現了王朝思想；第二類，體現了種族意識；第三類，體現了皇權觀念。簡之，無一不是清廷政治思想的有力滲透。清人與禁書有關的文字獄，以及乾隆年間發佈的種種禁書上諭與收繳命令，也往往是這些標準指引的結果。」同注79，頁11-12。

91　此書為江西巡撫繳郝碩奏繳：「中間違礙之語甚多」，於乾隆四十五年六月二十四日奏准禁毀。同前注，頁474-475。

四、宗奇書與著奇文

於明末清初時，小說《金瓶梅》、《水滸傳》、《西遊記》已被時人歸為「奇書」，「奇書」是對小說的稱許，是一種至高的讚譽，表示小說出類拔萃、精彩絕倫之意。然而「奇書」所代表的具體內涵究竟為何？卻始終未見清楚且詳實的指陳。在《續金瓶梅》的邊緣文字中，西湖釣史與丁耀亢都曾指出《金瓶梅》乃是「三大奇書」之一，天隱道人也以「奇書」稱譽《續金瓶梅》，那麼倘若回到丁耀亢的創作思維加以思索，究竟他對「奇書」的認知為何？又，《續金瓶梅》作為《金瓶梅》的續書，丁耀亢對此作是否也以「奇書」自居？這些無疑都是值得玩味的問題，也是釐析丁耀亢複雜創作思維的重要部分。

就《續金瓶梅》所載觀之，可以發現其中雖皆稱《金瓶梅》為奇書，但是伴隨著「奇書」所言及的內涵卻略有不同，展現出論者關注點的差異。西湖釣史以為：

> 今天下小說如林，獨推三大奇書，曰《水滸》、《西遊》、《金瓶梅》者，何以稱夫？《西遊》闡心而證道於魔，《水滸》戒俠而崇義於盜，《金瓶梅》懲淫而炫情於色。此皆顯言之，誇言之，放言之，而其旨則再以隱、以刺、以止之間。唯不知者曰怪，曰暴，曰淫，以為非聖而畔道焉，烏知夫稗官野史足以翊聖而贊經者。[92]

可見西湖釣史所言「奇書」乃是針對《金瓶梅》、《水滸傳》、《西遊記》等書所呈現的內容而言，以為這些「說部」皆是刻意藉由極端的、誇飾的文學筆法，製造反差，以此彰顯為文意旨，就其意旨而論，它們實乃蘊蓄著足以和聖賢所作之「經史」相比之「道」，這正是西湖釣史以為「奇書」所以「奇」之處。而此一觀點實與天隱道人指稱的「奇書」《續金瓶梅》之意涵有所切合，天隱道人言：「《續金瓶梅》，古今未有之奇書也，正書也，大書也。大海蜃樓，空中梵閣，畫影無形，繫風無跡，齊諧志怪，莊列論理，借海棗之談而作菩提之語，奇莫奇於此。」[93]，可知天隱道人以為「奇書」之所以稱「奇」，是在於能以淺近假託的故事，寄寓深刻的訓誨或哲理，正如同《莊子》、《列子》之寓言，透過輕描淡寫、簡單明瞭的內容，不著痕跡地寄託比喻，甚至時而帶有警世的教訓。顯然，西湖釣史與天隱道人所認知的「奇書」內涵，大抵說來正如同浦安迪所言：「常呈現一層潛伏在錯綜複雜的字裡行間、含蘊深遠的寓意，慣用反諷的修辭法來提醒讀者

---

92 同注 3。
93 同注 7。

要在書的反面上去追尋『其中味』」[94]。

至於丁耀亢所提及的「奇書」則是：

> 小說以《水滸》、《西遊》、《金瓶梅》三大奇書為宗，概不宜用之、乎、者、也等字句。近觀時作，半用書柬活套，似失演義正體，故一切不用。間有采用四六等句法，仿唐人小說者，亦即時改入白話，不改粉飾寒酸。[95]

他在凡例中提出《續金瓶梅》以三大奇書為宗，並非針對奇書的內容而論，而是針對奇書在語言文字的表現而言，指出三大奇書的白話書寫有別於唐人小說的文言形式，進而點出時作往往使用某些特定活套，失卻「演義」正體，所謂「演義」乃是指以史傳、史實為框架，融合野史、傳聞、想像，再經由藝術加工敷演而成的通俗小說。由此看來，丁耀亢是欲藉由標榜三大奇書來表明他不滿於當時創作者取巧地套用拼貼某些特定套語結構的風氣，從而指出其所推崇的乃是與史傳相互關涉的演義體裁，且是將之視為「正體」，而丁耀亢所撰的《續金瓶梅》正是以宋金歷史為框架，歷史敘事與文學敘事相互摻合，正可謂「不失演義正體」。

究其實，在《續金瓶梅》中我們雖可大略地知悉時人對「奇書」的認知，但是若就創作者丁耀亢而論，他雖然言及《金瓶梅》是為「奇書」之一，可是卻未言明「奇書」之「奇」何在，同樣的，丁耀亢也從未用「奇書」來指稱《續金瓶梅》，反倒是用「奇字」、「奇文」稱之：

> 詩人常憶謝玄暉，身後青山失舊扉。鶴夢不歸阡樹冷，草堂無主海峰圍。奇文衰世無平等，幽憤多才有是非。佳句空傳終滅沒，石門松火望依微。[96]

> 帝命焚書未可存，堂前一炬代招魂。心花已化成焦土，口債全消淨業根。奇字恐招山鬼哭，劫灰不滅聖王恩。人間腹笥多藏草，隔代安知悔立言。[97]

顯然，丁耀亢對於《續金瓶梅》所宗的「奇書」之概念並沒有明確界定，但是我們從他將奇書的白話書寫形式連結至演義體裁，又以「奇」來稱呼《續金瓶梅》，則可推知丁耀亢所認知的「奇書」，或是「奇文」、「奇字」，並不是認為它們具有某種特定的書

---

[94] 〔美〕浦安迪（Andrew H. Plaks）撰，沈亨壽譯：《明代小說四大奇書·作者弁言》（北京：三聯書店，2006年），頁1。
[95] 同注14。
[96] 清丁耀亢撰：《聽山亭草·和王元竟《石門寺詩》有感》，《丁耀亢全集》，上冊，頁527。
[97] 清丁耀亢撰：《歸山草·焚書》，《丁耀亢全集》，上冊，頁502。

寫成規，而是帶有一種「愛廣尚奇」之心理和「補史之闕」的企圖，這顯然與中國史傳系統中所表現的「好奇」、「愛奇」之特質不無關係。

由於中國的歷史敘事一方面強調實錄精神，但另一方面又與文學敘事所展現的尚美、抒情、想像……等特質密不可分，如《左傳》雖以求真資鑑為要，但同時又具有「好奇」的特點，撰寫者每每通過神奇的故事，想像的手段，來增強情節的生動性及趣味性；又如司馬遷亦甚「愛奇」，所撰《史記》中不僅記載許多奇事，還活現了一系列倜儻非常之奇人。而丁耀亢本來就是一位具有強烈史家意識的創作者，從其對《春秋》、《左傳》的推崇，乃至於參照《宋史》、《金史》來撰寫《續金瓶梅》，即可見一斑。但他所言的「奇文」、「奇字」其實又不僅著眼於藝術構思的精巧新奇，從其後所言「衰世無平等」、「恐招山鬼哭」等文句中，我們即可發現「奇文」、「奇字」亦是一種與「奇書」無異的稱揚，同樣是用以標榜《續金瓶梅》的出類拔萃與精彩動人。由此看來，丁耀亢雖未言明「奇書」《金瓶梅》所「奇」之處，但他無疑是同意《金瓶梅》的確有所寄寓，其言道：「單表《金瓶梅》一部小說，原是替世人說法，畫出那貪色圖財、縱欲喪身、宣淫現報的一幅行樂圖。」（第一回，頁 2），這實與西湖釣史、天隱道人所理解的「奇書」內涵並無二致。當然，丁耀亢對於自己續「奇書」而作的後集《續金瓶梅》，也有著不亞於前集的自信，甚至對續作之內涵與體裁有更明確的思索，是故，他雖不以「奇書」名之，但從「奇文」、「奇字」之稱便已透顯出丁耀亢在宗奇書之外，亦有著自作奇書之自信。

總的看來，《續金瓶梅》纏繞於淫書、善書之間，模糊續衍、作注、撰著之闕，其態勢若即若離，意旨則欲掩彌彰，但若依循丁耀亢的創作、思想脈絡以觀，由其好奇、顛覆的思維切入，並兼顧所處時代氛圍、文化語境，即可知悉《續金瓶梅》中許多似為相互對舉的兩面性質，以及一些未置可否的概念及其內涵，皆是作者有意而為的書寫策略，兼顧正反，合二為一，目的不外乎是要從不同角度以昭著其著作及意旨而已。

第三節　實則虛之；虛則實之
——《續金瓶梅》的後設特質

閱讀《續金瓶梅》，可以很明顯地覺察到一個縈繞不去的特點，即作者的創作主要是針對讀者而來的。小說中蘊含各種悉心設計的策略與線索，時而召喚；時而引導，希冀讀者或能主動索解；或能被動依循，如此充滿自我意識的創作思維，主要是源自於丁耀亢兼具原著讀者與續書作者的雙重身分，因知悉原著中隱藏讀者之心理，所以在撰寫續書時，不斷地設想讀者的疑惑，並透過對話的敘述模式與之互動，建立意義。但矛盾

的是，他又唯恐讀者妄自曲解，於是嚴格掌控小說的言說，刻意採用冷熱、虛實交織的書寫方式，特別是小說中所呈現的真假虛實，可說是進一步延伸、發展中國小說中常見的「實則虛之；虛則實之」之辯證手法，具有各種層次的表現與思維，透顯高度的創作自覺。本節即試圖探詢，丁耀亢究竟如何在讀者與作者的身分置換間，從讀書乃至著（注）書，進而於小說中自覺地演繹真假虛實，呈現後設特質？

一、虛實掩映──一種互文的策略

中國古代對於小說敘事中「虛構」與「真實」的問題，向來不乏豐富且客觀的論述，尤其是發展到明代以後，又有更深入的認識，如時人馮夢龍便在前人的基礎上[98]，對小說的虛實問題作了一番簡要地概括與總結：

> 野史盡真乎？曰：不必也。盡贗乎？曰：不必也。然則，去其贗而存其真乎？曰：不必也。……人不必有其事，事不必麗其人，其真者可以補金匱石室之遺，而贗者亦必有一番激揚勸誘，悲歌感慨之意。事真而理不贗，即事贗而理亦真，不害于風化，不謬于聖賢，不戾于詩書經史，若此者其可廢乎？[99]

馮夢龍肯定了小說創作在藝術虛構上的合理性，認為只要「事贗而理亦真」，那麼「真實」與「虛構」的雜糅混合便有意義，二者並不是相互對立，而是時有互補。而在丁耀亢的《續金瓶梅》中，對於「真實」與「虛構」也別有一番特殊的演繹，這兩個概念在此處儼然成為一種敘事策略，既不是對立也不完全是互補，是藉由虛虛實實的表述，製造隱約而幽邃之意旨，其用意頗堪玩味。

《續金瓶梅》是根據《金瓶梅》而加以續衍，從原著中承襲而來的人物，如吳月娘、孝哥、西門慶……等人的故事情節，無疑是丁耀亢虛構而成，但是續書所包含的情節並不僅只於此，還結合宋金的歷史背景，加入歷史人物，發展了一段如同章學誠所言「七分實事三分虛構」[100]的歷史情節，除此之外，丁耀亢甚至不時地將所處時代特徵以及自身經歷穿插其中，稍加敷衍點染，這些通常被視為敘事干預的情節，同樣也是錯雜、混合了真實與虛構，倘若僅就這三種情節呈現來看，《續金瓶梅》可謂是徹底地貫徹「虛實掩映」的表現手法，但如果更進一步細究其間差異，將可發現當中包含作者對於「虛

98　薛麗云撰：〈馮夢龍對小說理論中「虛」「實」觀的繼承與發展〉，《雲南民族學院學報（哲學社會科學版）》第 1 期（1994 年），頁 80-82。

99　明馮夢龍編撰，徐文助校訂，繆天華校閱：《警世通言·敘》（臺北：三民書局，2001 年），頁 3-8。

100　清章學誠撰：《丙辰箚記》，《章實齋札記四種》（臺北：廣文書局，1971 年），頁 66。

實」概念有著不同層次的表現與思維。就《金瓶梅》發展而來的情節而言，丁耀亢總是設想多數讀者必然將《金瓶梅》的歡快情事視之為真，不免興起效尤之意，故其於第一回便直接指出：

> 只因眾生妄想，結成世界，生下一點色身，就是蠅子見血，眾蟻逐羶。見了財色二字，拼命亡身，活佛也勸不回頭。依舊生於此門，死於此戶，無一個好漢跳得出閻羅之網，倒把這西門慶像拜成師父一般。看到「翡翠軒」、「葡萄架」一折，就要動火。看到加官生子、煙火樓臺、花攢錦簇、歌舞淫奢，也就不顧那髓竭腎裂、油盡燈枯之病，反說是及時行樂，把那寡婦哭新墳、春梅遊故館一段冷落炎涼光景看作平常。（第一回，頁2）

為了翻轉讀者的認知，他在續書中除了藉由一冷一熱的書寫策略來提醒讀者，還刻意模仿原著中使讀者耽溺的情節，如重演「葡萄架」一折，安排潘金蓮所托生的金桂在葡萄架下與幻化為西門慶的鬼魅恣意淫樂，但未幾即使其陷入淫苦[101]，其用意正如文中所強調「看官至此，切記眾人去路」（第七回，頁51）、「不知這等輪迴是一定之案，不是杜撰的」（第四十九回，頁383），即試圖以續衍的虛構情節，顛覆讀者信以為真的原著情節，達到「真卻是假，假卻是真」（第三十六回，頁267）之目的。

歷史情節的部分則是承襲了中國傳統的傳述觀，小說雖增添了脫離現實的、虛構的地獄審判來詮解真實歷史人物的興亡輪迴，但是在此處真實與虛構非但不扞格，反而相互補充，充分呈現作者的史觀，也強化所欲彰顯的因果報應、六道輪迴。至於小說所載那些與丁耀亢及其所處時代相關的實事，包括「大明萬曆年間，金陵朱之蕃」的傳聞、錦衣衛、廠衛、藍旗營、藍旗馬、宋娟、丁野鶴、張青霞……凡此種種與明、清背景有關的人事物，有些僅是客觀點出，用以作為例證[102]；有些則以虛構情節加以包裝，尤其是涉及丁耀亢自身之事，便很明顯是經過一番轉化，如第五十二回寫劉學官奇遇仙人張

101　在《續金瓶梅》第四十四回描寫金桂幾度夢見梅玉帶一白衣官人，每夜在葡萄架下與之行淫歡會，不久金桂便大病一場，文中亦隨即點出其淫苦之情狀與緣由：「因金桂淫心日熾，邪念紛亂，有梅玉一事日夜心頭不放，況他是潘金蓮轉世，一點舊業難消，今日又犯了葡萄架的淫根，故此鬼魅狐妖乘虛而入，化出當年西門慶的形象，攝其魂魄。不覺淫精四散，元氣大傷，白日胡言亂語，飲食不進，染成大病，一臥十日不起。……又有一件不好說的——陰中黃水溢流，時帶紫血，如那月水相似，把一床褥都濕了，使草紙墊著，只是不淨。」（頁340）。

102　如《續金瓶梅》第十四回言及不食牛將得善報，便以縉紳口傳之近事為例，指出大明萬曆年間，金陵朱之藩於狀元會試以前，夢一神人告知戒食牛，方得以中狀元，因其奉行不悖，來年果然狀元及第。（頁102-103）。

青霞，事實上與張青霞往來正是丁耀亢親身經歷[103]，但他卻將之嫁接到劉學官身上，甚至連同這位從《金瓶梅》中承襲而來的人物——劉學官的各種行止，亦與丁耀亢的經驗有所疊合，其於《出劫紀略》中記載全家於入海避亂時忍饑受渴，當時多虧故人濟困解危，方得歸家[104]，故友雪中送炭之舉與小說中敘寫劉學官援助吳月娘的行為並無二致。又如第六十二回回末講述一段仙家因果，借用了《搜神後記》中「丁令威」一則[105]，進而虛構丁令威每五百年一轉，於南宋孝宗末年以及明末皆轉世為丁野鶴，自稱紫陽道人，並以此詩作結：「坐見前身與後身，身身相見已成塵。亦知華表空留語，何待西湖始問津。丁固松風終是夢，令威鶴背未為真。還如葛井尋圓澤，五百年來共一人。」（第六十二回，頁 509-510），其中「令威鶴背未為真」一語，明白指出丁耀亢乃是自覺地運用虛虛實實的表現方式，並且刻意以虛構情節結合自身經驗、投射自我形象，在看似為敘事干預或者是與主要情節線索無關的支線中，隱隱約約地顯露個人的易代感懷與人生抉擇。

　　小說中對真假虛實的辯證既是為了引領讀者思考，同時也是一種互文的書寫策略，用來提醒讀者詮解的路徑，除了那些顯而易見的互文指涉，諸如與《金瓶梅》、宋金歷史的直接聯繫，更重要的是，文本與丁耀亢其人、其事、其書亦呈現高度的互文關係，雖然多半似為無關宏旨的情節線索、符號，卻往往是滋養文本的重要成分，一如第五十三回描寫蔣竹山考選揚州婦女，宋娟是為女狀元，其朱卷《楊貴妃馬嵬坡總論》傳滿揚州，人人稱頌，豈料蔣竹山選取八百女進士，竟是為了進獻金主，將她們囚禁於瓊花觀，以待江南平定隨即進貢，一時間受囚的美人題咏滿壁，無法遍載。從宋娟乃至題壁詩詞等線索來看，不正是呼應了丁耀亢的劇作《西湖扇》，此劇是根據事實所作，劇首附有〈宋娟題清風店原詩並序〉以及〈宋蕙湘原詩〉，宋娟乃是當時名聞遐邇的名妓，丁耀亢說：「娟，浙中名妓。沒於兵，題詩清風店壁，寄浙中孝廉曹子顧求贖。都中盛傳其事。」[106]，至於宋蕙湘則為「金陵人，弘光宮女也，年十四歲，為兵掠去，屬鑲黃旗下。」[107]，

103　此段經歷與《出劫紀略·山鬼談》所載如出一轍。詳見清丁耀亢撰：《出劫紀略》，《丁耀亢全集》，下冊，頁 271-275。

104　《出劫紀略·航海出劫始末》：「是日遣役回北迎老母，近除夕矣。時家口二十餘，衣囊劫盡，煮麥粥以食。率稚子三四人，人各負薪。至癸未二月，饑愈甚。淮之廟灣故人有戴子厚、陳謙自、戴小異知予困，招之往，助衣裝為東歸計。」同前注，頁 278。

105　《搜神後記》「丁令威」一則記載：「丁令威，本遼東人，學道於靈虛山。後化鶴歸遼，集城門華表柱。時有少年，舉弓欲射之。鶴乃飛，徘徊空中而言曰：『有鳥有鳥丁令威，去家千年今始歸。城郭如故人民非，何不學仙塚壘壘。』遂高上沖天。今遼東諸丁云其先世有升仙者，但不知名字耳。」晉陶潛撰：《搜神後記》（臺北：木鐸出版社，1982 年），卷 1，頁 1。

106　此語出自〈感宋娟詩二首〉詩前說明。清丁耀亢撰：《陸舫詩草》，《丁耀亢全集》，上冊，頁 43。另外，王端淑於《名媛詩緯初編》「宋娟」條目下亦載曰：「杭州人，以亂被掠至清風店，題

《西湖扇》是丁耀亢受曹爾堪之託而作，主要是根據宋娟與宋蕙湘的題壁詩加以增添點染，以宋金戰爭為背景，敘寫一段圍繞顧史、宋娟娟和宋湘仙三人間「紈扇離合，萍蹤聚散」[108]的才子佳人愛情故事。雖然在《續金瓶梅》中所言「宋娟」已有了虛構的全新樣貌，是「揚州府江都縣人，商籍」，和實事、劇作皆有所落差，但是其背後所指涉的時代亂離則始終若一，丁耀亢只是巧妙地融會虛構與真實，若隱若顯地鋪陳線索，「宋娟」既是被用來拼貼的物件，又可說是一個符號，它召喚讀者連結至同樣具有易代色彩的《西湖扇》[109]及其實事，從而寄託與明清世變攸關之記憶。

由此看來，《續金瓶梅》中對於「真實」與「虛構」有著相當幽微細緻的呈現，丁耀亢一方面保有傳述真實的思維；但另一方面又清楚地意識到小說得以涵容的虛構訊息，故以一種互文的策略，延展了「實則虛之；虛則實之」的操作手法，巧妙地運用二者既對舉又互補的特性，使情節穿梭於真實與虛構之間，進而映現無數文本，作者藉由建立互文的網絡，引導甚至是考驗讀者的閱讀與詮解。

二、休得認假作真──自我指涉小說的虛構性

華萊士·馬丁指出：

> 「虛構作品」是一種假裝。但是，如果它的作者們堅持讓人注意這種假裝，他們就不在假裝了。這樣他們就將他們的話語上升到我們自己的（嚴肅的、真實的）話語層次上來。[110]

陶東風曾據此進一步闡釋：「當我們直言不諱地承認小說只是一種虛構以後，我們就會獲得另一意義上的真實，即虛構的真實……有人甚至認為這是一種更高的真實。文學中沒有什麼真實，有的只是兩種不同的虛構，一種是坦率的、直言不諱的虛構；而另一種

詩於壁。後歸善曹太史。」清王端淑撰：《名媛詩緯初編》（臺北：國立中央圖書館縮影資料，清康熙間清音堂刊本），卷21，頁7。
107 清計六奇撰，任道斌、魏得良點校：《明季南略》（北京：中華書局，1984年），卷4，頁227。
108 同註6。
109 王璦玲曾點出：「《西湖扇》儘管寫的是宋金戰爭，然作者所寫的金兵實際是指清兵。如第十六齣〈雙題〉中竟出現了『正黃旗』、『鑲黃旗』的字樣，而以八旗編制軍隊，正是清人的軍事建制，非金人所有。因此，作者在劇中所描寫的金人奸淫擄掠即是對清兵罪刑的控訴。類似的表現手法，在其小說《續金瓶梅》中也可以看到。」同註74，頁79。
110 〔美〕華萊士·馬丁（W. Martin）撰，伍曉明譯：《當代敘事學》（北京：北京大學出版社，2005年），頁185。

則是偽裝的、掩飾的虛構。」[111] 前已揭過，中國自有一套「虛實」辯證思維，然而，無論是中國傳統小說的創作者抑或讀者，似乎總鮮少意識到小說的虛構本質，但這並非意味此現象是不存在於中國古典小說，相反的，有部分的小說續書便為我們揭示了所謂「虛構的真實」，《續金瓶梅》即是其中之一。

　　丁耀亢博聞閱覽且著作豐贍，創作橫跨各個文類，包括詩、詞、劇本、小說、雜文……等等，而多樣的著作也呈現其顯明的文類意識，從《天史·凡例》所言即可見一斑：「茲書匯集《左傳》、《史記》、《漢書》、《綱目》、二十一史，凡一切稗官野史，雖經名公採用者，概不敢載。」[112]、「茲書專尊聖經，借演因果，皆有據之感應，非無影之輪迴，內典外道，杜絕不入。」[113]，丁耀亢的思想觀念是由儒釋道匯聚而成，且特別深受佛教的因果報應與六道輪迴觀念之影響，但在編撰《天史》時，他客觀地考量了作為一部史書理應有的內容，故不於正文言及無據之事，將此部分的思想轉向附錄（如《管見》）或者其他「稗官野史」（如《續金瓶梅》）加以彰顯，可見丁耀亢確實頗能把握不同文類的界限與特質，也深知其中罅隙，於是有技巧地運用多重互文的策略，透過文本間相互指涉、比附，遊走於文類間的模糊地帶，例如在小說中拼貼詩、詞、曲、文……其他文類，並透過互文手法，以小道來翊聖、贊經，翻轉文類原本的地位與價值。上述種種書寫現象除了顯示出丁耀亢熟諳各種文類性質之外，就《續金瓶梅》一書而言，從丁耀亢把《天史》所不能言者，置於《續金瓶梅》中演繹，即可知其心中不僅自有判明史書與小說分際之準繩，在區劃二者差異的當下，已顯露其視《續金瓶梅》為「虛構作品」的意識。再加上小說續書是基於原著而衍生，它的存在本身就是對虛構的揭示，丁耀亢因意識到自己是在寫一部「原著之後」的虛構作品，故不以營造「似真」為核心職志，也不再諱莫如深地將此隱藏在故事之後，反而不時地在文中向讀者說明著書意旨，直接闡明其「何以」且「如何」創作了《續金瓶梅》：

> 一部《金瓶梅》說了個「色」字，一部《續金瓶梅》說了個「空」字。從色還空，空即是色，乃因果報應轉入佛法，是做書的本意。（第四十三回，頁 329）

> 這一部《續金瓶梅》替世人說法，做《太上感應篇》的注腳，就如點水蜻蜓，卻不在蜻蜓上。又如莊子濠梁上觀魚，卻意不在魚。（第六十四回，頁 521）

> 我今講一部《續金瓶梅》，也外不過此八個字，以憑世人參解。（第六十四回，頁

---

111 陶東風撰：《文體演變及其文化意味》（昆明：雲南人民出版社，1999 年），頁 198。
112 同注 32。
113 同前注。

· 53 ·

525）

由此看來，在《續金瓶梅》中這些自我指涉小說的虛構性之話語，往往與「說法」、「參解」、「佛法」等目的休戚相關，正如同前引華萊士‧馬丁所言，當作者承認這是一部虛構作品時，小說話語便進入了真實的話語層次中。丁耀亢直言不諱地表明創作這部小說就是為了「替世人說法」，而《續金瓶梅》中說理談禪之語確實往往凌駕於故事情節之上，並且摻和了許多他人的議論話語，形成「客多主少，別是一格」[114]的特殊現象，挑戰傳統小說的成規。也是基於講道說理的前提與準則，文中不時地針對原著《金瓶梅》的內容提出設想與反思：「若是西門慶做個田舍翁──安分的良民，享著幾畝良田，守著一個老妻，隨分度日，活到古稀善病而終，省了多少心機，享了多少安樂！」（第一回，頁2），進而檢討《金瓶梅》「由熱至冷」的敘寫方式，使人耽溺於前半樂事而不見後半苦事，丁耀亢引以為鑑，並直接於續書中向讀者陳述「熱一回，冷一回」的創作策略，以及「癢一陣，酸一陣」的創作效果，凡此皆是圍繞著《金瓶梅》而展開的後設思考。

究《續金瓶梅》所以自我指涉其虛構性的原因，實際上又與丁耀亢所崇尚的老莊、禪宗思想不無關係，可由第三十一回回首所言觀之：

> 詩曰：「彩雲開處見仙人，莫把仙人便認真。柳葉自然描翠黛，桃花原自點朱唇。手中扇影非為扇，足下塵生不是塵。如肯參禪乾屎橛，須知糞溺有香津。」這八句詩，單說做書講道的人借色談禪，看書的人休得認假作真。（第三十一回，頁226）

「做書講道的人借色談禪，看書的人休得認假做真」一語，以及上文引述的「這一部《續金瓶梅》替世人說法，做《太上感應篇》的注腳，就如點水蜻蜓，卻不在蜻蜓上。又如莊子濠梁上觀魚，卻意不在魚」，既與老莊「貴虛尚無」的思想有關，又與禪宗主張「不立文字」、「離文字相」……一切有相皆是虛妄的觀點相繫，也正緣於此種內蘊於心中的「空」、「虛」、「無」的思維，使丁耀亢能夠超然物外地視《續金瓶梅》為虛構的作品，借虛構的語言文字滲透並融入真實世界，泯除一切真假虛實的界線，體現「實則虛之；虛則實之」的自然之道，從而形成藝術表現的虛實手法。

第四節　小　結

自明清以來，《金瓶梅》向來不乏評論者對之褒貶與奪，內容有別，方式各異，也

---

[114] 同注14。

逐漸發展出一種屬於「創作上」的回應，如評點、如續書。張竹坡曾言：「然則我自做我之《金瓶梅》，我何暇與人批《金瓶梅》也哉！」[115]，而丁耀亢則以續衍《金瓶梅》「講出陰曹報應、現世輪迴」（第一回，頁3），了結其中因果[116]，此無非也是一種自做《金瓶梅》的姿態，只是相較於張竹坡在權威且獨斷的批評中，滿溢個人情懷與主觀感知，丁耀亢對《金瓶梅》的回應，顯得分外地曲折縈紆，羼雜許多非直抒胸臆之內容，似乎在思維醞釀，尚未成篇的過程中，已預先揣想創作的各種路徑，包括對讀者、原著、原著之隱含讀者……種種與內在語境攸關之設計，甚至是社會、文化……等外在語境的考量，諸如此類的「後設」思維，一方面主要是圍繞著《金瓶梅》而展開，正如同王汝梅所言：「所謂續作，實即是破、是反、是批判」[117]；另一方面則在貼近讀者、自我揭示的話語中，呈現出迴向小說本身的書寫傾向。此外，作者又基於對各種文類的認識，而有意利用其間的差異，透過相互比附、補充、融通，瓦解壁壘分明的文類疆界，擴大小說的話語範圍，於是乎，作者的創作意識與意旨因而越顯駁雜難辨，但這也正是《續金瓶梅》最引人注意之處，無法以一言蔽之，必須在小說與歷史、真實與虛構、著書與注書的複沓疊增中，拉牽出萬縷千絲的意義網絡。

　　丁耀亢兼具讀者與作者的雙重身分，在《續金瓶梅》的創作實踐中，其「讀者之情」幾與「作者之意」並駕齊驅，作為讀者他深知所謂「作者之用心未必然，而讀者之用心何必不然」[118]，然而，身為作者其又唯恐「讀者之精神不生，將作者之意思盡沒」[119]，於是穿梭於不同身分立場之間，高度自覺地經營各種兩難的處境：戲談《金瓶梅》與嚴肅講道說理、注解與無字解、稗官野史與經書典籍、瑣語淫詞與御頒善書……既自我建構又自我解構，《續金瓶梅》呈現出極為後設的文學幻設空間，將丁耀亢從讀書、著書乃至注書的思辨過程，一一顯明。

115　清張竹坡撰：〈竹坡閒話〉，《第一奇書》，頁8。

116　丁耀亢經常於《續金瓶梅》點明其如何平算前集因果，如第四十八回指出：「看官到此或說，前集金蓮、春梅淫惡太大，未曾填還原債，便已逃入空門，較之瓶兒似於淫獄從輕，瓶兒亡身反為太重。不知前世造惡與今生享用，原是平算因果的。」（頁373）、「這是陳經濟的化身，和金蓮才完前帳，結了《金瓶梅》三案因果。」（頁378）。

117　王汝梅指出《續金瓶梅》繼承了《金瓶梅》積極的成分，同時要試圖消除其亂世的淫心，故指出「所謂續作，實即是破、是反、是批判。」同注13，頁162。

118　清譚獻撰：《復堂詞話》，收入唐圭璋編《詞話叢編》（臺北：新文豐出版公司，1988年），第4冊，頁3987。

119　清金聖歎撰：《第五才子書施耐庵水滸傳・楔子回評》，《金聖歎全集》（南京：鳳凰出版社，2008年），第3冊，頁41。

第三章　增刪的意味：《隔簾花影》與 《金屋夢》的多重回應

　　《續金瓶梅》於康熙四年（西元 1665 年）被禁毀後，不久即出現《隔簾花影》一書，全稱《新鐫古本批評三世報隔簾花影》，是據《續金瓶梅》增刪而成，關於此書，孫楷第《中國通俗小說書目》著錄如下：

> 存　湖南刊大字本。半頁十一行，行二十四字。清無名氏撰。不題撰人。首四橋居士序，當即作者。按：《快心編》評者亦署「四橋居士」，與此同。書即竄易丁耀亢書為之，殆是康熙後書肆所為。[1]

《隔簾花影》僅四十八回，比《續金瓶梅》少了十六回，足見此書大幅地刪減了小說內容，並且更易人名、改換題名、刪去邊緣文字，已無《續金瓶梅》形於外的一切特點。時至清末民初，《續金瓶梅》又有另一刪改本——《金屋夢》，其最初是在民國四年（西元 1915 年）二月發行的《鶯花雜誌》創刊號上開始連載，民國五年（西元 1916 年）抽印成單行本，十二冊，共六十回，署「編輯者夢筆生」，卷首錄有〈識語〉一則，在連載期間〈識語〉原署有該刊編輯孫靜庵之名，但是在抽印本中卻刪去了，黃霖以為《金屋夢》應即是孫靜庵根據《續金瓶梅》並參照《隔簾花影》重新刪改而成，大抵而言，《金屋夢》比起《隔簾花影》更接近《續金瓶梅》本來的樣貌[2]。

1　孫楷第撰：《中國通俗小說書目》（臺北：木鐸出版社，1983 年），頁 134。

2　黃霖指出《金屋夢》〈識語〉中有將此書「重價購之，稍稍潤色」之語，並由此推知《金屋夢》乃是孫靜庵據《續金瓶梅》，並參照《隔簾花影》刪改而成。黃霖撰：〈前言〉，收入清丁耀亢撰，陸合、星月校點《金瓶梅續書三種》（濟南：齊魯書社，1988 年），上冊，頁 20。黃霖僅就此語便推測孫靜庵即是刪者，稍嫌不嚴謹，但若就〈識語〉全篇以觀，撰寫〈識語〉的孫靜庵先是特別提出友人對《金瓶梅》與《紅樓夢》的看法：認為此二書皆是寫盡世態炎涼，其功不在佛經之下。孫靜庵亦同意此說，甚至有恨不得能自著如《金瓶梅》、《紅樓夢》般的說部以餉讀者的心情，緊接著〈識語〉中又指出其恰巧獲得書估所售的《金屋夢》一書，作者名為夢筆生，乃是一點染世態人情的妙文，遂「急以重價購之，稍稍潤色，以餉閱者」。筆者以為此書名（《金屋夢》）與作者名（夢筆生）相當一致，且顯然與《金瓶梅》、《紅樓夢》有所聯繫，此外，名稱所表現的意涵又

　　由於《續金瓶梅》在刊刻不久後即遭禁毀，遂有多種版本流傳於世，包括坊刻本、抄本，以及本節所討論的刪改本[3]——《隔簾花影》與《金屋夢》。複雜的版本現象說明有清一代的禁毀政策與文學傳播實乃互為表裡，朝廷的禁止反而使文本傳播形態更迭明顯，造就許多新的文本出現，如同《續金瓶梅》延伸出兩部截然不同的刪改本，二者的存在與歷史、社會、文學語境密不可分。《隔簾花影》與《金屋夢》，一者問世於《續金瓶梅》遭焚的康熙年間；一者是在清代禁書運動結束後，方才出現，增刪的內容體現了百餘年的時空差異。即使《金屋夢》已泰半恢復《續金瓶梅》的面貌，但因其主要是參考了坊刻本再進行增刪，坊刻本不僅錯訛、漏刻比比皆是，還有一些字句上的刪改、更易[4]，這些全被繼承了下來，此現象不正顯示出文學傳播過程的變異性，早已使刪節本脫離《續金瓶梅》而獨立，彼此各有千秋，成為另外兩本《金瓶梅》續書。然而以往研究者一逕根據刪改內容來評價刪者者的功過[5]，或是進而評斷《續金瓶梅》、《隔簾花影》、《金屋夢》三者的優劣次序[6]，以檢討的角度切入研究，僅針對小說的文學語境加以析論，總不無蓋棺事定的意味。是以，本章即欲從「所刪為何」、「所留為何」追索至「因何而刪」、「為何而留」，一併考察與之攸關的歷史、社會語境，觀察不同時空下所造就的二部續作，各以何種姿態回應前作、回應時代，又或刪改者是否在書寫中寄寓不同的觀點，從而衍生出迥別於前作的思維？

　　恰巧與孫靜庵同意二書之「空幻」、「炎涼」不謀而合，而我們就〈識語〉所表現的種種巧合來看，確實如黃霖所言，夢筆生很可能即是孫靜庵。可進一步補充的是，論者郭浩帆也認同黃霖之見，其探求孫靜庵之生平經歷與創作情況，並以之尋思《金屋夢》的思想內涵，此研究成果值得加以參酌。郭浩帆撰：〈《金瓶梅》續書《金屋夢》若干問題考述〉，《廈門教育學院學報》第 13 卷第 2 期（2011 年 5 月），頁 25-30。

3　有關《續金瓶梅》、《隔簾花影》以及《金屋夢》的版本討論，可參見孫言誠撰：〈《續金瓶梅》的刻本、抄本和改寫本〉，收入吉林大學中國文化研究所編《金瓶梅藝術世界》（長春：吉林大學出版社，1991 年），頁 319-332。

4　孫言誠指出坊刻本的刪改，大體上有三種情況：一、刪去了明顯的反清詞句；二、刪去了刪改者認為是冗贅的詞句和段落；三、個別地方的改動，是刪改者誤解了原著。進而指出這些改動對《續金瓶梅》的流傳以及後來《金屋夢》的改編，都產生了不良的影響。同前注，頁 322-324。

5　例如朱眉叔、王旭川即是以此論斷《隔簾花影》的價值。朱眉叔撰：〈論《續金瓶梅》及其刪改本《隔簾花影》和《金屋夢》〉，《明清小說論叢》（瀋陽：春風文藝出版社，1984 年），第 1 輯，頁 276-278。王旭川撰：《中國小說續書研究》（上海：學林出版社，2004 年），頁 282-283。

6　例如侯寶源便是通過比較、分析三者的內容，得出三種續書中《金屋夢》最好，最合乎情理，《續金瓶梅》次之，《隔簾花影》拖後的結論。侯寶源撰：〈《金瓶梅》續書三種比較談〉，《聊城師範學院學報（哲學社會科學版）》第 4 期（1998 年），頁 94-96。

第一節　傳播與禁毀——《隔簾花影》的匿名轉化

　　《續金瓶梅》以宋金易代之事為背景，記載了「寧固塔」、「魚皮國」等涉及清王朝發祥地的字眼[7]，被認定係為違禁撰寫，觸犯時忌，遂使丁耀亢身陷囹圄百二十天，《續金瓶梅》亦隨此劫難化為焦土。而後，《隔簾花影》以增刪、匿名……等手段，重新刊刻流傳，小說中不僅不見與禁毀之由相關的情節，亦不復見與《金瓶梅》、《續金瓶梅》相涉之字眼，原本在《續金瓶梅》中佔據大量篇幅的邊緣文字一併消失，僅存一篇署名四橋居士的題序，為新的文本提供一些創作思維的蛛絲馬跡。

　　根據孫楷第所著錄的資料以觀，《隔簾花影》可能就是題序者——四橋居士刪改而成，但亦有可能是康熙時期的書肆所為，無論出自何人手筆，在文網嚴密的康熙時期，刪改者不畏朝廷禁令，將被禁毀的書籍改頭換貌、重新刊刻的行為，是否潛藏著欲藉增刪「以利傳播」進而「取而代之」的意圖？那些被刊落、改易的內容，以及為了填補情節空隙所增補之處，勢必也將轉化丁耀亢寄寓於《續金瓶梅》之思想，從而呈現出刪改者的閱讀視角、所側重的閱讀效果，並且重新聚焦小說續書的思想與功用……這些都是《隔簾花影》可能涉及的相關議題，須從文本提供的信息逐一釐析、探究。

一、匿名：匿影藏形與續衍傳播的矛盾性

　　四橋居士於《隔簾花影》卷首題〈序〉指出：

> 《金瓶梅》一書，雖係空言，但觀西門平生所為，淫蕩無節，蠻橫已極，宜乎及身即受慘變，乃享厚福以終。至其報復，亦不過妻散財亡，家門冷落而止。似乎天道悠遠，所報不足以蔽其事。此《隔簾花影》四十八回卷所以繼正續兩編而作也。至於西門易為南宮、月娘易為雲娘、孝哥易為慧哥，其餘一切人等，名目俱更，俾閱者驚其筆端變幻，波瀾綺麗，幾曾識其所自始。其實作者本意不過借影指點，去前編有相為表裡之妙。故南宮吉生前好色貪財等事，於卷首輕輕點過，以後將人情之惡薄、感應之分明，極力描寫，以見無人不報，無事不報。[8]

此段話已然宣示《隔簾花影》是繼正編《金瓶梅》、續編《續金瓶梅》而作，表彰其獨立性，並且點出此書隱匿了《金瓶梅》中人物的名稱，但同時又強調其與《金瓶梅》有

7　中國第一歷史檔案館：〈順康年間《續金瓶梅》作者丁耀亢受審案〉，《歷史檔案》第 2 期（2000年），頁 29-32。

8　清四橋居士撰：《隔簾花影·序》，《金瓶梅續書三種》，上冊，頁 1。

相為表裡之妙。究竟《隔簾花影》的刪改者是如何調和「隱匿聯繫」與「續衍傳播」這兩個似為相互矛盾的創作行為？以下即就其改易的內容以一窺堂奧。

就康熙年間《金瓶梅》的傳承影響與對話關係以觀，當時除了有《隔簾花影》以增刪《續金瓶梅》而刊刻流傳外，張竹坡亦於此時刊刻了《皋鶴堂批評第一奇書金瓶梅》，它們共存於同一時代，同樣是對《金瓶梅》的回應，但因分屬不同脈絡，前者偏向於傳承、影響的層面；後者則以詮釋、評論為主，故二者在內容與形式上自是截然不同。除此之外，二者在文學傳播上更有著大異其趣的表現——《隔簾花影》是匿名流傳，《第一奇書》則反之，張竹坡直言無忌地強調作者「顧意命名」的創造：

> 稗官者，寓言也。其假捏一人，幻造一事，雖為風影之談，亦必依山點石，借海揚波。故《金瓶》一部，有名人物，不下百數，為之尋端竟委，大半皆屬寓言。庶因物有名，托名擴事，以成此一百回曲曲折折之書。[9]

又於〈金瓶梅寓意說〉中逐一指出小說人物名稱所蘊藏的寓意、微旨，並由此連結人物之間的生發關係，例如：「瓶因慶生也。蓋云貪欲嗜惡，百骸枯盡，瓶之罄矣。特特撰出瓶兒，真令千古風流人同聲一哭。因瓶生情，則花瓶而子虛姓花，銀瓶而銀姐名銀。」[10]由西門慶為起始，因「慶」、「罄」同音，進而連結至李瓶兒，再帶出花子虛、吳銀姐等人。張竹坡主要是藉由同音或近音字的聯想法，將人名與情節結合，建立一套相互聯繫的意義網絡。而道德觀照則是其詮釋人名寓意的基礎，多數人物的名號總與各自的人格特質、道德缺陷相符，從他為幫閒人物所進行的名號釋寓，即可見一斑：

> 應伯（白）爵（嚼），字光侯（喉）、謝希（攜）大，字子（紫）純（唇）、祝（住）實（十）念（年）、孫天化（話），字伯（不）修（羞）、常峙（時）節（借）、卜（不）志（知）道，吳（無）典恩、雲裡守（手），字非（飛）去、白賴光字光湯、賁（背）第（地）傳、傅（負）自新（心）、甘（乾）出身、韓道（搗）國（鬼）。因西門慶不肖，生出數名也。[11]

大致說來，張竹坡主要是從個人對生命與道德的觀照出發，勾勒作者為小說人物「命名」的符號化過程，設想符號背後的寓意，其中雖不免有穿鑿附會之嫌，但是卻體現了漢語字詞在形、音、義的有機結合下，足以蘊藏豐富且多元的意涵，既是命名者的社會理想

9　清張竹坡撰：《第一奇書·金瓶梅寓意說》（臺北：里仁書局，1981 年），頁 1。
10　同前注。
11　同前注，頁 11-12。

和審美趣味的表現形式，也是詮釋者得以進一步解讀小說思想旨歸與藝術意蘊的切口。

相較於張竹坡在《第一奇書》中反覆彰顯人名寓意，並以道德角度翻轉了淫書的罪名，貫徹清廷的文化政策，甚至使《第一奇書》成為有清一代流傳最廣的典範性文本[12]，《隔簾花影》卻反倒刻意以匿名作為傳播的掩護，斷絕與《續金瓶梅》之間的聯繫性，亦不直言此為《金瓶梅》續書，凡與前作相關的名稱，包括題名、回目名、人物名、地名、佛寺廟宇名稱……等，大多有所更易，徹底將《續金瓶梅》改頭換面，並更易題名為《新鐫古本批評三世報隔簾花影》，一反既往以「奇」確立文本正典性的作法，而改以「新」為號召，此一則是為了避免禁書《續金瓶梅》之諱，故重新增刪並以新作之姿問世；一則是利用康熙時期讀者對當代新文本的關注[13]，企圖使之順利傳播。在新的文本中，從故事發生的地點乃至於人物，全被賦予新的名稱，諸如山東清河縣改為山東東昌府武城縣，永福寺改為普福寺，尤其是人物名，無論是主要人物，抑或是次要人物，幾乎無一不改，如主要人物西門慶改為南宮吉、吳月娘改為楚雲娘、孝哥改為慧哥，潘金蓮改為紅繡鞋、李瓶兒易為銀紐絲，僕役玳安改為泰安、丫鬟小玉改為細珠，尼姑妙趣、妙鳳改為幻音、幻像……等等，這些新的名稱多數似為隨意抽換、點染，但倘若逐一細審，則可從中察見帶有戲謔、遊戲的意味。有的刻意使語詞「多一點、少一橫」，產生猶如「三豕涉河」的文字訛誤效果，例如：老馮改成老馬、汪蠻子改成江蠻子、斡將軍改成幹將軍；有的則是以相近或相反的詞語意義來替代，如「西門」易為「南宮」，「慶」易為「吉」、月娘易為雲娘，「雲」與「月」即為相近的、容易聯想的詞語，另外，「金」桂易為「丹」桂、「秋菊」易為「金橘」、翟「雲峰」易為高「秋嶽」……皆是如此，是為作者最常採用的命名策略；亦有以同音、諧音字取而代之的，如「劉」學官易為「柳」學官、「翟」員外易為「皮」員外。由此可知，作者在改易主要人物的名稱時，往往透過字義聯想、類比推理的方式，例如西門慶（南宮吉）、吳月娘（楚雲娘）、孝哥（慧哥）、潘金蓮（紅繡鞋）等人物名稱皆是，「匿名」使《隔簾花影》乍看之下如同全新的文本，但作者並非任意更易、取代，而是巧妙地運用各種文字遊戲，若隱若顯地保留與《金瓶梅》之間的聯繫，如此一來，既可避免因增刪禁書《續金瓶梅》而遭難，又可以此召喚

12　李梁淑指出張評本將讀者引向「妙文」的鑑賞角度，從思想內容上徹底改造了原書的形象，使《金瓶梅》擺脫了淫書的罪名，為《金瓶梅》的合法流傳做出了貢獻。李梁淑撰：《金瓶梅詮評史研究——以萬曆到民初為範圍》（臺北：國立臺灣大學中國文學研究所博士論文，2003年），頁36。

13　楊玉成觀察康熙時期的書籍，從而指出：「文學傳播的發展導致新文本的出現，創造一種新價值。康熙時期產生一系列以『新』命名的書籍……『新』成為一種新價值，來自商業文化的品味，傳播媒介的高度競爭，結果是讀者的眼光逐漸轉向了當代文學。」楊玉成撰：〈小眾讀者：康熙時期的文學傳播與文學批評〉，《中國文哲研究集刊》第19期（2001年9月），頁56-57。

某些知悉《金瓶梅》的讀者察見「其所自始」，作者欲以《隔簾花影》取代《續金瓶梅》之意圖，顯而易見。

究其實，張竹坡對人名的寓意申說與《隔簾花影》的匿名藏形，皆反映了「命名」背後蘊蓄的思維與指涉乃是多義、多重的，評點者以此索解文中寓意、指導讀者閱讀，而刪改者則是逆向操作，刻意採用若即若離的命名策略，假隱匿藏形之名，行續衍傳播之實。這些對《金瓶梅》的不同回應方式，顯示出康熙時期所厲行的禁毀政策，不過是使一般文人不敢直言與統治者思想相牴牾的觀點，而改以不同角度或表達方式繼續進行文學傳播，遂產生各種殊異的文本與書寫現象，進而形成眾多角度解讀的文化共生局面。

二、拆解：淡化家國隱喻與民俗思維

《隔簾花影》大量地刊落了《續金瓶梅》的內容，幾乎完全刪除的回目有十餘回，大抵可分為三個方面：其一是關於宋金戰爭的內容，分別是：〈陷中原徽欽北狩 屠清河子母流離〉、〈宋道君隔帳琵琶 張邦昌御床半臂〉、〈宋宗澤單騎收東京 張邦昌伏法赴西市〉、〈排善良重立黨人碑 殺忠賢再失河南地〉、〈韓世宗伏兵走兀朮 梁夫人擊鼓戰金山〉、〈遼陽洪皓哭徽宗 天津秦檜別撻懶〉；其二是針對陰間、還魂等情節進行刪除，包括：〈普淨師超劫度冤魂 眾孽鬼投胎還宿債〉、〈西門慶望鄉臺思家 武大郎酆都城告狀〉、〈奈河橋奸雄愁渡 枉死城淫鬼傳情〉、〈大發放業鬼輪迴 造劫數奸臣伏法〉、〈沈花子魂認前身 王六兒老還舊債〉、〈活閻羅判盡前身 死神仙算知來世〉；其三則是一些與主要人物較無關係的情節與議論，如〈夢截髮大士解冤 不食牛帝君救劫〉、〈傻公子枉受私關節 鬼門生親拜女房師〉、〈劉學官棄職歸山 龍大師傳丹入海〉、〈三教同歸感應天 普世盡成極樂地〉，還有為因應情節更易所做的刪削，即〈同床美二女炙香瘢 隔牆花三生爭密約〉。除此之外，《續金瓶梅》所刻意聯繫的《太上感應篇》，以及分佈於文中的大量議論文字、引用典籍，多半橫遭刪除。

究刪除的原因，自是與《續金瓶梅》受到禁毀有著直接且密切的關係，為了避免觸犯時忌，除了匿名之外，作者刻意刪除《續金瓶梅》中直露地刻畫宋金易代的情節與抨擊朝政、世風的議論，遂使那些描寫國運將傾，陰陽相反，所產生的異事，以及斥責朋黨為大亂陰陽之根本⋯⋯等深刻議論，隨之消滅殆盡，僅保留與主要情節有所聯繫的歷史背景。如此一來，在《續金瓶梅》中透過「家」、「國」之間相互映照所帶出的家國隱喻與歷史反思，到了《隔簾花影》中可謂蕩然無存。若從趨避禁毀政令的角度而言，《隔簾花影》的作者其實只需透過匿名以及淡化易代色彩，即可達致避禍進而傳播之目的，那麼，其何由又刪去陰間、還魂的情節呢？正如同侯寶源所言：「『陰間』內容的描寫，在全書中的作用決不僅僅是『陰陽輪迴』、『因果報應』、『戒惡揚善』的說教

與勸戒，尤其是『大發放業鬼輪迴，造劫數奸臣伏法』一回，在全書中的主要作用是起著承上啟下的至關重要的作用的，或者說，在全書的總體結構中，這一回是一個總綱。」[14]，可見一旦抽換此情節，必然會導致結構失衡，而得重新做出相應的調整。《隔簾花影》的作者寧可重新撰寫一個與《續金瓶梅》截然不同的起始，這便明顯帶著區劃自身與前作之別的意圖，在第一回中其先概略地言及《金瓶梅》的情節內容，從中引出新文本的題名——「三世報」的意涵，進而表陳接續的思維與方式：

> 若論他（按：南宮吉）既一身死了，便有些冤債，也可算做償了。誰知這冤債不是糊塗償得的，有一分定要還他一分；生前不能償，死後也要償的；自身不能償，子孫也要償的；今生不能償，後世也要償的；萬萬不爽，所以叫做「三世報」。但償在眼前，人便知道他從前的過惡，便歡喜道：「這是現世報了！」若報到死後，或是子孫、或是後世，人便有知有不知；就知道些影響的大意，也不知天理之報應一一如此之巧妙。故書窗閒暇，聊將這南宮吉死後與子孫後世昭報之事，細細拈出，請世人三餐飯罷時一著眼，五夜夢迴裡一思量，也可見積善降祥，積不善降殃，天理之昭然有如此，稍於人事之邪心收一收，庶不負一番立言之意。[15]

可知，「福善禍淫」、「因果報應」取代了地獄、陰間的描寫，成為《隔簾花影》的總綱，亦是續衍的發軔之始。文本中雖仍保有道教的承負說、佛教的輪迴觀念與儒家的道德倫理，但是已不如《續金瓶梅》那般反覆闡述且相互融通，多半僅是點到為止，僅存概略性的、簡要的理念，並以此建構出與主要情節相符的思想脈絡，然而，少了陰、陽之間的跨度，不僅使轉世人物的聯繫顯得薄弱，那些依附於此一框架之下的旁支情節也因此顯得分外突兀，其於《隔簾花影》中一併被刪去乃勢所必然。

　　《隔簾花影》中所刊落的內容，雖如上文所言可區劃為三大部分，但此非意味三者互不相涉，相反的，它們其實有一個共同的特徵，關涉其「何以被刪除」的根本原因，此即是劉廷璣所言：「背謬妄語，顛倒失倫」[16]。從《太上感應篇》到宋金戰爭、地獄輪迴，乃至於由此衍生的旁支情節與議論，這些內容縮結了「陰曹報應、現世輪迴」的思維與「陰陽錯置、陽消陰長」的世道，正觸及到清廷各種禁令背後最深層的憂慮——唯恐涉及歷史更替、本末舛逆的書寫激化人民的反動思想。此外，丁耀亢又不時地在文中

14　同注 6，頁 94。

15　不題撰人：《隔簾花影》，《金瓶梅續書三種》，上冊，頁 3。此書是以本衙藏本為底本，參校湖南刻大字本和清初大字本，內文引用皆據此書，不另加注，僅於文後標明書名與頁碼。

16　清劉廷璣撰：《在園雜志》（臺北：文海出版社，1973 年），卷 3，頁 147。

突顯儒、釋、道三教合一的思想觀點，藉由這些議論將歷史反思與民俗思維相互融攝，以此引誘世人參悟，如《續金瓶梅》第二十三回在說明「情根」時，先是言道：「單表人世上一點情根，從無始生來，化成色界。人從這裡生，還從這裡滅，生生死死，總從這一點紅白輪迴不斷。」[17]，再由佛法所言「絕欲」聯繫至老子、孔子、《易經》、《詩經》、《大學》等儒家經典所言的「寡欲」、「好色」，最後又歸返佛經，點出議論核心：

> 依佛經上說，忍恨利諸天以目成胎，還有欲界，何況凡夫生化的源頭，乾坤的正位，須從夫婦男女中造端，人人色心豈不是天上帶下來的？從魂魄中生精髓，又從精髓中生出魂魄，乃成人道。把精髓弄竭了，魂魄沒有根基；又把魂魄弄竭了，精髓沒有存留，乃成鬼道。精髓化為魂魄，魂魄化成精髓，乃成仙道。魂魄化到無魂魄處，卻處處是魂魄，精髓化到無精髓處，卻處處是精髓，乃是佛道。魂魄不離了精髓，隨他消息，精髓日守其魂魄，全了性命，可生可死，是吾儒家聖道。只此道理，不著大聖大賢參不透玄關。[18]

易代的感悟激發丁耀亢對「根源性」的思索，由「歷史」觀照「個人」，從自身的體悟出發，進而產生救渡民眾的使命感，於是，他透過根植於民俗思維中的儒、釋、道觀念，勾牽出相互融通的部分，經常提出如同上引文中所言的「人道」、「鬼道」、「仙道」、「佛道」、「儒家聖道」等各種特殊用語來闡釋「輪迴」之理，以引導人們看破色相，跳脫閻羅之網，從根本上解脫[19]。可以說，這些用以感召、引導人們反思的內容，具現了丁耀亢的思維與意蘊，爾後《續金瓶梅》之所以被扣上「背謬妄語，顛倒失倫」的罪名，以及《隔簾花影》所刪削的泰半內容，都是針對此內蘊而來，但這無非是進一步證明了丁耀亢所撰著的《續金瓶梅》的實隱含著不容小覷的感召力，可比之於西周生輯著的《醒

---

17 清丁耀亢撰：《續金瓶梅》，收入清丁耀亢撰，李增坡主編，張清吉校點《丁耀亢全集》（鄭州：中州古籍出版社，1999年），中冊，頁164。

18 同前注。

19 同樣的例子還可參考《續金瓶梅》第二十九回的回首議論：「單表這人生世上，都為這個情字，生出恩愛牽纏，百般苦樂。就是聖賢英雄，打不破這個牢籠，如何說得輪迴生死！即如來佛的大弟子阿難，被摩登淫女所迷，幾乎破了戒體。幸虧如來天眼解救，度他成佛。那道家以女色叫做革囊，說是血布袋裏的一堆白骨。雖是這等說，古來求佛求仙的人，不知被個色字壞了多少！許旌陽祖師見弟子大道將成，不知何人可傳真丹，將爐中煉丹的炭化作美婦十餘人，夜間遍試弟子，無一不被點污的。至今江西有一地名炭婦鎮。可見一點情根，原是難破的。《大學》講正心誠意，開首頭一章就講個如好好色，從色字說起，才到了自慊的地位。可見色字是個誠意之根，仙凡聖賢這一念是假不得的。」同前注，頁211。

世姻緣傳》，二者同是以著書實踐所謂的「菩薩行」[20]。

　　要言之，《隔簾花影》以「增刪」拆解了丁耀亢認為足以「執贄於菩提王」[21]的深切用心，其蘊蓄於文中的歷史反思、家國隱喻與民俗思維也隨著那些被刊落內容一同消逝於《隔簾花影》之中。與此同時，「丁耀亢」也成為一個被刪除的符號，不復見於新的文本中，而這也正是刪改者的用意之一。

三、再聚焦：重思小說的本質

　　《隔簾花影》拆解了丁耀亢創作《續金瓶梅》的思維與深意，僅保留了由西門慶一家所展衍的情節，雖然斲喪了小說的思想性，但是就小說的藝術層面而言，確實是減少了情節錯雜的現象。《續金瓶梅》中雖以吳月娘、孝哥的母子離散到重聚作為貫串首尾為主要情節線索，然而總不免因議論過多、支線繁雜，使得主線斷斷續續地被截成十餘段，缺少一氣呵成的連貫性。而《隔簾花影》的作者在刪除情節之餘，還重新調整了結構，將原本月娘與孝哥的情節，重構、整合為「首」（第一回至第九回）、「中」（第十七回至第二十回）、「尾」（第四十一回至第四十八回）三大段落，至於以轉世人物為主的兩條副線則是分別置於三大段落的中間，使全書結構更為緊湊。顯然，作為《續金瓶梅》的刪改本，《隔簾花影》所呈現的內容非但不符合劉廷璣所言的「道學不成道學，稗官不成稗官」[22]，反而是透過增刪、調動，重新聚焦於小說的基本內容與組織形式，亦即情節與結構，由是透顯出對小說本質的思索。

　　《隔簾花影》所增益、更動的內容，除了作為總綱的第一回之外，尚有第二十九回〈嚴父拜友窺破綻　浪子逢姣意著魔〉以及第三十回〈風流子逢怨偶嚴親畢命　美姣女遇情郎慈母相依〉，作者所以重撰、增益這兩回，目的是為了合理地將梅玉所嫁的金主帥撻懶之子哈木兒，改成漢族福建將軍金靜庵之子金堅，在《續金瓶梅》中此處的內容具有明顯的異族色彩，但由於此與主要人物密切相關，是無法任意刪除的情節，於是作者便

20　章亞昕認為西周生以著書的方式「醒世」，這種努力喚起民眾良知，重新塑造民族性個的行為，似可稱之為菩薩行。而所謂的「菩薩行」，據趙樸初所言是指：「凡是抱著廣大志願，要將自己和一切眾生從苦惱中救渡出來，要使大眾得到利益，並使大眾覺悟，凡是有這種志願的人都稱為『菩薩』。為實現這種志願而堅持實踐就稱『菩薩行』。」參見章亞昕撰：〈歷史的反思與民俗的批評——論《醒世姻緣傳》的文化視角〉，收入李增坡主編《丁耀亢研究——海峽兩岸丁耀亢學術研討會論文集》（鄭州：中州古籍出版社，1998 年），頁 145-146。趙樸初撰：〈佛教與中國文化的關係〉，收入趙樸初、任繼愈等撰《佛教與中國文化》（臺北：國文天地雜誌社，1990 年），頁 9。

21　此語為天隱道人所引述，丁耀亢自言其生平詩文著作甚多，但唯有《續金瓶梅》一書足以作為身後謁見菩提王的相見禮。清天隱道人撰：〈《續金瓶梅》序〉，《丁耀亢全集》，中冊，頁 1。

22　同注 16。

花費大量筆墨，煞費苦心地虛構全新且首尾完整的故事情節加以替代，將異族通婚問題改為貧富聯姻的家庭問題，足見作者為文之用心，即便是為了趨避時忌而增刪，但對於如何重構情節內容仍是經過審慎地考量，而非任意組織、隨意刪削。另外，《隔簾花影》的回目名稱也作了不少調整，語言改得較為直白，且對內容有更多主觀的形容與直接的提點，例如將〈眾女客林下結盟　劉學官雪中送炭〉改為〈武女客乘高興林下結盟　文學官憐孤寡雪中送炭〉、〈瓜州渡櫻桃死節　潤州城鄭子吹簫〉改為〈櫻桃女有義情戀主投江　千戶子無廉恥吹簫乞食〉，同時也不避諱對淫穢內容的揭露，如〈李銀瓶梅花三弄　鄭玉卿一箭雙雕〉改為〈李師師鋪排風月好色貪財　沈子金賣俏行奸先娘後女〉、〈拉枯椿雙嫗夾攻　扮新郎二女交美〉改為〈老守備雙斧伐枯桑　俏佳人同床洩邪火〉，由於回目名稱是率先影響讀者對小說內容的認知，攸關小說的接受與評價，《隔簾花影》將回目重新設計，變得較為直白淺顯，似有以此吸引讀者閱讀的意圖。據此，倘若再進一步觀察作者所保留的內容，則又可發現另一值得玩味的現象，就是他幾乎毫不遺漏地留存了《續金瓶梅》中對淫事的刻畫與描寫，只有一、二處稍作改動及刪削[23]。這些淫穢描寫在《續金瓶梅》中雖是丁耀亢基於讀者的閱讀興趣而發，但丁耀亢同時又憂慮讀者陷溺其中，故總將之與道學話語並置，透過「一冷一熱」的書寫方式，加上長篇累牘的「看官聽說」，不斷地提醒讀者看破色相之虛空。然而，到了《隔簾花影》中，已不見那些諄諄告誡讀者的議論，僅存「使人動起火來」的淫穢描寫，文中所言及的福善禍淫之理，也因過於簡略，甚至有流於形式之嫌，對「戒淫」幾乎起不了任何作用。換言之，比起丁耀亢戒慎恐懼地宣示續衍《金瓶梅》絕非導欲宣淫，《隔簾花影》在匿名的遮掩之下，反倒脫卸了續衍「淫書」的巨大陰影，不再佐以大量議論、勸戒話語為創作淫詞「正名」，而是無所忌憚地讓讀者將目光直接投向小說中的淫穢描寫，不喝止其從中獲得歡悅，此一作法正可謂是回歸到讀者的閱讀心理與小說的休閒本質，是出於對清代嚴格禮教的反動，作者呈現的思維正如同李豐楙所言：

> 從閱讀心理、戲劇情境言，「說〈一枝花話〉」或祕密傳抄《金瓶梅》都是日常生活中的消遣閒暇，就是在時間餘暇以說話、演戲作為鬆弛的生活方式，以消除「日常」生活中的緊張：道德禁忌的緊張、工作壓力的緊張。類此「非日常」性的藝文消遣，本身就具有反秩序的活力，且是愈違反常態、愈顛覆日常準則，就愈

---

23 其一是將《續金瓶梅》第三回中有關僧尼之間的性交改得較為保守，但卻未因此淡化了此中的感官歡愉；其二則是由於作者徹底地改易孔梅玉嫁金捷懶之子的情節，為了因應增益的內容，遂刪除了《續金瓶梅》第四十一回〈同床美二女炙香癒　隔牆花三生爭密約〉，於是少了此回中的描寫金桂與梅玉模擬男女性交的場景。

能獲致放鬆、鬆弛的滿足。從休閒社會學或社會心理學言,這是一種遊戲、一種狂歡,所以孔子深刻理解而認為「一張一弛」乃是合理而可接受的社會生活規律,因此狂文化、閒文化的逾情越禮、違反常道,乃是社會、文化所必須承受之「非常」。[24]

清代康雍乾三朝雖為盛世,但卻有著比非盛世時代更為暴虐、殘酷的思想箝制,此時期文字獄、禁書的規模遠遠超越前朝,統治者下令由中央至地方,皆必須嚴格禁絕任何對清廷有害的言詞,《隔簾花影》的作者即是以不觸碰清廷最敏感的神經作為最大前提,當刪去一切關涉思想的批評、非議文字,僅留存故事情節時,必然將使作者回歸於對小說本質思索,是以,其重新調整結構、保留淫事,一方面是就小說整體的藝術結構進行考量;另一方面則是針對讀者的閱讀需求而為,當前的時代氛圍使作者意識到唯有從內容上吸引讀者的目光,方是使文學得以繼續傳播的不二法門。

總的看來,與其說《隔簾花影》是出自於作者對文學藝術層次追求,透過主觀的更易、刪改而成,其毋寧更可說是在歷史與社會語境雜糅之下所造就的特殊文本。其表面上似為服膺清廷政令,但實際上卻又在有所侷限的範圍中,展現出不同層面的顛覆力量。前作《續金瓶梅》是出自於丁耀亢對歷史、社會的感悟,企圖透過著書以使民眾從中解悟,獲得救渡,至於增刪後的新文本《隔簾花影》則是聚焦於文本自身的力量,以之作為歷史、社會的反動,折射出時代的氛圍。雖然《隔簾花影》最終還是未能免於禁毀的命運,在道光二十四年(西元 1844 年),浙江湖州知府查禁淫詞小說,將其列入禁毀書目內,另外,同治七年(西元 1868 年),江蘇巡撫丁日昌依舊將之列入淫詞小說的行列,下令禁毀[25]。但是從這些接受者一概將《隔簾花影》視為「淫詞小說」以觀,此一名目實與康熙時期焚毀《續金瓶梅》的緣由大不相同,讀者的不同反應已然顯示出二書差異,其聚焦的殊異性,自不待言。

第二節 另一種關注——《金屋夢》的新舊雜陳

清末民初的中國,無論是在政治、社會、思想、文化……等方面皆遭逢遽變,西學的衝擊為文壇掀起一波波的革命浪潮,一九〇二年梁啟超提出「小說界革命」,而後在

---

24 李豐楙撰:〈情與無情:道教出家制與謫凡敘述的情意識〉,收入熊秉真主編,王璦玲、胡曉真合編《欲掩彌彰:中國歷史文化中的「私」與「情」·私情篇》(臺北:漢學研究中心,2003 年),頁 182。

25 王彬主編:《清代禁書總述》(北京:中國書店,1999 年),頁 165。

一九一九年前後又有胡適、陳獨秀等人所倡導的「新文化運動」，接連不斷的文學改革，其最大的訴求即是將「小說」視為改良社會、啟蒙救國的工具，人們對小說的思想內容有了新的期待，也開始重新審視中國小說傳統，並對古典小說進行檢討與評議。

《續金瓶梅》的另一刪改本──《金屋夢》即於此時代背景中誕生，全書共六十回，較之於康熙時期的《隔簾花影》，所刪改的幅度明顯減少了許多，大抵上恢復了《續金瓶梅》泰半的內容，也不再有隱匿各種人、事、物名稱的現象，卷前有〈識語〉及〈凡例〉，部分是襲自《續金瓶梅》中邊緣文字的內容而來[26]，但中間或有一二見解，頗與當時的文學改革運動相契合，可作為觀察此一新文本的切入點。畢竟時至民國初年，文學作品理應不再受任何禁毀政令的壓迫，作者大可不必再刪改《續金瓶梅》以成一新作，因此筆者以為若欲了解《金屋夢》增刪的意味，必然得從清末民初的時代背景及當時對《金瓶梅》的接受狀況中加以思考，如此方能明晰作者透過《金屋夢》所投射的思維及其對前作的回應。

一、以西例律我國小說：新觀點與舊小說碰撞

自晚清「西學東漸」以來，有關小說的改革與評價無不受到西方觀念的浸染，以梁啟超為代表的批評家紛紛將目光轉向西方，從西方的小說以及哲學、美學觀念中汲取養分，並將之作為傳統小說的參照對象與批評方法，即所謂「以西例律我國小說」的現象[27]，於是，西方的「新」觀點與傳統的「舊」小說激盪出各種不同火花，雖然多數的批評者是傾向於梁啟超、嚴復等人的立場，抱持全盤否定傳統小說的態度，主張以新小說來新民、新國，亦即梁啟超所言：「今日欲改良群治，必自小說界革命始；欲新民，必自新小說始。」[28]，並於此前提之下，提出對舊有小說思想內容的批判。當然，在一片批評傳統小說的聲浪中，也有持肯定意見的，劉勇強指出：

燕南尚生《〈新評水滸傳〉敘》就痛斥「中國無好小說」之論。不過，他在極力

---

[26] 《金屋夢》卷前的〈識語〉及〈凡例〉的內容主要是襲自天隱道人〈《續金瓶梅》序〉、西湖釣史〈《續金瓶梅集》序〉以及丁耀亢的〈《續金瓶梅後集》凡例〉。

[27] 「以西例律我國小說」是出自《新小說》1905 年所刊《小說叢話》中定一之語。劉勇強指出「它很精確地概括了按照西方小說的標準來衡量和要求中國小說的批評觀念與方法。作為一種文學現象，『以西例律我國小說』從根本上說是與近代西學東漸和社會改革的思潮聯繫在一起的，與黃遵憲以來『中國必變從西法』的輿論一脈相承。」劉勇強撰：〈一種小說觀及小說史觀的形成與影響──20 世紀「以西例律我國小說」現象分析〉，《文學遺產》第 3 期（2003 年），頁 109-110。

[28] 梁啟超撰：〈論小說與群治之關係〉，收入陳平原、夏小虹主編《二十世紀中國小說理論資料》（北京：北京大學出版社，1997 年），第 1 卷，頁 53-54。

推崇《水滸傳》時，強調它是社會小說、政治小說、倫理小說、冒險小說等，其實也是在用這些、西方小說類型來抬高中國小說，正如吳宓 1920 年發表的《紅樓夢新談》所說的「若以西國文字之格律橫《石頭記》，處處合拍，且尚覺佳勝」。這種論證在後來也形成一種思維模式，即在中國小說中尋找與西方小說共同的東西，從而以此肯定中國小說並不輸於西方小說。有時候，它從另一面遮蔽了中國小說自身的特點，可以說是「以西例律我國小說」的另一種表現。[29]

姑且不論「以西律中」的思維方式是否合宜，但在清末民初這種以西方小說分類觀念為中國傳統小說貼上新標籤的作法，儼然已成為一種流行、時髦的現象，自《新小說》逐一為小說進行類型劃分開始[30]，此後創刊小說雜誌或刊載小說的雜誌，無不紛紛效尤，且分類亦越來越細，「這些流行的分類標籤代表對小說的肯定讚揚，而且同一本小說所標上的名稱越多似乎就越偉大」[31]，曾刊登於《鶯花雜誌》的《金屋夢》，在〈凡例〉中也不免順時達變地以各式標籤突顯此書跨類型的特點：

> 是編以漆園之幻想，闡乾竺之真宗；本曼倩之該諧，為談天之炙轂。齊煙九點，須彌一芥，元會恣其筆底，鬼神沒於毫端。大海蜃樓，空中梵閣，為古今未有之奇書。可作語怪小說讀，可作言情小說讀，可作社會小說讀，可作宗教小說讀，可作歷史小說讀，可作哲理小說讀，可作滑稽小說讀，可作政治小說讀。[32]

此則凡例前半段是直接嫁接天隱道人〈《續金瓶梅》序〉的文字而來，但後半段所指出的各種小說則明顯是受到清末民初對小說進行分類的風尚影響，這些標籤不僅道出《金屋夢》內容與形式的龐雜，從中還可知悉以西學為基礎的「新小說」觀念亦已滲入作者的思維中，故其刻意增添了分類標籤來向讀者揭示此部小說涵蓋的內容，彰顯小說的豐富性及偉大之處，試圖藉此抬高文學聲譽，以達到傳播的目的，此無疑是體現了清末民

29　同注 27，頁 112。

30　事實上，最早為小說進行標示的是光緒二十三年（西元 1897 年）九月的上海《求是報》，此報刊自第二冊開始連載陳季同翻譯的法國貫雨的《卓舒及馬格利小說》，為之標示上了「泰西稗編」四字，此乃是晚清小說有標示的開始，不過這種標示法在當時並未立即引起反響，一直到梁啟超主編的《新小說》創刊，才正式開啟了為刊載在雜誌上的小說進行標示的風潮。陳大康撰：〈關於「晚清」小說的標示〉，《明清小說研究》第 2 期（2004 年），頁 125。

31　同注 12，頁 53。此外，陳平原亦指出：「為一部小說同時加上若干個頭銜（將其歸屬若干種類型），以此渲染其無所不包、博大精深，這在清末民初是一種時髦。」陳平原撰：《小說史：理論與實踐》（北京：北京大學出版社，2005 年），頁 168。

32　夢筆生撰：《金屋夢·凡例》，《金瓶梅續書三種》，下冊，頁 1。

初小說的時代特徵。

　　那麼，在西方觀念的濡染之下，作者是持何種態度來審視《金瓶梅》乃至於刪改《續金瓶梅》而成一新作？又，其刪改的思維與當時視小說為改良社會、啟蒙救國的工具性立場有無關涉呢？關於作者如何評價《金瓶梅》，可由〈識語〉所言觀之：

> 吾書至此，適得吾老友某君書，內一條云：「《金瓶》已閱畢，洵是傑作。前人謂《石頭記》胎脫此書，亦非虛語，所不同者，一個寫才子佳人，一個寫奸夫淫婦，一個寫一紈袴少年，一個寫一市井小人耳。至於筆墨之佳，二者無可軒輊。人謂其淫，我卻覺其無限淒涼。仁者見仁，知者見知，正是愁人無處不抱悲觀耳。寫盡世態炎涼，可作一般利欲薰心者當頭棒喝，其功不在佛經下也。」云云。吾閱此書，吾不覺抱悲觀。恨吾一時無此如椽之筆，自著一說部《紅樓》、《水滸》、《金瓶》之文字，以餉閱者。[33]

從其引述友人對《金瓶梅》的評價和對自己無此大手筆以自撰傑作的慨嘆，可知作者對《金瓶梅》批評乃是承自傳統小說批評的餘緒而來，近似於繡像本評點者對世情的關照以及由佛教哲理來把握《金瓶梅》意涵的觀點，同時又具有張竹坡那般視《金瓶梅》為「妙文」的鑑賞角度。而後作者隨即根據此審美標準帶出對《金屋夢》的讚許：「忽有書估攜舊抄本說部求售，署名《金屋夢》，著者為夢筆生。全書共六十回，閱其文字雖雅俚不倫，然不屑屑於尋章摘句，效老生常談。其描摹人物，莫不鬚眉畢現。間發議論，又別出蹊徑，獨抒胸臆，暢所欲言，大有曼倩笑傲、東坡怒罵之概。點染世態人情，悲歡離合，寫來件件逼真，而不落尋常小說家窠臼。閱之不覺狂喜咋舌，真千載難遇之妙文也。急以重價購之，稍稍潤色，以餉閱者。」[34]此番話語雖然是就《金屋夢》而言，但實際上亦可說是針對《續金瓶梅》評價，若非因其於《續金瓶梅》中獲得了與《金瓶梅》相同的審美愉悅，何由興起將之刪改、潤色成一新作的念頭，而且藉由刊載《金屋夢》亦不啻達致「自著說部，以餉閱者」的期望。由此看來，作者透過〈識語〉所呈現出對《金瓶梅》及其續書的評價，相較於梁啟超、黃世仲等人在革命思潮中對《金瓶梅》的反省與非議[35]，或是錢玄同、陳獨秀等人關注《金瓶梅》對青少年的不良影響[36]，他的見

33　夢筆生撰：《金屋夢·識語》，《金瓶梅續書三種》，下冊，頁1。

34　同前注，頁2。

35　梁啟超雖非針對《金瓶梅》而言，但其向來是以「誨淫誨盜」否定傳統小說，認為此乃是群治腐敗的根源，而黃世仲雖認同《水滸傳》、《金瓶梅》、《紅樓夢》等書的藝術價值，但其亦言「自西風東漸以來，一切政治習尚，自顧皆成錮陋，方不得不捨此短以從彼長，固以譯書為引渡新風之始也。」黃世仲撰：〈小說風尚之進步以翻譯說部為風氣之先〉，收入黃霖編《金瓶梅資料彙編》（北

解可說是未受到西方思想、小說革命思潮的拘囿，著眼之處主要仍是與中國小說美學一脈相承。

　　再進一步從《金屋夢》的內容以觀，將之與《續金瓶梅》的回目作一對照，即可以發現作者主要刪去了四回，分別是：第三回〈吳月娘舍珠造佛　薛姑子接缽留僧〉、第十四回〈夢截髮大士解冤　不食牛帝君救劫〉、第四十六回〈傻公子枉受私關節　鬼門生親拜女房師〉、第六十二回〈活閻羅判盡前身　死神仙算知來世〉，然而細觀其內容，唯有第十四回和第四十六回所記述幾則神靈顯應、鬼神相助的因果報應情節，因與小說情節幾無關涉，故完全刪除，其餘二回則是被合併入他回，例如《續金瓶梅》第六十二回徐佛舍審決鬼犯與丁令威的仙家因果的情節即被合併於《金屋夢》最後一回，作者甚至以此回的回末詩收束《金屋夢》，此詩曰：「坐見前身與後身，身身相見已成塵。亦知華表空留語。何待西湖始問津。丁道松風終是夢，令威鶴背未為真。還如葛井尋圓澤，五百年來共一人。」[37]較之於《續金瓶梅》最終以普化度臨濟的偈語作結：「河陽新婦子，木塔老婆禪。臨濟小廝兒，卻具一隻眼。」[38]，點出「救度」意旨，以及《隔簾花影》最後有感此段奇因而撰詩曰：「生前淫奢逞雄心，轉眼繁華一旦湮。鴻爪雪泥蹤易滅，花蔭月色影須沉。生事事生彰果報，害人人害若迴輪。昭昭天道人多昧，特借南宮作勸懲。」（《隔簾花影》，頁437），重申「果報勸懲」。可知小說最末回的詩詞或偈語，乃是總結全書的關節，作者莫不提煉出足以彰顯小說的詩詞語句，以期達致詞意貫穿，前後呼應，完滿地收束全文。是以，筆者以為《金屋夢》將此詩調動至文末則似有與題名「金屋夢」應和之意。「金屋」一詞本是用以形容屋宇的華美，但是在小說中總與財、色連繫，進而突顯其虛空、幻夢，如第十回寫常姐被李師師拐騙入巢窩，即以詩曰：「自古佳人偏遇劫，幾曾金屋有阿嬌？」（《金屋夢》，頁87）、第二十七回描述鄭玉卿失卻銀瓶與拐騙來的橫財，就好似：「風飄斷絮，水泛浮萍；孤另另喪偶的鴛鴦。冷清清失群的孤雁。金屋屏空，往事一朝成幻夢；玉簫聲斷，不知何處覓秦樓。煙花化作空花，

京：中華書局，2006年），頁323。

36　錢玄同指出：「我以為不但《金瓶梅》流弊甚大，就是《紅樓》、《水滸》，亦非青年所宜讀。」錢玄同撰：〈答胡適之〉，《金瓶梅資料彙編》，頁348。至於陳獨秀則言：「中國小說，有兩大毛病：第一是描寫淫態，過於顯露；第二是過貪冗長。（《金瓶梅》、《紅樓夢》）細細說那飲食衣服裝飾擺設，實在討厭。」這也是『名山著述的思想』的餘毒。……普通青年讀物，自以時人譯著為宜。若多讀舊時小說彈詞，不能用文學的眼光去研究，卻是徒耗光陰，有損無益。」陳獨秀撰：〈答錢玄同〉，《金瓶梅資料彙編》，頁342-343。

37　夢筆生撰：《金屋夢》，《金瓶梅續書三種》，下冊，頁573。內文引用皆據此書，不另加注，僅於文後標明書名與頁碼。

38　同注17，頁525。

欲海總成苦海。」（《金屋夢》，頁242），又如第五十回敘寫金桂鬼魅葡萄架，言道：「原來燈暗空床聞蟋蟀，哪裡有月明金屋列笙歌。」（《金屋夢》，頁371），由上所舉各例以觀，作者將此書易名為《金屋夢》應即是據文中「金屋空幻」的意涵而來，此既與其關照世情的角度一致，亦與回末引詩所言「成塵」、「空語」、「終是夢」相互照映，從而呈現此一小說與前作《續金瓶梅》、《隔簾花影》聚焦不同。

　　究其實，《金屋夢》中刪去最多的主要是《太上感應篇》的內容、繁冗的議論文字，以及《續金瓶梅》中所引述的儒、釋、道三教典籍，但此舉並非意味作者是有意去除小說中因果報應、輪迴轉世……等與民俗、宗教相關的色彩，即便清末民初的小說界革命是主張反對一切迷信風俗，認為此乃國家積弱，停滯不前的一大主因[39]，但是《金屋夢》的作者在看待《紅樓夢》、《金瓶梅》、《水滸傳》等傳統小說時，既不受梁啟超「誨淫誨盜」之說影響，在刪除、更易《續金瓶梅》的內容時，亦不被「掃蕩一切的迷信風俗」的觀念左右[40]，依舊一如審視《金瓶梅》那般，秉持著關照世情的角度，參考《隔簾花影》刪去了《太上感應篇》衍生的議論文字和調整結構的作法，避免中斷敘事聯貫性，集中讀者焦點，但適當地恢復《續金瓶梅》中與人情世態相關的議論，例如第三十四回回首詩是按照《隔簾花影》的調動[41]，可是卻恢復被《隔簾花影》刪除的議論：

> 單表古人詩詞，多因故國傷心，閒愁惹恨。嘆韶華之易盡，則感寄春風；悲陵谷之多遷，則魂消秋月。拈就鴛鴦，寫出江淹離恨譜；飄來蝴蝶，編成杜牧斷腸詩。也只為托興遣懷，方言醒世，真卻是假，假卻是真。自有天地古今，便是這個山川，這個歲月，這個人情世態，這個治亂悲歡，笑也笑不得，哭也哭不得。（《金屋夢》，頁296）

39　賴芳伶指出：「晚清有不少學者（如梁啟超）就主張中國是非宗教國，常將所有的地方信仰一概視為迷信，這種人文思想與宗教信仰的衝突本是中國民族的一大情結，在晚清的反迷信小說中尤其顯現了知識階層大傳統與中下層民間小傳統的兩極斷裂。」賴芳伶撰：〈晚清迷信與反迷信小說〉，《中外文學》第19卷第10期（1991年3月），頁34。

40　阿英觀察晚清小說家的作品，指出這些作家（除了少數頑固的之外）的共通之處：「即是認為除掉興辦男女學校，創實業，反一切迷信習俗，和反官僚，反帝國主義，實無其他根本救國之道。」阿英撰：《晚清小說史》，《阿英全集》（合肥：安徽教育出版社，2003年），第8卷，頁9。

41　《續金瓶梅》第三十六回回首有詩曰：「節當寒食半陰晴，花與蜉蝣共死生。白日急隨流水去，青鞋空作踏莎行。收燈院落雙飛燕，細雨樓臺獨囀鶯。休向東風訴恩怨，從來春夢不分明。」以及東坡《在徐州登燕子樓》詞，丁耀亢據此生發議論。《隔簾花影》在增刪此回時，僅保留詩作，而將東坡《在徐州登燕子樓》詞移至〈淫女奔鄰托風雨夜作良媒　書生避色指琉璃燈代明燭〉（亦即〈風雨夜淫女奔鄰　琉璃燈書生避色〉）的回首，並刪去其後議論文字。

由《金屋夢》所復原的議論以觀，此正是扣緊了〈凡例〉所言：「是編悲歡離合皆從世情上寫來，件件逼真。」[42]，證明作者實是依循傳統小說的審美觀念進行刪改，其小說觀並未向社會改良的工具理性傾斜。況且其為《金屋夢》貼上的各種類型標籤中，還包括極為罕見的「宗教小說」一類[43]，顯示作者未曾忽視傳統小說中的宗教主題意識，甚至是認同且強調的；同時也反映出處於西學大舉入侵、倡議小說界革命的時代思潮中，面對新觀念與舊小說的碰撞，並非所有人皆以西方是尚，側重小說的社會作用，亦有作者是藉助類型理論來傳播傳統小說，是一種因事制宜的呈現，而《金屋夢》正是為我們演繹了此一面向。

二、刪改與偽託：續書節本／原著潔本的不同取徑

以導欲宣淫來指責《金瓶梅》及其作者的說法，由來已久，時至民初，此種看法非但未歇，反而更形劇烈，如冥飛於《古今小說評林》指出：

> 男女之事，世界上人類有不可避免之事，亦人人所能之能行之事，實在用不著作者做書以示人。乃今作者居然做出此一部之《金瓶梅》，則是作者必有其所以忍俊不禁之原故。今觀其書，不過為奸夫西門慶、淫婦潘金蓮，延長數年之生命，以暢遂其淫慾而已。然則作者之費筆費墨、費紙費光陰，無非為奸夫淫婦出一番心力。作者於此可謂一錢不值也。[44]

冥飛之所以毫不留情地指斥《金瓶梅》「一錢不值」，正是著眼於小說中的「穢褻」描寫，並指作者為「作淫書者之始祖」[45]。而葉小鳳也視《金瓶梅》為淫書，擔憂此書行之於世，不免壞人心術：

> 《金瓶梅》群許為名著，實淫書也。辯之者謂其能曲寫宋時口諺及下流社會賤鄙之行，雖極寫錦襦玉食之華，而骨骼神態之間，自然市俗。然此文章之事，未審此書行世之影響也……由是而《金瓶梅》之流毒，其誤盡人間年少可知矣。然此固不諱其為淫書者，被導淫之名，有父母師長示戒於子弟，固為害猶小，若不居淫

42　夢筆生撰：《金屋夢・凡例》，《金瓶梅續書三種》，下冊，頁2。
43　不管是在作為小說分類之濫觴的《新小說》，還是其後的《繡像小說》、《新新小說》、《月月小說》、《小說林》等小說雜誌，在這些有名的報刊雜誌中始終未見與啟蒙、革命思想相悖的「宗教小說」一類。
44　冥飛撰：《古今小說評林》，《金瓶梅資料彙編》，頁358-359。
45　同前注，頁359。

書之名，假西國愛情之說以導一般少年於踰規越矩之境者，則其罪為尤大矣。[46]

顯見《金瓶梅》始終未曾擺落「淫書」的惡謚，再加上民國以來文學傳播有了更豐富多元的發展，傳播範圍日漸擴大，相對而言，讀者亦有了選擇與接受的自由，而人們對「誨淫」的恐懼也因之更為深切[47]。於是，產生了前所未見的《金瓶梅》「潔本」——以一九一六年存寶齋印行的《繪圖真本金瓶梅》（簡稱《真本金瓶梅》）及一九二六年上海卿雲圖書公司所出版《古本金瓶梅》為代表[48]，二書是據張竹坡《第一奇書》進行刪改，主要是將《金瓶梅》中所有的淫穢描寫刪除淨盡，並且刻意名之為「真本」、「古本」，將有淫穢描寫的《金瓶梅》稱為「俗本」，指出原本《金瓶梅》中實無穢語，頗有以真本、古本取而代之的意圖。

與《真本金瓶梅》同年出版的《金屋夢》，同樣是對原作進行刪改與偽託，亦有堙滅原作《續金瓶梅》之意，例如將《續金瓶梅》中提及書名的部分全部更易為《金屋夢》：

> 一部《金瓶梅》，說了個「色」字；一部《金屋夢》，說了個「空」字。（《金屋夢》，頁 387-388）

> 今日講《金屋夢》的結果，忽講入道學，豈不笑為迂腐？不知這《金屋夢》講了六十回，從色入門，就是太極圖中一點陰精，犯了貪淫盜殺，就是個死機；到了廉靜寡欲，就是個生路。這一部《金屋夢》，替世上說法，就如點水蜻蜓，卻不在蜻蜓上；又如莊子濠梁上觀魚，卻亦不在魚。（《金屋夢》，頁 567）

> 我今作一部《金屋夢》，也不過此八個字，以憑世人解脫。（《金屋夢》，頁 573）

此外，連同作者丁耀亢藉由丁令威故事以自我影射的情節，亦被竄名取代，將「紫陽道

---

46 葉小鳳撰：《小鳳雜著・小說雜論》，《金瓶梅資料彙編》，頁 356。

47 如箸超於《古今小說評林》所言：「淫媟小說，雖流傳已久，古時士子犯禁錮，有嚴父兄在，非經傳不讀，非子史不觀，故其為害於童年尚淺。比年士子之求學，全得自由，此種淫媟之書，其毒乃甚於鴉片。」箸超撰：《古今小說評林》，《金瓶梅資料彙編》，頁 362。

48 《繪圖真本金瓶梅》共一百回，精裝兩冊，卷首有同治三年蔣敦艮的序及乾隆五十九年王曇的《古本金瓶梅考證》，據黃霖考證此乃是王文濡偽造，卷首「蔣敦艮」應是「蔣劍人」，是作偽者疏忽誤印所致。二文一唱一和，聲稱《真本金瓶梅》是《金瓶梅》的原本。至於《古本金瓶梅》共一百回，平裝四冊。前言聲稱「從藏書家蔣劍人後人以重價的此抄本」，並於出版後登報說明此書「內容雅潔，絕無淫穢文字」，但事實上《古本金瓶梅》乃是《真本金瓶梅》易名重印，二者文字雖略有出入，但實無任何本質上的差異，都是《金瓶梅》的偽書。可參見劉玉林撰：《二十世紀《金瓶梅》傳播研究》（濟南：山東大學中國古代文學研究所碩士論文，2006 年），頁 28-29。以及黃霖編：《金瓶梅資料彙編》，頁 8-11。

人」改為「夢筆生」[49]：

> 至今紫陽庵有丁仙遺身塑像。又留下遺言說：「五百年後，又有一人名丁野鶴，
> 是我後身，來此相訪。」後至某年某月某日，果有東海一人，名姓相同，自稱夢
> 筆生，未知是否。（《金屋夢》，頁 572）

有論者以為作者所以易名為《金屋夢》是不願冒不潔之名，刻意不與被視為「淫書」的
《金瓶梅》以及被列入「淫詞」的之前續作有所掛勾[50]，然而，事實上在《金屋夢》中是
完全不避言此書與《金瓶梅》的聯繫，反而不言及與《續金瓶梅》、《隔簾花影》的關
係，儼然以《金瓶梅》唯一的續作自居。是以，若就刪改與偽託的意圖而言，《續金瓶
梅》的節本《金屋夢》與《金瓶梅》潔本所顯露取代前作之意，確實不無相似之處，但
是若就刪改與偽託的著眼點而論，二者實乃大異其趣，由它們對於《金瓶梅》的詮釋批
評即可見一斑，《金瓶梅》潔本作者一如民初大多數的批評家，一概視《金瓶梅》為「淫
書」，故刪去文本中所有淫穢描寫，以此聲稱淫媟描寫非其原貌；至於《續金瓶梅》節
本作者則視《金瓶梅》為「世情書」，意欲突出續書對世態人情的描摹，因而刪去泰半
的議論枝蔓，使之透過「世情」與《金瓶梅》一脈相連。

　　原著潔本與續書節本的不同取徑，一方面彰顯由明末至民初，讀者從《金瓶梅》中
所建立的期待視野夙來迥然有別，它們背後分別代表了意見殊異的解釋共同體；另一方
面，此毋寧亦向我們揭示了在西學東漸、新舊交替的時代，即便思想漸趨多元、開放，
但是中國人基於對「性事」諱莫如深的文化心理，屢屢箝制許多批評家的審美眼光，他
們不僅將《金瓶梅》的淫穢內容作為攻訐古典小說的標靶，還造就了舊時代都未曾出現
的「潔本」，而且「潔本」的思維甚至蔓衍到現、當代[51]。反倒是如同《金屋夢》作者
著眼於世情小說的美學而不覺其淫穢的審美角度，在當時誠屬少見，從《金屋夢》增刪

49　在《續金瓶梅》中，此段記述如下：「至今紫陽庵有丁仙遺身塑像，又留下遺言說：『五百年後，
　　又有一人，名丁野鶴，是我後身，來此相訪。』後至明末，果有東海一人，名姓相同，來此罷官而
　　去，自稱紫陽道人。未知是否，且聽下回分解。」同注 17，頁 509。

50　如朱眉叔認為《續金瓶梅》與《隔簾花影》皆被清政府列為淫書，刪改者因不願冒不潔之名，所以
　　刻意改名為《金屋夢》。朱眉叔撰：〈論《續金瓶梅》及其刪改本《隔簾花影》和《金屋夢》〉，
　　頁 278。而張振國則是指出刪改者是唯恐書名與《金瓶梅》聯繫會招來「淫書」之嫌，故亦名為《金
　　屋夢》，以與《紅樓夢》相對應。張振國撰：《傷時勸世　生新續奇——《續金瓶梅》價值重估》
　　（濟南：山東師範大學中國古代文學研究所碩士論文，2003 年），頁 44-45。

51　如鄭振鐸便認為《金瓶梅》中的淫事是「不乾淨的描寫」，主張出版一部提供一般讀者閱讀的「潔
　　本」。鄭振鐸撰：〈談《金瓶梅詞話》〉，收入周鈞韜編《金瓶梅資料續編（1919-1949）》（北
　　京：北京大學出版社，1991 年），頁 105-122。

舊小說，冠上新的分類概念，並易名、偽託以刊載於雜誌……總總的現象看來，雖然作者是以「復舊」作為創造新文本的手段，缺少個人的獨創性，但是卻也在一片新舊淆亂、眾聲喧嘩中，展現一種「容新」卻不「棄舊」的思維，是以一種新舊雜陳的面貌回應了清末民初的時代思潮。

第三節　小結──原著、續書與刪改本之間

　　自《金瓶梅》於晚明問世以來，到清初即出現了具濃厚易代色彩的續書《續金瓶梅》，乃至於此後又有前後相隔兩世紀的《續金瓶梅》刪改本《隔簾花影》、《金屋夢》，就歷時的層面以觀，其間的承衍流變，恰恰演繹了明末清初至清末民初有關《金瓶梅》影響史的某一側面，而且又以《續金瓶梅》為中介，承上啟下，彼此關係密不可分。就共時的層面而言，無論是原著還是續書，它們又各自反映出其時的審美效應，浸淫於當下諸多語境之中，特別是由《續金瓶梅》兩易其名，經由增刪而成的《隔簾花影》、《金屋夢》，更可說是時代所造就的特殊現象。

　　相較於《續金瓶梅》在字裡行間直接透露出對《金瓶梅》的回應與批評，以表彰自身與原著不同的創作定位與思維脈絡，這兩部由《續金瓶梅》刪改而成的續書，因拘囿於歷史、社會語境，再加上其乃是以讀者的身分先行閱讀前作，才進而轉為作者進行增刪，竊取了《續金瓶梅》的創作權，故刪改本往往不著痕跡地略過前作，而是直接面向原著《金瓶梅》，此一現象正顯示出刪改本雖是在政治、社會、文化的驅使之下所形成的，但是作者在增刪的過程中仍不免夾帶著超越之前續作的競爭意識，其巧妙地拿捏增刪的分寸，並於梳理情節、調整結構時，重新聚焦新文本的意旨，掩蔽文本的根源。

　　說來不無矛盾，《隔簾花影》與《金屋夢》雖以匿影藏形、易名偽託……等方式，隱匿了與《續金瓶梅》的關係，可是作為後起之作的刪改本，總不免得借鑑前者，如《金屋夢》參考了《續金瓶梅》與《隔簾花影》，方呈現出各方面皆介乎二者中間的內容。可以說，這幾本續書之間相互纏繞束縛的特質，是無法因文中隻字不提而被一筆抹倒。況且刪改本正是源自於文學與文化共同推動、形塑，其所刊落、留存的內容，無一不是對這些因素的回應。

第四章 模擬與創新的辯證：《三續金瓶梅》的解構書寫

　　《三續金瓶梅》又名《小補奇酸誌》，全書共八卷四十回，今所見為道光元年〔西元1820-1821年〕抄本，亦是海內僅見之孤本[1]。各卷下皆題有「訥音居士編輯」之字樣，卷首有〈自序〉、〈小引〉，是以作者身分言著書之由。〈自序〉署名「訥音居士題」，〈小引〉則題署「時在道光元年，歲次辛巳，孟夏穀旦謄錄，務本堂主人識」，其下還有「訥音居士」印章，可知書成於道光元年，而訥音居士應即是此書作者。

　　〈自序〉與〈小引〉的篇幅雖不長，卻點明了創作意旨與動機，說明此書是對原著與之前續作的反撥。〈自序〉透露出對《隔簾花影》結局安排的不滿，認為其矯枉過正，故重新引回數人，以生發新的故事：

> 但看《三世報》，雖係續作，因過猶不及，渺渺冥冥。查西門慶雖有武植等人命幾案，其惡在潘金蓮、王婆、陳敬濟、苗青四人，罪而當誅。看西門慶、春梅，不過淫慾過度，利心太重。若至挖眼、下油鍋，三世之報，人皆以錯就錯，不肯改惡從善。故又引回數人，假捏「金」字、「屏」字、「梅」字，幻造一事。雖為風影之談，不必分明理斁功效，續一部豔異之篇，名《三續金瓶梅》，又曰《小補奇酸誌》，共四十回。補其不足，論其有餘。[2]

〈小引〉則明言《金瓶梅》在安排三位女性角色的情節比重有所失衡，且未賦予西門慶及

1　由於《三續金瓶梅》僅存此一道光元年的抄本，故只能據此觀察以推測其版本狀態，王汝梅便曾作過簡要的推論：「抄寫行款統一，每半葉十行，每行十七字。抄本所用俗別字，前後相同，如『光陰循速』、『爪四國』、『握著嘴笑』、『倒扎（閂）內』等，與其他白話小說用字不同。又如『跑蹕』不作『呴哮』，『哮』因『跑』而作『蹕』把偏旁弄齊，為刻工習慣。此書似有刻本。」王汝梅撰：《王汝梅解讀《金瓶梅》》（長春：時代文藝出版社，2007年），頁237。然而，此俗別用字亦有可能只是抄者的謄寫習慣，與刻本無關，再加上尚未掌握到相關的傳播證據，故筆者對此抱持存疑態度。

2　清訥音居士編輯：《三續金瓶梅·自序》，《古本小說集成》（上海：上海古籍出版社，1990年），頁1-2。內文引用皆據此書，不另加注，僅於文後標明書名、回數與頁碼。

春梅合理的待遇：

> 此書因何說起？因看列傳諸書，皆以美中不足，令人悲嘆為能，人多懶看。余借《金瓶梅》筆法，觀其一線串珠，八面玲瓏，回回可愛，果稱奇才。寓意中雖云月被雲遮，風定慮息，雪消花謝，報應分明；但看到楚岫雲生，梅花復盛，自當有一片佳言，方合妙文。且書內「金瓶」之事，敘至八十七回之多，獨「梅花」只作得十三回。似有如無。可見作者神疲意懶，草草了結大殺風景。[3]

作者立足於原著以及其他續書之上，先指出多數人不喜悲劇的心理，再從自身的閱讀意見出發，將對前作的理解轉化為撰寫續書之意旨，並透過〈自序〉與〈小引〉申明之。然而，追溯二文的用字遣詞，則可發現作者這番言之鑿鑿的說詞實乃嫁接了不少來自張竹坡評點《金瓶梅》的話語及概念[4]，此書之所以另名為《小補奇酸誌》當是得自於張竹坡的說法[5]。

張竹坡於〈苦孝說〉云：

> 痛之不已，釀成奇酸，海枯石爛，其味深長。是故含此酸者，不敢獨立默坐。苟獨立默坐，則不知吾之身、吾之心、吾之骨肉，何以慄慄焉如刀斯割，如蟲斯噬也。悲夫！天下尚有一境，焉能使斯人悅耳目、娛心志，一安其身也哉？

> 故作《金瓶梅》者，一曰「含酸」，再曰「抱阮」，結曰「幻化」，且必曰幻化孝哥

3　清訥音居士編輯：《三續金瓶梅·小引》，《古本小說集成》，頁 1-2。

4　《三續金瓶梅》卷首的〈自序〉與〈小引〉中，有許多用詞皆是出自張竹坡的評點，例如〈自序〉：「原本《金瓶梅》一百回內，細如牛毛千萬根，共具一體，血脈貫通，千里相牽。」此段話是引〈竹坡閒話〉：「蓋其書之細如牛毛，乃千萬根共其一體，血脈貫通，藏針伏線，千里相牽。」；又如「自『悌』字起，『孝』字結」則是源於〈第一奇書非淫書論〉，此外還引用了謝頤的〈第一奇書序〉。

5　陳慶浩、王秋桂所主編的《思無邪匯寶》叢書中，收入了《三續金瓶梅》一書，校勘者於文本前的〈出版說明〉指出《三續金瓶梅》之所以又名為《小補奇酸誌》，似乎與清代名劇作家李斗的傳奇《奇酸記》有所關係，其云：「《奇酸記》成於嘉慶年間，演《金瓶梅》故事，曲白多用《金瓶梅》中的口語，而故事情節則不盡相同。此劇四折，折六齣，共二十四齣。第一折〈梵僧現世修靈藥〉，第二折〈內相呈身啟秘圖〉，第三折〈邪尼種子授奇方〉，第四折〈禪師下山修尊業〉。《三續金瓶梅·自序》謂其書『自幻字起，空字結』，正與此相合。或訥音居士自《奇酸記》得啟發，故名之為《小補奇酸誌》，亦未可知。」可見此為編者的推測之論，實無相關證據足以佐之。陳慶浩、王秋桂主編：《三續金瓶梅·出版說明》，《思無邪匯寶》（臺北：臺灣大英百科股份公司，1995年），第 34 冊，頁 17。

兒，作者之心，其有餘痛乎？則《金瓶梅》當名之曰《奇酸誌》、《苦孝說》。[6]

小說是語言文字描寫的藝術，其形象性必須經過讀者的想像來獲得，明清小說評點家正是一群善於將個人主觀的閱讀想像予以客觀化的讀者，他們經常運用人體的感官感覺來比喻閱讀感受，甚至進而詮釋創作者的心理，而張竹坡即是如此，他以「苦孝」來詮釋《金瓶梅》作者的創作動機，以「奇酸」比喻作者創作前心理壓抑的狀態[7]，透過這些人們熟悉的感官知覺：觸覺（痛）、味覺（酸、苦），引發讀者共鳴，滲入其心理。於是訥音居士襲用了《奇酸誌》之名，但卻試圖透過續書排解、轉化張竹坡所傳遞的感受，他提醒讀者在閱讀續書時「須觀其如何針鋒相對，曲折成文；如何因果報應，釀成奇酸」[8]，可知他是將「奇酸」轉化為情節起伏跌宕所獲致的效果與感受，帶有一種遊戲的意味，具體言之，所謂的遊戲意味，一方面是指作者透過續衍以顛覆前作，而表現為戲擬（parody）[9]、仿效等書寫現象，同時又策略性地運用原作中的因果報應思維，以出其窠臼；另一方面則是與〈小引〉中所言此書「僅講快樂之事，令其事事如意」[10]交相輝映，是一種自我滿足的創作心態，對應於張竹坡所言原著作者的「含酸」之情。是以筆者認為訥音居

6　清張竹坡撰：《第一奇書‧苦孝說》（臺北：里仁書局，1981 年），頁 1-2。由於《三續金瓶梅》所接受的《金瓶梅》版本是為清代流傳較廣的張評本，張評本有兩個系統，一有回前評，一無回前評。本文所引用張評本是據里仁書局所出版的在茲堂本《金瓶梅》影本為主，該版本是無回前評系統的版本，故影本所缺之處，則參照明蘭陵笑笑生撰，王汝梅、李昭恂、于鳳樹點校《張竹坡批評金瓶梅》（濟南：齊魯書社，1991 年）。後文凡引二書，若無特別補充說明，不另加注，僅於文後標明書名、回數與頁碼。

7　朴炫玗梳理張竹坡所言的「奇酸」、「含酸」之意涵，認為依照張竹坡的說法，所謂的「酸」係指心靈創傷沉積而釀成的心理壓抑狀態。而張竹坡對這種狀態的描寫是借用了金聖歎的一些用語，如「吐之不能，吞之不可，搔抓不得」，「如刀斯割，如蟲斯噬」等，不過他比金聖歎更強調其痛苦之甚，壓抑之深。朴炫玗撰：《張竹坡評點《金瓶梅》之小說理論》（臺北：國立政治大學中國文學研究所碩士論文，1995 年），頁 156-157。

8　同注 2，頁 3。

9　關於「戲擬」的內涵意義，楊義指出戲擬是對傳統敘事成規存心犯其窠臼，卻以遊戲心態出其窠臼，他以《金瓶梅》為例進行具體闡釋，認為《金瓶梅》戲擬了早期章回小說的豪俠道義、話本小說的兒女真情以及傳奇小說的文酒風流，從而建構了世情書的敘事形態。楊義撰：《中國古典小說史論》（北京：中國社會科學院出版社，1995 年），頁 460-464。《三續金瓶梅》在一種刻意模仿的基調中，策略性地轉化了《金瓶梅》所建構的典型敘事風格，重構其意義，展露當時的文化思維，雖無「戲擬」所應具有的諷刺意味，但作者亦彷彿是存心對《金瓶梅》的敘事框架犯其窠臼，卻以遊戲心態出其窠臼。

10　同注 3，頁 2-3。

士為《三續金瓶梅》[11]所取的別名——《小補奇酸誌》乃別具深意，「小補」與「奇酸」分別呈現出此部續書固有的特性以及自身的殊性，「小補」代表一種附屬、增益的角度，點出所採用的續衍方式，而「奇酸」則是作者將所接納的閱讀感受與詮釋，加以轉化、再造，成為書寫上所運用的策略，因此本章將以此二切口作為思索進路，考察作者是「如何補」《金瓶梅》，而在續衍的視野中又呈現何種後設思維？並進一步將之放置於十八世紀乾嘉時期的社會文化背景中，針對此書所呈現的書寫現象進行反思。

第一節　在因襲與別創之間：
《三續金瓶梅》對文本的借用與仿效

　　黃衛總指出文本的借用（textual borrowing）幾乎是中國白話小說的主要特色，而續書只是在次等的層級上強調了這一特色[12]。《三續金瓶梅》比起其他《金瓶梅》續書，更加徹底地深化此一特點，它明顯地襲用了許多來自原著的人物與情節，試圖對《金瓶梅》整體的敘事框架進行解構，帶有戲擬的況味。此外，作者還參照了其他小說的故事情節，嫁接、拼湊了小說慣用的素材與結構，諸如因果報應結構、掘藏的民俗題材……等。而本章節便將以小說中所呈現的書寫現象出發，細探作者如何操作這些採擷而來的情節與概念，如何從原著的經典性中重新牽曳不同的敘事軸線，呈現其中心意旨，從而與原著進行辯證式的對話。

一、續衍《金瓶梅》之餘脈

　　《三續金瓶梅》敘述西門慶死去七年後，魂遇普靜禪師，普靜禪師因念西門慶尚有一段夙緣未了，便將之幻化還陽，與月娘、孝哥重逢再聚。不久，春梅亦透過普靜禪師的指引，經由永福寺道堅和尚以仙丹救活，而後歸家團聚。自此，西門慶不但恢復舊有的官職與錢財，又陸續娶了四妾，回復往昔一妻五妾的家庭生活，終日弄盞傳杯、沉湎淫逸。直至其五十歲壽旦前，突然對名利、財色感到心憫意懶，遂決心自我修行，最後隨普靜禪師往峨嵋山修真而去。全書的故事情節主要是圍繞著西門慶與其妻妾、僕婦、倡

11　《三續金瓶梅》書名所言之「三續」，孫遜認為作者也許是將丁耀亢的《續金瓶梅》作為一續，《三世報隔簾花影》當作二續，故有「三續」之名。孫遜撰：〈前言〉，收入清訥音居士編輯《三續金瓶梅》，《古本小說集成》，頁2。據此說法，「三續」只是作者根據續書的先後次序而名之，並無深意，因此本文主要聚焦於作者刻意取的別名《小補奇酸誌》，探索當中的意蘊。

12　Martin W. Huang, *Snakes' Legs: Sequels, Continuations, Rewritings, and Chinese Fiction*, (Honolulu: University of Hawai'i Press, 2004), p. 3.

優、侍童及戲子的性愛生活而發展，至於西門慶在官場、商場等人情往來的部分則著墨較少，與原著《金瓶梅》所呈現的輻輳體結構略有不同，作者反在以西門慶為核心的主線之外，重新開展另一支線——孝哥的進學、入試，到升官娶妻——作為此面向的填補與擴充，同時亦與主線西門慶相互對應，創造另一種敘事結構，呈現不同意涵。

　　《三續金瓶梅》對於原著情節的承襲與更動，處處展現作者細讀文本的功力，其將《金瓶梅》中未加以發揮延伸的隱微人物與次要情節，推衍為主要情節，原著《金瓶梅》變成續書的背景，卻又是續書模仿的框架，在因襲與別創之間，造就一種與原著既相關又相悖的微妙狀態。

(一)補憾：續寫藏於隱微的麗影

　　《三續金瓶梅》以西門慶與春梅的復活作為故事起點，西門慶於復生後重啟妻妾成群的家庭生活，先是立春梅為二娘，之後又陸續娶了四妾，此四妾分別是：藍如玉、葛翠屏、黃羞花與馮金寶。她們皆是出自《金瓶梅》的人物，並且都於原著即將走入冷局之際逐一現身。在《金瓶梅》中最早出現的是黃羞花，她是朝中六黃太尉的姪女，同時也是西門慶的假子王三官之妻，然而其形象皆是經由他人之口捏塑，先是應伯爵在向西門慶提及王三官與李桂姐之間的勾當時，順道說起這位六黃太尉的姪女，言談間不但誇讚其生得好看，又指出此女子是如何地受到六黃太尉的重視[13]。後來妓女鄭愛月為討西門慶歡心，替他出謀策劃佔有王三官的母親林太太以及妻子黃羞花，鄭愛月歷歷如繪地向西門慶形容黃羞花：

> 今纔十九歲，是東京六黃太尉姪女兒，上畫般標致，雙陸棋子都會。三官常不在家，他如同守寡一般，好不氣生氣死，為他也上了兩三遭吊，救下來了。爹難得先刮剌上了他娘，不愁媳婦不是你的。（《第一奇書》第六十八回，頁1864-1865）

此番話成功地挑起了西門慶對黃羞花的欲心，使他心邪意亂，巴不得能立即將之得手。之後鄭愛月又再次向西門慶強調黃羞花的美貌：「爹你還不知三官娘子生的怎樣標致，

13　《金瓶梅》第五十一回，應伯爵向西門慶說起：「王招宣府裡第三的，原來是東京六黃太尉姪女兒女婿，從正月往東京拜年，老公公賞了一千兩銀子與他兩口而過節。你還不知，六黃太尉這姪女兒生的怎麼標致，上畫兒只畫半邊兒也沒恁俊俏相的！你只守著你家裡的罷了，每日被老孫、祝麻子、小張閑三四個撺著，在院裡就把二條巷齊家那丫頭子齊香兒梳籠了，又在李桂兒家走。把他娘子兒的頭面都拿出來當了，氣的他娘子兒家裡上吊。不想前日，老公公生日，他娘子兒到東京，只一說，老公公惱了，將這幾個人的名字送與朱太尉。朱太尉批行東平府，著落本縣拿人。昨日把老孫、祝麻子與小張閑，都從李桂兒家拿的去了。李桂兒便躲在隔壁朱毛頭家過了一夜。今自說來央及你來了。」（《第一奇書》，頁758）。

就是個燈人兒沒他那一段風流妖艷！今年十九歲兒，只在家中守寡，王三官兒通不著家。」（《第一奇書》第七十七回，頁2218），作者藉由應伯爵與鄭愛月之口，反覆著墨黃羞花的身分、美貌與獨守空閨，彷彿是刻意結合了李瓶兒與潘金蓮之特色，形塑出西門慶向來無法抗拒的典型，黃羞花遂成為西門慶無法忘卻的欲望對象，開始計議如何與之進一步接觸。無奈隨著西門慶死期降臨，這個原本已然呼之欲出的女性，亦嘎然而止，終究未能現出廬山真面目，徒留無限懸念。

在臨近西門慶死前的正月十二日，他於家中宴請各官堂客飲酒，原本邀請的黃羞花沒有到場，未能遂其所願。不過於宴席中卻意外出現另一位讓西門慶心搖目蕩，無法自己的女性人物，此人即是何千戶之妻——藍氏[14]。當吳月娘等眾姊妹於儀門恭迎藍氏到來時，西門慶躲在簾後窺視，映入其眼簾的藍氏：

> 儀容嬌媚，體態輕盈。姿性兒百伶百俐，身段兒不短不長。細彎彎兩道蛾眉，直侵入鬢；滴流流一雙鳳眼，來往楚人。嬌聲兒似囀日流鶯，嫩腰兒似弄風楊柳。端的是綺羅隊裡生來，卻厭豪華氣象；珠翠叢中長大，那堪雅淡梳妝。開遍海棠花，也不問夜來多少；飄殘楊柳絮，竟不知春色如何。輕移蓮步，有蕊珠仙子之風流；款躄湘裙，似水月觀音之態度。正是：比花花解語，比玉玉生香！（《第一奇書》第七十八回，頁2294）

西門慶見之頓時「魂飛天外，魄喪九霄，未曾體交，精魄先失。」，藍氏出現在西門慶死前的最後一場宴會中，又於宴會最熱鬧處起身離去，她使西門慶的欲心膨脹到極致，為西門慶的死因埋下了伏筆，而這場熱鬧的宴席也與即將到來的死亡冷局形成強烈對比。

在《金瓶梅》中黃羞花與藍氏是西門慶渴望而不可得的欲望對象，不管是對西門慶還是對讀者而言，這兩位女性確實充滿了「未完成」的懸念。相較之下，葛翠屏與馮金寶[15]便顯得無足輕重，她們在原著中與西門慶沒有直接聯繫，是在西門慶死後才被突顯，主要與陳敬濟有過情感上的關係。馮金寶乃是娼樓中的粉頭，因被前往臨清販布的陳敬濟相中而將之娶回家[16]，但是隨著陳敬濟的落魄潦倒，馮金寶最後則是選擇離他而去。

14　《金瓶梅》中僅稱其為藍氏，《三續金瓶梅》賦予其名為藍如玉。

15　《金瓶梅》第七十九回，西門慶為了請周守備、荊都監以及何千戶，故交代李銘請四個唱的到家中，分別是：「樊百家奴兒、秦玉芝兒、前日何老爹那裡唱的，一個馮金寶兒并呂賽兒。」（《第一奇書》，頁1370）。馮金寶雖曾於西門慶家中唱曲，但亦僅止於此，她與西門慶沒有任何過從甚密的關係。

16　《金瓶梅》第九十二回，陳敬濟往臨清販布，夥計楊大郎領著他游娼樓，因見粉頭馮金寶「生的風流俏麗，色藝雙全。」又得知其年方十八，便花一百兩將之娶回家。（《第一奇書》，頁2642）。

至於葛翠屏是在春梅嫁到周守備府之後，託薛嫂替陳敬濟所娶之妻，欲藉此來隱匿兩人之間的情事。雖然葛翠屏是春梅安排用以掩人耳目的角色，卻也非出身平庸，她是開緞鋪葛員外家大女兒，年方二十，溫柔典雅、聰明伶俐[17]，自嫁與陳敬濟後，春梅亦相當禮遇她，每日吃飯必請他們夫婦倆同在房中一處吃，彼此以姑婦稱之，同起同坐。後來春梅、陳敬濟相繼死亡，這兩位女性人物亦不免離散，未曾再被提及。顯然《三續金瓶梅》不僅關注原著中圍繞於西門慶身邊的女性，也側重與春梅有所干連的女性，才會重新拉入這兩位看似無足輕重的人物，並將之納入西門慶的妻妾群中，與春梅共事一夫，彼此之間的微妙關係，饒堪細味。

　　此外，還有一位在《金瓶梅》中相當隱微的女性人物，即苗青特地為報答西門慶而準備的侍妾——楚雲[18]，在《金瓶梅》中她最後還是未能送達西門慶手裡，《三續金瓶梅》則完成此樁未了憾事，由韓二與王六兒將她順利送到西門慶府中，成為春梅的大丫頭，與之同聲相應，備受西門慶寵愛。

　　由此看來，續書作者乃是站在西門慶的立場，對於西門慶不可得的欲望感同身受，於是他將這些在原著中未被詳述的部分視為充滿懸念的「未完成」，努力彌縫之，重新賦予這幾位隱微的女性完整形貌與骨肉，看似為了完成《金瓶梅》中的「空白」[19]，究其實，其所填補的已不僅是書中人物不可得的欲望或是作者未收束的結局，同時也是為了彌補身為「讀者」的自己，對原著中那些不圓滿、不完整的缺憾[20]。

17　《金瓶梅》第九十七回，描述春梅是如何百般地揀選出適合嫁與陳敬濟的女子，最後選中葛翠屏，正是因其出身良好且年輕貌美，「生的上畫兒般模樣兒，五短身材，瓜子面皮，溫柔典雅，聰明伶俐，針指女工，自不必說；父母俱在，有萬貫錢財，在大街上開段子鋪，走蘇杭南京，無比好人家，陪嫁都是南京床帳箱籠。」（《第一奇書》，頁 2798）。

18　詞話本與繡像本關於楚雲的描寫，無論是出現的章回還是描寫比重皆有所不同。詞話本第七十七回中，崔本告知西門慶：「苗青替老爺使了十兩銀子，招了揚州衛一個千戶家女子，十六歲了，名喚楚雲。說不盡生的花如臉，玉如肌，星如眼，月如眉，腰如柳，襪如鈎，兩隻腳兒恰剛三寸。端的有沉魚落雁之容，閉月羞花之貌。腹中有三千小曲、八百大曲。端的風流如水晶盤內走明珠，態度似紅杏枝頭籠曉日。苗青如今還養在家，替他打香奩、治衣服，待開春韓夥計、保官兒船上帶來，服侍老爹，消愁解悶。」（《金瓶梅詞話》，頁 1331）。此番話聽得西門慶開心不已，之後卻沒有再交代楚雲的下落。至於在繡像本與張評本中，楚雲出現於第八十一回，但是沒有過多的著墨，只提及她是苗青養在家裡要送給西門慶的，本要安排和韓道國、來保一同啟程，以便送給西門慶，無奈楚雲突然生起病來，無法動身，故苗青便說待楚雲病癒再差人送往。

19　此處所言的「空白」，是據胡亞敏從讀者閱讀的角度所作之解釋：「所謂的『空白』指文本中未呈現的部分，它是文本結構中的『無』，空白的確定與實現依賴於文本與讀者的交流。」胡亞敏撰：《敘事學》（武漢：華中師範大學出版社，2004 年），頁 234。

20　高師桂惠在論及《紅樓夢》續書時，指出這些續書多數是從人物評論出發，特別是針對寶釵與黛玉的主觀好惡，因此小說中「補恨」的對象畢竟不是書中的人物，而是「讀者」本身。高桂惠撰：〈未

（二）摹肖：貌異而神似的魅影

眾所周知，《金瓶梅》的書名乃是截取自書中三個主要女性人物——潘金蓮、李瓶兒以及龐春梅——的名字，在《三續金瓶梅》中雖已不復見潘金蓮與李瓶兒的身影，但作者又以馮金寶、葛翠屏來填補「金瓶」之空缺，重構另一組「金屏梅」，同時也重建西門慶一妻五妾的家庭生活。可以說，《三續金瓶梅》是試圖以《金瓶梅》所創造的家庭結構作基調，並延續原著中「未盡」的人物，重建潰散的家庭。作者為了兼顧二者並且減少與原著的牴牾，便極力內化原著之「果」以作為續作之「因」，就以續作中西門慶的一妻五妾來說，除了月娘與春梅之外，其他陸續納入的四妾，皆是遵循《金瓶梅》中的安排，再生發新的故事情節以便使之合理地走入西門慶的家庭，讓一切彷彿都是「姻緣湊巧」。首先，以藍如玉為發軔，在《三續金瓶梅》中安排何千戶自西門慶家上壽歸家的途中，遇潘金蓮的冤魂而一命嗚呼，西門慶得知後，隨即勾起當年對藍氏的癡迷，心中暗想：「我的命是他要的，這也是姻緣湊巧。現今房下無人，何不叫文嫂作媒，說來做房娘子，豈不是好。」（《三續金瓶梅》第二回，頁11）後來便在藍如玉的叔叔——藍太監的作主下，一併接收了藍如玉以及何千戶的員缺，順利地重整家業。與此同時，陳敬濟的妻子葛翠屏，自陳經濟死後，便由葛員外領回家中守寡。不料金兵犯境，不僅家財被搶擄，還在逃難的路程中與家人失散，幸遇喬大戶好心收留，順勢在西門慶復生後安排嫁與其為妾。至於黃羞花在原著中與王三官向來不睦，於是續書作者便寫其被王三官以一紙休書逐出家門，經由文嫂說媒成為西門慶第五妾，而馮金寶則是在離開了陳敬濟後，回到娼樓重操舊業，自與西門慶相識便一心愛嫁，最後如願入門為妾，排行第六。

在《三續金瓶梅》中，這些角色由晦至明，獲得比原著中更加立體、更具血肉的刻畫，然而細觀文中的描繪，卻又隱約可見《金瓶梅》中幾個主要女性人物的性格特點，李嬌兒、孟玉樓、孫雪娥、潘金蓮、李瓶兒雖已不在場，可是卻彷彿只是被重新拆解再組合到新的妻妾群身上。如藍如玉的背景不俗、財富豐厚，且為人溫和有氣度，在為西門慶生下一女後，更受疼愛，其不管是性格還是形象都與李瓶兒疊出。究其實，早在《金瓶梅》中便已經透露藍氏與瓶兒的相似之處，在第七十八回中，月娘見了藍氏便向西門慶誇讚她「生的燈上人兒也似，一表人物，好標致！」此時的西門慶因只知其人而未詳其貌，下意識地聯想到藍氏的可觀家底，說道：「他是內府生活所藍太監姪女兒，嫁與他，陪了好少錢兒！」（《第一奇書》，頁2259-2260）此番議論與第十回在芙蓉亭家宴上，

盡之事：明清小說「續書」的赤子情懷〉，收入熊秉真、余安邦合編《情欲明清——遂欲篇》（臺北：麥田出版社，2004年），頁284。《三續金瓶梅》與《紅樓夢》續書出現的時間相近，因此不免也受到這種以評論人物出發的續寫方式影響，在小說創作中重建自己的理想結局。

夫妻二人討論瓶兒的內容簡直如出一轍[21]，可見藍氏與李瓶兒都是代表著一份西門慶渴望、豔羨的財富，續書將原著所透露的端倪進一步延伸，刻意深化、交疊二者的形象。至於其他侍妾雖沒有藍氏這般肖似原著中的人物，但都隱約地帶有原著人物的性格，如葛翠屏不與妻妾相爭，凡事皆淡然處之，具有孟玉樓冷靜自持的況味；黃羞花雖貌美如花，但是身無錢財，且耐不住久曠的寂寞，嫁給西門慶前便曾失身於和尚法戒，在入門後又未能於妻妾群中展露鋒芒，故較不受西門慶關注，後來則與胡秀另結私情，她雖不似孫雪娥般鄙俗不得寵，但在處境與行徑上又有幾分神似。而馮金寶則是經常以冷言酸語譏諷眾人，並且試圖藉由懷孕生子以爭寵，始終耍盡心機、不擇手段。此外，她還與丫頭珍珠兒沆瀣一氣，兩人私下與童僕文佩糾纏不清，其一言一行無不帶有潘金蓮的影子，同時又有李嬌兒那種處處為己圖利的行院習氣。看來，原著中斯人雖已不在，然而其魅影在此續書中卻無所不在。

　　作為世情書的續衍之作，《三續金瓶梅》除了摹效原著中幾位典型的女性人物形象之外，自然也不忘刻畫那些時時簇擁、逢迎西門慶的幫閒人物。在《金瓶梅》中應伯爵的形象特別深植人心，他既「有幫閒之志，又有幫閒之才」[22]，如田曉菲所言：「他的絕妙辭令固然不用說了，但絕妙辭令不是憑空來自一張嘴，而源於體貼人情之入微——也就是說，知道說什麼樣的話令人快意或者不犯忌諱也。」[23]，應伯爵洞曉人的心理，所以能夠處處投合西門慶的歡心，藉以得到好處，其他兄弟皆沒他那「理應白嚼」的本事。此一活靈活現的生動角色，在《金瓶梅》中卻僅由春梅不經意地指出「應伯爵死了」而草草了結。然而，續衍《金瓶梅》自然少不得如此典型的幫閒人物，丁耀亢便因不滿應伯爵的結局，而在《續金瓶梅》中將應伯爵已死視為誤傳，還在小說中更進一步地深化他性格上的醜惡，並且完整地交代其下場[24]。至於訥音居士則是依循原著安排，改由謝希大、常峙節來替代應伯爵的位置，也寫他們如何在西門慶身邊插科打諢；又是如何體貼其心意，如何適時知趣……等等，雖然此二人的填補，未能再現應伯爵出類拔萃的本事，但卻多少完足了世情小說中不可或缺的人情往來、逢迎趨附的部分。

21　《金瓶梅》第十回，月娘形容瓶兒「生的五短身材，團面皮，細灣灣兩道眉兒，且是白淨，好箇溫克性兒！年紀還小哩，不上二十四五。」西門慶道：「你不知他原是大名府，梁中書妾，晚嫁花家子虛，帶一分好錢來。」（《第一奇書》，頁 133）。

22　魯迅撰：《且介亭雜文二集·從幫忙到扯淡》，《魯迅全集》（北京：人民文學出版社，2005 年），卷 6，頁 357。

23　田曉菲撰：《秋水堂論金瓶梅》（天津：天津人民出版社，2008 年），頁 108。

24　孔繁華撰：〈兩副臭皮囊　一副醜嘴臉——《續金瓶梅》《金瓶梅》中應伯爵形象談〉，《丁耀亢研究——海峽兩岸丁耀亢學術研討會論文集》（鄭州：中州古籍出版社，1998 年），頁 176-182。

(三)連綴：賡續關係與清償宿債

無論是角色的延續還是人物性格與形象的仿效，在在都透顯出《三續金瓶梅》無非是原著中各種「關係」的延伸。訥音居士在連綴這些關係時，大抵是依循原著的安排，再據以邏輯性地創作推衍，為原著中帶有懸念的情節進行補白，例如發展孝哥此一支線，一則完成月娘當年替孝哥與雲裡守之女締結的親事，二則藉由孝哥順遂地升官補授官職，上本參劾吳典恩與殷天錫，使他們革去官職，發配充軍，了結昔日二人凌父欺母之仇。又如葛翠屏原是春梅替陳敬濟所娶之妻，當日還曾同起同坐，彼此以姑妗相稱，而今二人又共事一夫，她們之間不可言喻的微妙關係，在小說中也幽微地寫出，比如葛翠屏為了替春梅要月娘房裡的丫頭，曲折地向西門慶說道：「二娘甚疼我，昨日我們繡枕頂兒，一個人一個……我繡的趕不上二娘，二娘還教了些巧妙，說我很有緣，還托了我一件事。」（《三續金瓶梅》第四回，頁80-81）另外，春梅也特別了解翠屏，當眾人在臥雲亭賞雪，喬大戶娘子提議將此美景畫下，春梅便不假思索地說：「我們小屏兒，壽星長尾巴的，他從小兒跟著畫匠住過。」（《三續金瓶梅》第十二回，頁257）續書中雖未言明二人昔日的關係，卻經常於幾許不經意的言語對談中，道出她們對彼此知之甚詳，使讀者自然而然地聯繫起二人的舊日關係。小說中這些順應原著餘脈與邏輯的細節描寫，顯露訥音居士的書寫意圖，藉此提醒讀者在閱讀之際，要時時聯繫起續書與原著回環往復、一前一後、一因一果的對應關係，建造出與《金瓶梅》連成一氣的整體感，以逐步破除讀者對原著根深蒂固的認知，最後順著續書所提供的線索前進，聚焦於其所展現的具體結局。

除此之外，還有一些自《金瓶梅》延續而來的人物與情節，則是在邏輯推衍之外，以命定觀念來連綴之，如西門慶死後七年，屍首竟未腐壞，明顯違背常理，於是作者便安排一段「看官聽說」來解釋之：

> 列公有所不知，因他在生，服過梵僧的藥，乃壯陽仙丹。雖氣絕生亡，藥性仍在。慢說七年，就是七十年，亦不能壞。故陽魂入殼後，復舊如初。（《三續金瓶梅》第一回，頁11）

透過此番補充導向主人公復生乃是一種勢所必然的發展。另外，在安排西門慶順利地重新恢復家業，亦帶有天命的色彩，為使之不可撼動，同樣是以具有權威性的說書人話語來說服讀者：

> 且住，你話就說岔了。西門慶還魂，家勢已被金兵搶掠，箱籠皆空，一連幾件事，哪裡的許多銀子？列位，人生官星財運，都是命中注定，西門慶官復原職，有官

即有祿，又娶了藍氏，帶了一份好家產，甘心情願由他使用，怎麼無有銀子？」

（《三續金瓶梅》第四回，頁 74）

此段又可與西門慶家中出現異象而掘藏出銀子的情節相互對照，第八回〈西門慶刨金利市　袁碧蓮私會佳期〉描寫眾人在上鎖的來旺房中，看見一屋子娃娃光著屁股撅跤，進屋後卻空無一人，只見爐坑內有亮光，遂順著爐坑刨出似為財帛的硬物，待焚香祝禱後，才得以打開，沒料到裡頭竟是八十幾個雪白的元寶，是時西門慶方才想起此乃李瓶兒舊時寄囤的銀子，不知何時被來旺竊走藏於屋內，如今又落回他的手中。作者運用命定觀以及充滿民間質素的掘報藏金情節作為連綴，一則是要合理化西門慶非正常的「復生」情節，二則是要恢復並擴張小說中的「財色」版圖，以便為他所設定的核心議題服務。雖說此種連綴方式無非是要合理化續書的情節發展，以盡可能降低與原著在情節接續上的扞格，但同時也巧妙地將民間信仰的氛圍融入，並滿足小市民所嚮往的發財夢[25]，更加切近了一般俗民的生活觀念與心理想望。

　　在續衍的視野下審視《三續金瓶梅》的書寫方式，可以發現無論是模擬仿效亦或是補缺拾遺，作者對原著中人物、情節的操作與連綴方式，表面上似乎只是重建了一個與《金瓶梅》無異的西門慶府第，裡頭不乏許多貌異而神似的影跡，但是由小說所導向的結局看來，作者在書寫時所灌注的精神實質已然有所變異，以下將分析作者對其他文本的擷取與拼湊，以更清楚地勾勒出隱藏於模擬背後的意涵及理念輪廓。

二、仿擬、拼湊與再重構

　　《三續金瓶梅》作為《金瓶梅》的續書，除了有對《金瓶梅》直向的繼承、仿效之外，同時也橫向地受到當時的《紅樓夢》及其續書風潮或深或淺之影響，特別是《紅樓夢》續書，訥音居士曾明白地指出他之所以續寫的《金瓶梅》，正是受此流風所及[26]。

　　嘉慶年間興起續衍《紅樓夢》的創作風潮，各種以後夢、續夢、重夢、復夢……為名的作品紛紛出現，終清之世不絕。這批續書雖然不出幾種敘事模式[27]，然而在這些敘

25　丁耀亢的《續金瓶梅》亦透過「開金藏」來處理西門慶的遺產，高師桂惠指出：「掘藏題材的勸善性質植基於古老的發財夢想。……掘藏的道德化與神秘化正好與小說講勸懲及重奇幻的傳統相吻合，因此成為小說常見的情節類型。」高桂惠撰：〈情慾變色：論丁耀亢《續金瓶梅》的德色問題〉，《追蹤躡跡——中國小說的文化闡釋》（臺北：大安出版社，2005 年），頁 188。

26　小說於第一回開篇即指出：「紅樓五續甚清新，只為時人讚妙文。余今亦較學三續，無非傀儡假中真。」（《三續金瓶梅》，頁 2）。

27　王旭川指出這批《紅樓夢》續書的敘事模式大抵不外乎三種，主要是以林黛玉的命運重新安排為依據，分別是：死而復生的模式；死後轉生、托生的模式，以及三界互通的模式。王旭川撰：〈清代

事模式之下卻揉合了各式各樣的情節與主題,有的結合時代動亂,從大觀園寫到大戰場;有的重拾《紅樓夢》棄絕的才子佳人俗套;有的甚至橫越三界的限制,上達天庭下抵陰獄、龍宮……各種荒誕、離奇的敘事情節充斥其間,此不僅吸引讀者的目光,甚至還招來更多投入續寫風潮的創作者[28]。值得注意的是,這些創作者除了把握原著之外,也高度關注彼此的創作動態,甚至相互模仿、襲用,遂形成一種特殊的閱讀以及續寫群體[29]。訥音居士雖未加入續寫《紅樓夢》的行列中,卻受此風潮的啟發,所寫《三續金瓶梅》不僅模擬仿效了《金瓶梅》的書寫模式,也參照了《紅樓夢》的諸多情節,並且與《紅樓夢》續書的「樂天精神」[30]同出一脈,以多方的採擷、模擬,建構出具有時代色彩的面貌。

(一)預設性的仿擬

王汝梅曾指出《三續金瓶梅》不過是對《金瓶梅》作了「庸俗的接受」,是一部不符合《金瓶梅》原意的模仿之作,完全背離了它的積極意義[31]。張春山亦大力抨擊此書隨處可見的模擬痕跡,毫無獨創之處[32]。這些嚴屬的批判,一來顯示出大多數研究者對續書經常是懷抱著審美的、藝術的高度期待,卻總是期待落空,二來則點出此部續書對原著或其他文本的因襲之處。此種以小說美學的角度來觀察續書的視野,往往輕忽了時代特性、風尚對續書的深刻影響,因此下文將具體指出《三續金瓶梅》對《金瓶梅》幾

《紅樓夢》續書的三種模式〉,《紅樓夢學刊》第4輯(2000年),頁292。

28 有些續書作者是不滿於其他續書,才決定另續一新作,如秦子忱的《續紅樓夢》即是如此,其於〈續紅樓夢弁言〉中指出《紅樓夢》的續書雖然「文詞浩瀚,詩句新奇,不勝傾慕。然細玩其敘事處,大率於原本相反,而語言聲口,亦與前書不相吻合,於人心終未覺愜。余不禁故志復萌,戲續數卷,以踐前語。」高玉海撰:《古代小說續書序跋釋論》(北京:中國社會科學出版社,2007年),頁155。

29 林依璇觀察《紅樓夢》續書作者間的橫向模仿套用,指出除了情節雷同、文字抄襲外,故事開場、收尾的方式,都有類似的模式,例如小說的最後一回幾乎成為作者們發表高見、互相調侃的園地。林依璇撰:《無才可補天:紅樓夢續書研究》(臺北:文津出版社,1999年),頁133-137。

30 王國維指出中國人的精神是世間的、樂天的,所以代表此精神的戲曲、小說,無不帶有樂天之色彩,若非以圓滿作結,則難以滿足讀者之心。而在中國的文學中只有《桃花扇》與《紅樓夢》是具有厭世解脫精神的作品,至於其後所出的《南桃花扇》與《紅樓復夢》等,都是代表「吾國人樂天精神者也」。王國維撰:《紅樓夢評論》(上海:上海古籍出版社,2005年),頁13。王旭川在觀察清代的《紅樓夢》續書,亦發現這些作品只有黛玉復生的模式是符合大團圓的標準,其餘續書皆是以「補其所表現的悲劇為目的」,但整體而言都帶有樂天、享樂的情調,體現了嘉慶、道光時期精神的貧乏與庸俗。同注27,頁304。

31 王汝梅撰:《王汝梅解讀《金瓶梅》》(長春:時代文藝出版社,2007年),頁238。

32 張春山撰:〈《小奇酸志》是否「上乘」之作?〉,《運城高等專科學校學報》第17卷第2期(1999年4月),頁50、60。

處明顯的模擬、仿效，再將之與同時代的《紅樓夢》續書等量齊觀，觀察其間是否有思考模式上的共性存在，藉由貼近續書的創作環境與狀態，探究其以仿擬為書寫基調的原因。

《金瓶梅》是以西門慶作為輻輳體結構的核心，藉由其往來於家庭、官場、商場、青樓之間，以細膩繁複的筆法描繪豐富的世情圖景。至於《三續金瓶梅》雖是透過發展《金瓶梅》的餘脈，填補、交代文本的空白與懸念以生發新的故事，但是卻與《金瓶梅》的整體情節、佈局極為相似，同樣建構出以西門慶為核心的驕奢淫佚生活，並且恢復其一妻五妾的家庭結構，同時也著墨於西門慶縱淫於妻妾、僕婦、男童、丫頭與妓女之間等情事。大抵而言，小說確實有不少承襲與仿效《金瓶梅》之處，以下便由三方面細觀之：

首先是對西門慶的日常家庭生活的描摹，在《金瓶梅》中主要是由時序的演變勾牽出西門慶家中的大小事件，特別是每個妻妾的生日以及各種節慶，由於這些節日與日常生活有別，小說中也越發仔細地鋪陳當中的瑣事，諸如飲食用度、服裝擺飾……用許多詞藻堆砌出一個暴發戶的物質化世界，在看似瑣碎的事物與日常言談中隱匿各種情事，如在第二十四回仔細描寫宋蕙蓮於元宵節與妻妾一同上燈市，其身上所穿的衣飾、鞋子以及張狂的言行，暗示蕙蓮已然征服了西門慶與陳敬濟，超越了潘金蓮的性魅力[33]。《三續金瓶梅》亦效而習之，藉由每個妻妾的生日以及各個節慶活動中，帶出西門慶縱欲荒淫的情事，例如第七回中描寫袁碧蓮向西門慶解說包端午節的「五福粽子」之法：

> 碧蓮說：「難著呢。必得上好的豇米，肥嫩的葦葉兒，一樣桂圓餡的、一樣夾沙餡的、一樣芝麻酥的、一樣脂油丁兒的、一樣火肉丁兒的，把餡子拌好，配上各樣的菓子，再加上玫瑰、桂花做成的錠子，把葦葉打成條兒，疊成幅兒，一個一個的包好，上籠屜蒸熟了，這就叫五福粽子。爹喲，各樣兒都容易，火候最難。」又著手比著說：「火大了呢，爛了；火小了呢，生了。爹喲，總在不緊不慢文武火才好。」官人見他口似懸河，眉目傳情，輕狂俏浪，笑容可掬，喜了個手之舞之，足之蹈之，說道：「不知你有這等手段。」抽空子掐了他一把。婦人瞅了一眼，笑道：「爹要做多少？」（《三續金瓶梅》第七回，頁124-125）

藉由刻畫生活瑣事以彰顯碧蓮生動的語氣、情態，引發西門慶的情欲，為兩人日後的私

33　《金瓶梅》第二十四回，寫蕙蓮與妻妾上街走百病，刻意打扮妝點：「換了一套綠閃紅段子對衿衫兒，白挑線裙子。又用一方紅銷金汗巾搭著頭，額角上貼著飛金，并面花兒，金燈籠墜子，出來跟著眾人走百病兒。」蕙蓮一路與陳敬濟調笑，並展露那雙比潘金蓮還要小的腳，不斷地炫示自己的美貌。（《第一奇書》，頁618）。

情埋下伏筆。可以說《三續金瓶梅》雖未得《金瓶梅》那種細緻入微的筆力，但是卻掌握到原著描寫每個不同節日的用意，仿效此特點加以發揮。

其次，是關於西門慶交通權貴的官場生活，《金瓶梅》深入地描寫市井暴發戶西門慶是如何通過奉承巴結賄賂朝中權貴蔡京，以此逐步拓展自身的財力與權力，而《三續金瓶梅》雖然將官場上的升遷，轉移至孝哥這一支線身上，但是孝哥得以如此順遂，亦有賴於西門慶所巴結、攀附的藍太監不遺餘力地提攜，此外，《三續金瓶梅》寫西門慶親迎、款待欽差大臣藍世賢的情節，也與原著中隆重地盛情款待宋巡按、蔡御史並無二致。

最後則是對西門慶性愛生活的營造與刻畫，《金瓶梅》有梵僧給予壯陽藥使其對性慾的追求達到極致；《三續金瓶梅》亦有李鐵嘴教導房中導引之術，使之久戰不疲。西門慶的欲望同時也左右了妻妾、僕婦在宅第內的地位以及人際的互動往來，《金瓶梅》特別著墨於每個女性人物的性格以及她們對情愛、性愛的不同態度，並且細緻地描繪她們彼此間如何共處，如何為博得西門慶的寵愛而相互猜忌、算計，特別是李瓶兒與潘金蓮之間的往來、角力，最令人矚目。《三續金瓶梅》也寫馮金寶對春梅、藍如玉的敵意，強調其爭風吃醋的一面，以及她為求寵愛所使盡的各種手段。

除了上述三方面外，此書在許多細部的情節上，都與《金瓶梅》有許多雷同之處，如《金瓶梅》中充滿預告性的吳神仙相面，以及富有宗教性的潘道士祇法等情節，於《三續金瓶梅》中也一絲不漏地仿效，同樣也安排了李鐵嘴相面與潘道士除魅。由此看來，《三續金瓶梅》確實是毫不避諱地仿擬《金瓶梅》，究竟其仿擬的根本原因何在？作者於小說第一回寫道：「《金瓶梅》是一部奇書，因何只寫半身美人圖，豈不可惜。」（《三續金瓶梅》第一回，頁2）此處所言的「半身美人圖」與書名「小補」相映，已明白點出了他續衍的方式與角度，即是要與《金瓶梅》一氣呵成，以「完足」《金瓶梅》這部奇書，因此作者特意採用循線發展的方式接續原著，而種種與原著幾無二致的書寫，都是為了與原著連成一氣，並有效地服務於小說的新結局——「轉禍為福」而非「荒淫敗落」。換言之，作者乃是基於對原著結局安排的不滿，試圖為人物以及結局翻案，故一切的仿擬都是刻意為之且是充滿預設性質，而此種預設性與作者於〈自序〉、〈小引〉中所表陳的因果觀與「財色」命題互為表裡：

　　天下最真者，莫若倫常；最假者，莫如財色。[34]

　　以公為忠，以禪作信，法前文筆意，反講快樂之事，令其事事如意，為財色說法，

34　同注2，頁3。

一可悅人耳目。引領細觀，再看財色，始終是真是假，因果報應一絲不漏。可不慎乎！[35]

在《三續金瓶梅》中作者清楚地拉開了「財色」與「因果」的距離，他認為耽溺財色與善惡因果沒有必然關係，因此小說中的因果報應只落實於真正為惡的人身上，如馮金寶、珍珠兒、鄭媽媽、喬通……至於西門慶與春梅等人雖縱情恣欲，但只要能看穿財色的虛幻本質，便能由此超脫，自能免除縱欲過度所可能產生的危機，更不必受因果報應的拘囿，在作者看來此一安排所發揮的警世教化之用，亦不亞於《金瓶梅》和《續金瓶梅》。

若將《三續金瓶梅》與同時代的《紅樓夢》續書並觀，便可以發現小說中的仿擬以及對圓滿結局的安排，實與《紅樓夢》續書無異。嘉慶、道光年間突然迸出一批《紅樓夢》續書，它們是當時寫作風氣、閱讀習慣以及印刷事業所共同催生的產物，具有娛樂商品的特質，在經濟效益的考量之下，作者往往任意拼貼情節、模擬仿效，輕鬆地貫串成書。小說中處處反映世俗的邏輯觀點，撰寫讀者熟悉、易閱讀的內容，迎合其思考與心理[36]。這批小說皆以團圓結尾實非偶然，正如同王國維所言，這些續書具現了中國人對「樂天精神」的追求與嚮往，投合了眾人不喜悲劇的心理。《三續金瓶梅》自此氛圍中產生，承襲其樂天精神，小說以「仿擬」為書寫基調，在當時亦不足為怪，甚至不過是一種順應潮流的作法而已。

（二）拼湊的書寫特點

《金瓶梅》是以刻畫市井俗趣，反映世態人情見長，改變了《西遊記》、《水滸傳》的經典敘事模式[37]，小說不以八十一難和逼上梁山這類大開大合的情節來吸引讀者向故事同化，參與故事發展過程，而是從現實生活的體驗出發，引發讀者的共鳴，開創不同的敘事模式，也開啟了世情小說的寫作風潮。自《金瓶梅》之後，明末清初才子佳人小說興起，魯迅將之視為世情書的異流、反動，並指出其所敘述「大率才子佳人之事，而以文雅風流綴其間，功名遇合為之主，始或乖違，終多如意，故當時或亦稱為『佳話』。」[38]，遂形成新的創作路向，同時也造就一種程式化的書寫模式，直至《紅樓夢》出現，則又顛覆了才子佳人小說這一創作流派，創造了世情小說的另一高峰。《金瓶梅》與《紅

35　同注 3，頁 2-3。

36　林依璇針對嘉慶年間的《紅樓夢》續書進行研究，統整出這批續書的共性與殊性，兼及紅學、小說史和文化意義三重角度，理解其藝術發展。由於論者所設定的時間範圍，正好與《三續金瓶梅》的成書時代接近，其研究成果對於探究《三續金瓶梅》頗有助益。同注 29。

37　甯宗一對於明清小說的發展有詳細闡述，指出《金瓶梅》與《紅樓夢》打破了以往的經典敘事。甯宗一撰：《中國小說學通論・導言》（合肥：安徽教育出版社，1995 年），頁 13。

38　魯迅撰：《中國小說史略》，《魯迅全集》，卷 9，頁 196。

樓夢》雖皆是「『以家族（家庭）生活為背景』所寫成的『家庭－社會』型小說」[39]，然而《紅樓夢》是充滿詩意地「大旨談情」迥別於《金瓶梅》「醜態畢露」地刻畫情欲，在敘事語言與敘事情調，可謂一雅一俗；所呈露之情感，則是一美一醜，各有其審美風尚，遙相對應。《三續金瓶梅》卻同時擷取二者的情節，雖無以承襲其間豐富意旨，但是作者意圖融通二者以自我脈絡化的書寫策略，無非也呈現出續書於書寫上的混融現象，造就一種特殊風貌。

《三續金瓶梅》在模擬《金瓶梅》的整體情節模式之外，明顯地仿效了《紅樓夢》中一些雅緻的情節，為西門慶這個暴發戶的市井生活，增添了些許附庸風雅的情調，例如比照林黛玉、薛寶釵等人雅興詩社、賦詩填詞的情景，讓喬大戶娘子與藍如玉酬答詩作，獻其詩才，其酬答的詩作，如：楊柳詩、桃花詩、蘭花詩……等等，又與《紅樓夢》中眾姊妹即景賦詩的情景相似；《紅樓夢》有賈寶玉遊園題對額，賈妃將寶玉題的「紅香綠玉」改成「怡紅院」，《三續金瓶梅》亦有欽差大臣藍世賢在西門慶家中遊園題額，將原本平淡無奇的「小卷棚」題為「怡情齋」[40]。足見《三續金瓶梅》不時展露出的風雅情調已與《金瓶梅》純然的市井俗趣略有不同。

在《金瓶梅》中西門慶一家子的生活情趣多展現於吃穿用度上，作者不厭其煩地描寫精緻飲饌與華美衣飾，即便是生日節慶，也總是強調其排場之豪奢，故主要活動不外乎飲酒、宴客、聽唱曲，缺乏文雅風流的美感體驗。《紅樓夢》亦不乏華靡驕奢的物質生活描寫，但卻含蘊了上流社會的閒情雅韻、富貴風流，於是《三續金瓶梅》擷取《紅樓夢》在此方面的特長，幾位新娶的妾媵雖不全是出自名門大家，但多數是為好人家的兒女，因此「吟詩作畫」、「以詩寄情」亦自然而然地成了西門慶家中可見的活動。顯然，《三續金瓶梅》並非如同《金瓶梅》主要是以「性欲」作為驅策敘事的動力，而是試圖藉由「情」在不同面向的生發：詩情、倫常之情……來對比情欲以推展情節，如由妻妾的詩情、才情來充盈生活描寫的內容，同時又對比西門慶的有欲無才，像是藍如玉代筆吟詩，滿足西門慶渴求馮金寶的欲望；又如透過西門孝與甘雨兒的恪守夫妻倫常之情，以對比於西門慶對情欲的放縱。從表面上看來，作者主要仍是依循《金瓶梅》中描寫西門慶沉湎情欲、欲心不斷膨脹的情狀，幾乎在每一回中都安排西門慶與不同人物巫山雲雨，到後期甚至動輒與妻妾、丫頭共赴連床大會，同時也描寫妻妾、童僕以及丫鬟

39 此處引用胡衍南對「世情小說」所採取的狹義定義，其統整了學者對《金瓶梅》這類型的小說之命名與定義，試圖兼顧魯迅以來諸位學者的類型命名用意，以縮小並確立世情小說的定義。胡衍南撰：《金瓶梅到紅樓夢——明清長篇世情小說研究》（臺北：里仁書局，2009年），頁1-10。

40 張春山已略微點明《三續金瓶梅》參照《紅樓夢》的情節之處。同注32，頁60。

彼此間的私情，不斷強化欲望無度的現實之「醜」，但是細觀這些荒淫情景，即可發現絕大多數是用「如魚似水，顛鸞倒鳳，笑語聲喧」、「三人共入羅幃，不免早早得雨，顛鸞倒鳳，枕上綢繆，被中恩愛，不必細說」，或是「殢雨龍雲，狂了個不亦樂乎」這樣的字眼籠統帶過，對於性愛過程描寫粗略，當然中間亦有幾處對性愛過程露骨、直白的刻畫，但與《金瓶梅》突顯西門慶與不同婦人做愛時的動機、心情、風格以及後果的方式大不相同，在《金瓶梅》中各種柔情、激情、暴力的性事，都有其隱喻、象徵[41]，具有深刻的意涵，可是《三續金瓶梅》卻往往流於千部共出一套的性愛描寫，雖然醜陋和荒淫的程度甚至比原著有過之而無不及，但是因語言文字與敘事策略在調和上有所落差，遂使其背後的含意顯得不夠深刻，僅僅是對比出一種失衡的狀態而已。

　　由此看來，《三續金瓶梅》雖同時擷取了《金瓶梅》與《紅樓夢》的情節，卻無以承襲其間豐富意旨，反而形成寫淫缺乏深刻隱喻，寫雅又落入附庸風雅，這無疑是受到嘉慶以來《紅樓夢》續書之影響，在書寫上同樣具有任意拼湊情節，套用各種程式化書寫的特色[42]。雖然這種拼湊的書寫特徵，總不免有僵化、生硬之處，卻也自成另一種既混融又扞格的風格，此反倒彰顯出續書作者嘗試運用各種策略，以自我脈絡化的意圖。

(三)於因襲中建構新意

　　《金瓶梅》中以酒、色、財、氣四貪的無限膨脹，展演出一段生命耗損的悲劇，《紅樓夢》是寫情的無所歸趨，最終導向生命無所安頓的悲涼。在訥音居士眼中，這兩部世情小說雖各有所長，然而二者的悲劇色彩皆不符合其「僅寫快樂之事」，並使一切「轉禍成福」的意旨，因此他重新調度因果、安排情節比重，以心中的「預設理念」為目的，在因襲與拼湊的書寫模式中，衍生出對應的情節，企圖在因果報應之外，藉由不同宗教、文化思維的相互融攝，不以一家為宗，造就儒釋道並現的圖景，呈現世情小說可能包含各種向度的人生選擇。

1.兩次身體修煉：外煉服食至引內養性

　　《三續金瓶梅》寫西門慶復生還陽後，依舊沉迷於性愛，一切行為舉止幾與往昔無異，

---

[41] 田曉菲認為《金瓶梅》中做愛的描寫皆是作者有目的、有計畫的組織安排，例如西門慶與林太太做愛，全用韻語表現，以傳統的戰爭意象描述，一方面是極力醜化招宣，因為招宣祖上是大將；另一方面是為了暗示這一男一女之間，全無浪漫的情意，西門慶是為了報復王三官，為了圖謀其妻，也是為了藉由征服林太太，征服王府世代簪纓的社會地位。同注23，頁232。（《秋水堂論金瓶梅》）

[42] 高師桂惠指出：「嘉慶年間的這一批《紅樓夢》續書，顯然像遊戲人間般的輕易調換布景、情節，有任意拼湊（bricolage）的感覺，這種表達方式不只出現在『續書』系列之中，在英雄傳奇續書、言情小說續書等系列都有許多相近的情節。」同注20，頁310-311。事實上，這種程式化的書寫在晚明清初的才子佳人小說便已形成，對當時的創作者而言，直接引用他人的著作乃是公開且被允許的，並無可議之處，因此作品中剽竊、抄襲的痕跡隨處可見，是為文壇上的常態。

為強調西門慶的貪欲，作者效法《金瓶梅》中胡僧現身施藥的情節，引出道士李鐵嘴。不過，相較於胡僧徹頭徹尾充滿「性」的暗示，此位道士不僅善觀氣色，且會攝養性功夫，其年逾七十卻仍童顏鶴髮，儼然是修身得道者的具現。他與西門慶談及修煉功夫時說道：

> 我們道家以功為本，以術為門，內丹要煉的河車遂轉，水火濟濟，得了甘露，才能三花聚頂，五氣朝元。面色要黃中生彩，眼神要藍裡有光，此法最難，內要養氣存神，外得飲紅鉛、采戰、輪睛扣齒、十步玄功，才能脫過輪迴，長生不老。（《三續金瓶梅》第十四回，頁 291）

此番內外兼修的養性功夫，唯有飲紅鉛、采戰之術，引發西門慶的興趣，西門慶力求此術的修煉方法，並搭配道士所給的三元丹，自此「夜度數女耐時，久戰通宵不倦」，更加沉迷於性欲的漩渦。

　　《三續金瓶梅》安排李鐵嘴出現不僅是為了仿效《金瓶梅》中的胡僧，以進一步強化西門慶對性的渴求，同時也預先暗示了修煉的途徑，因為早在李鐵嘴向西門慶自陳來歷時便已點出：

> 貧道本係西地長安人氏，奶地出家在四川峨嵋山，焚修六十餘年，學了兩樣道術，一會看相，善觀氣色；二會攝生養性工夫。那《參同契》、《悟真篇》、八段錦、鐵布衫樣樣都煉的來。至相法，麻衣相、水鏡相、白鶴相、揣骨相也參透了。（《三續金瓶梅》第十四回，頁 290）

此處提到的《參同契》、《悟真篇》即是普靜長老在第三十三回前來點化西門慶所賜與他的兩本道書，也是後來西門慶得以自我修煉的關鍵。作者之所以引出《參同契》與《悟真篇》不僅是欲以此作為西門慶由迷轉悟的關鍵，小說的情節安排也與二書的性質和內涵有極為密切的聯繫。

　　東漢魏伯陽（西元 147-167 年）的《周易參同契》（簡稱《參同契》）對於道教丹道的建立在理論上發揮了奠基性之作用，由於此書古奧難懂，歷來的注家皆從不同面向進行詮釋與闡發，主要可分為外丹派與內丹派，外丹派是側重於探索天地自然的造化運行之理以及與外丹火候的關係，內丹派則是重視如何將此造化運行之理運用於自身之中以結成內丹[43]。大抵言之，《參同契》主要是結合大易、爐火以及黃老道學，闡發了煉丹養氣

43　段致成撰：〈修丹與天地造化同途——試論「外丹」與「內丹」派對《周易參同契》的不同詮釋路徑〉，《輔仁宗教研究》第 9 期（2004 夏），頁 183。

的道理，以外煉服食和引內養性的方式，達到後天返先天的效果，外煉服食是直接造成身體的轉化，而引內養性則是透過心性的提昇並帶動身體的轉化。在此二者的交互作用下，最終達致神仙的先天境界[44]。至於《悟真篇》則是北宋張伯端（西元 984-1082 年）的代表作品，《四庫全書總目》指出「是書專明金丹之要，與魏伯陽《參同契》，道家並推為正宗。」[45]，也點出它們彼此闡發之處。二書的聯繫在於張伯端承襲了《參同契》所闡釋的「天地造化之理」，將之作為修煉的依據和準則，並進一步超越了造化之理的解悟而證得了本性、真性，也將原本主要反映外丹思想又兼含內修養性之術的《參同契》，導向為內丹的奠基性著作[46]。《悟真篇》除了承襲《參同契》的理論之外，同時又以「丹禪合一」為基點創立了獨特的內丹學理論，其內丹思想具有禪宗化色彩，所說的成仙之境也已不再是傳統道教的肉體飛昇，而是著重在「心」、「性」、「神」三者的修煉[47]。

理解二書的內涵與性質，再看訥音居士所安排的情節，他先以西門慶服過梵僧藥來解釋何以死後七年仍屍首不壞，然後又透過李鐵嘴指導其飲紅鉛、采戰之術，可知作者乃是將這兩次的外煉服食視為西門慶外在的修煉，小說最後寫西門慶於五十大壽前，打開二部道書，見《悟真篇》是參禪悟性之法，《參同契》則是煉丹養氣之理，甚為喜悅，遂決定學此法，並於壽旦過後戒酒除葷，開始進行引內養性的修煉：

> 官人正然輪睛扣齒，覺似河車轉動，只聽得響亮一聲，滿屋裡長蛇亂竄。說著上身上來。官人知是魔障，也不理他，少頃都不見了。又坐到五七上，忽然一陣大風，裏著一個怪物，巨口獠牙，二目如燈，往著官人亂跳。忽進忽退，要搶道書。西門慶雙手握住，說：「見怪不怪，其怪自壞。」只見怪物打一個滾，蹤影全無。只覺滿口清香，一個露珠兒滾在腹內，立刻精神百倍，身子就輕了。（《三續金瓶梅》第三十八回，頁 856-857）

44　賴錫三撰：〈《周易參同契》的「先天—後天學」與「內養—外煉一體觀」〉，《漢學研究》第 20 卷第 2 期（2002 年 12 月），頁 138。

45　清永瑢、紀昀等撰：《欽定四庫全書總目》，《景印文淵閣四庫全書》（臺北：臺灣商務印書館，1986 年），第 3 冊，卷 146，頁 1100。

46　張廣保指出自宋以後至清末的大部分學者在看待《參同契》時皆力辟外丹說，認為其號稱萬古丹經王，是為內丹經之王而非外丹經之宗，特別是自北宋內丹名家高象先、張伯端、陳泥丸等人之後，此種看法更是佔居主流地位。但他認為《參同契》的主旨確是以外丹為主，兼括內修養性之術，此尚不能稱為內丹，不過因歷來許多內丹名詞皆源自此書，亦不妨將之視為內丹奠基性經典。張廣保撰：〈論《周易參同契》的丹道與天道〉，《宗教哲學》第 2 卷第 2 期（1996 年 2 月），頁 107。

47　段致成撰：〈試論金丹派南宗張伯端之「內丹」思想與「禪宗」的關係〉，《鵝湖》第 333 期（2003 年 3 月），頁 46。

且說西門慶自日配三姻，大捨資財之後，又坐了一七，將出了定，只見從天上來了一個仙女，百媚千嬌，異香撲鼻。笑著身邊坐下，也不言語，渾身亂摸。官人哪裡按納得住，才要伸手說話，忽然心血來潮，不敢動了。少時不見了女子，只覺六根清淨，二目有了黃光。坐到七七四十九日，覺得身輕體健，心如鐵石。每日存神運氣，內丹已成。覺坐不住了，心中只想名山洞府，海外雲遊。一心無二，萬慮皆空。（《三續金瓶梅》第三十九回，頁 866-867）

西門慶經由外煉服食到修煉內丹，最終頓悟而抵彼岸，符合張伯端於《悟真篇·後敘》所言：「欲體夫至道者，莫若明乎本心。故心者道之體也，道者心之用也。人能察心觀性，則圓明之體自現，無為之用自成，不假施功，頓超彼岸。」[48]可以說，訥音居士提出此二書乃是別具意涵，因為若將小說中的兩次修煉與二部道書所言的修煉理論並置而觀——《參同契》的外服食和內養性之結合，以及《悟真篇》的「丹禪合一」以達「無上至真之妙道」——便可轉化西門慶突然頓悟的突兀感，也跳脫出盛極而衰、因果報應侷限性，開展與《金瓶梅》、《紅樓夢》不同的人生向度。

2.兩種人生道路：得道或成德

西門慶與龐春梅是訥音居士於《三續金瓶梅》中最想為之平反的兩位人物，然而，作者最後卻安排兩人步上截然不同道路。西門慶向來縱欲無度，直到得知孝哥參倒了殷天錫及吳典恩，頓覺名利二字莫若浮雲，感到意懶心慵，決心自我修行，並將修煉中的體悟與月娘、藍如玉以及葛翠屏分享：「苦海無邊，回頭是岸。想人生如同一夢。好夢榮華，惡夢貧，若是痴迷不悟，到了那臥病著床，悔之晚矣。就是你們婦人，也要一心向善，不可失了本來面目。」（《三續金瓶梅》第三十九回，頁 858-859）幾句話不僅點醒了藍如玉和葛翠屏，也宣告西門慶將不再重蹈《金瓶梅》結局之覆轍。西門慶的醒悟，具體地表現在他透過修煉而放下對「財色」的執迷，先是拋卻了往昔對丫頭、童僕的佔有之心，將楚雲配與春鴻，秋桂配了文珮，珍珠兒配了王經，擇吉日為其完婚。而後又大散資財，捨銀濟貧，待安頓一切後，便獨自離家，跟隨普靜長老求真而去。至於春梅在《三續金瓶梅》中，仍舊欲心不減，甚至背著西門慶和春鴻另結私情，經常連同丫頭楚雲，三人顛鸞倒鳳，共赴巫山雲雨，即使已為西門慶生下二子，但一切行徑皆與往昔無異。直至西門慶離家後，因偌大家業頓時無人支撐，眾人紛紛離散，黃羞花再次嫁給王三官，馮金寶則回娼樓重操舊業，得了吃血癆症，下部生瘡，肉蟲內蝕，痛癢難當，步履艱難，

48　宋張伯端撰：《修真十書·悟真篇》，《正統道藏》（臺北：新文豐出版公司，1985 年），第 7
　　冊，卷 30，頁 602。

腥臭難聞。最後氣惱填腦，加上欲火如焚，把二目急瞎，成了一個廢人。至於藍如玉與葛翠屏則於毗盧庵出家為尼，西門慶家最後僅留下月娘與春梅，二人便決議前往泰安府投靠孝哥，後來吳月娘受封誥，龐春梅享清福，兩人皆以撫養幼子成名。

由此觀之，《三續金瓶梅》中雖沒有像《金瓶梅》是以客觀的因果報應、盛衰消長之機來推動情節、安排結局，但還是不免以積善為惡與否來臧否人物，如馮金寶因善妒為惡，最終成為廢人；藍如玉、葛翠屏因潔身自持而遁入空門，苦修一世，坐化修成正果。如前文所述，由於作者不認為「因果報應」與「財色」之間有必然的關係，因此即便春梅欲心未減，且終究未能如同西門慶這般全然戒絕欲心，最後卻能以撫養幼子而得到道德的加冕，並以此善終。那麼，究竟作者是基於何種理念，讓同樣淫心熾盛的二人走向不同的道路？或許可由〈小引〉所透露的創作意旨來思索之：

> 世人多被「財色」所惑，貪嗔迷戀，果不迂乎！若能於錦繡場中回首，打破迷關，修心種德，改邪歸正，雖不能超凡，亦可保身，豈不快哉！[49]

西門慶確實已從錦繡場回首，透過「修心」迎向超凡之境，而春梅是否破除迷關？小說中並未明確交代，但是從作者將吳月娘與春梅一同安頓來看，兩人選擇投靠孝哥，正是朝儒家式的修身齊家前進。在此部續書中孝哥與西門慶原本就是一組明顯的對照，孝哥從入學、應試，直至娶妻、升官，一路順遂、渾無窒礙，此除了是有賴於西門慶的交通打點，另外則是與孝哥的身分、性格及命運發展的設定有關，由於孝哥是正室所出，且自小安分順從，也理所當然地在家庭的庇蔭之下走向仕宦之路。作者透過對孝哥的形象塑造與命運安排，不斷彰顯出其與西門慶的歧異，孝哥不僅謹守一夫一妻之倫常關係，且為官公正不阿，與西門慶那荒淫無度又專走偏門的暴發戶形象迥然不同，他的一切行為舉止皆符合深植眾人心中的儒家道德思維。顯然作者刻意安排春梅投靠孝哥，即意味著在佛道的正果與超凡之外，儒家式的修身成德毋寧是另一條明哲保身的道路，春梅與月娘選擇為夫守節不嫁，致力撫養幼子，正是服膺儒家的道德規範，於是得以由「種德」獲致不同出路。

雖然《三續金瓶梅》未能如同《金瓶梅》或《紅樓夢》這般深刻地揭露社會現實與眾生群相，但是卻能以其獨特的後設視角，藉由預設性的模擬以超脫二者之上，不完全受制於因果、冷熱、盛衰的框架，彷彿是藉此與之進行理念的辯證。此外，還由孝哥這一支線，與主線西門慶對應，解構了原本《金瓶梅》的輻軸體結構，透過敘事結構與情節安排，向我們反照了現實中充滿各種不同的選擇與取向。

49　同注3，頁3。

第二節　閱讀《第一奇書》：
從接受版本看《三續金瓶梅》的思想涵化

　　小說續書經常被視為是對原著的評論，它與小說評點具有某種的共性：都是透過「閱讀」從而生發出自身的意見與感知。然而，我們亦必須承認「閱讀」無疑是一個千絲萬縷心智活動，我們永遠無法窮盡所有啟發作者創作思緒的文本，包括具體可見的紙上墨跡，以及那紙外的眼見耳聞。如同小說續書的創作，作者往往不僅是單純地針對原著有感，而是匯通了以往閱讀經驗與自身的體察，在層層的知識、經驗的積累下，從而撰寫出一部新作。比起評點作為一種閱讀蹤跡的直接具現，續書雖亦呈現作者的閱讀反應，但是其間所關涉的問題顯然更為複雜，如以《三續金瓶梅》來說，原著《金瓶梅》的不同版本便牽涉到不同審美意識與創作精神，因此要勾勒續書作者的思想來源，便得先細細地耙梳其閱讀版本，尋究續書作者所回應的具體對象之內涵，才得以釐清小說續書的意旨與意義。因此本節即是藉由耙梳《金瓶梅》不同版本在思想意識上的差異，明晰《三續金瓶梅》所閱讀、接受版本是如何演變而成，以期更能理解作者思想涵化的內在根源，才得以思索其如何定位自身的續書創作，又何種姿態對「閱讀」做出回應。

一、從詞話本、繡像本到張評本──關照視野的流轉

　　《金瓶梅》有著相當複雜的版本流傳，即使前人已筆路藍縷地透過考證研究而累積相當成果，但至今仍尚存許多未解之謎、未定之論，包含作者、年代、各種抄本、刻本的存在與否，以及版本先後次序……等等[50]。根據目前所見的各個系統的版本資料顯示，繡像本應是出自於詞話本[51]，至於清代張竹坡所評點的版本則是以繡像本為底本[52]，張

---

[50] 關於《金瓶梅》版本的討論，前人已有許多奠基之作，如魏子雲的諸多著作皆是以版本及作者考證為主，包括《金瓶梅探源》（臺北：巨流圖書公司，1979 年）、《金瓶梅的問世與演變》（臺北：時報文化出版公司，1983 年）、《金瓶梅原貌探索》（臺北：臺灣學生書局，1985 年）、《金瓶梅散論》（臺北：臺灣商務印書館，1990 年）等。此外，又有張遠芬撰：《金瓶梅新證》（濟南：齊魯書社，1984 年）、劉輝撰：《金瓶梅成書與版本研究》（瀋陽：遼寧人民出版社，1986 年）、許建平撰：《金學考論》（石家莊：河北教育出版社，1999 年）等相關著作，至於期刊論文資料亦卷帙浩繁，不一而足。

[51] 如黃霖、王汝梅、許建平等人皆支持此一看法，並且提出可靠的版本證據。黃霖撰：〈再論《金瓶梅》崇禎本系統各本之間的關係〉，《上海師範大學學報（社會科學版）》第 30 卷第 5 期（2001年 9 月），頁 39-46、王汝梅撰：《金瓶梅探索》（長春：吉林大學出版社，1990 年）、許建平撰：《金學考論》（石家莊：河北教育出版社，1999 年）。

竹坡稱《金瓶梅》為「第一奇書」，並且透過「評點」代替創造，彰顯此部《金瓶梅》
有別於以往《金瓶梅》之殊性，其言：

> 閒窗獨坐，讀史讀諸家文，少暇偶一觀之，曰：如此妙文，不為之遞出金針，不
> 幾辜負作者千秋苦心哉！……我且將他人炎涼之書，其所以前我經營者，細細算
> 出，一者可以消我悶懷，二者算出古人之書，亦可算我今又經營一書，我雖未有
> 所作，而我所以持往作書之法，不盡備於是乎。然則，我自作我之《金瓶梅》，
> 我何暇與人批《金瓶梅》也哉！（《第一奇書‧竹坡閒話》，頁7-8）

張竹坡承繼金聖歎以來那種將評點作為一種強勢批評的態度，將閱讀經驗化為文字，直
接介入文本，雖表明是為了突顯作者的苦心孤詣，然實則處處表露評點者強烈的主體意
識，使小說帶有濃厚的個人色彩，干預後起讀者的閱讀。張竹坡將評點與《金瓶梅》一
同版行，此評本一出遂成為有清一代流傳最廣的本子，出現近二十種版本，早先的詞話
本、繡像本幾乎不傳，其後撰寫續書的訥音居士即是閱讀張評本，從《三續金瓶梅‧序
言》開頭所言便可得知：「閒窗靜坐，偶看到『第一奇書』，始於王鳳洲先生手作。觀
其妙文，金針之細，粉膩香濃；至藏針伏線，令人毛髮悚然。」[53]此段話正明白地揭示
訥音居士乃是採納了張竹坡挹注於《金瓶梅》之觀念，作者所閱讀的已不僅是一人一書，
而是一種多重的閱讀、書寫以及回應。

　　《金瓶梅》自明代開始流傳、遞嬗，此過程中版本衍異、內容增刪，以及評點的層層
增添，不同時期所留下來的閱讀痕跡，雖非全然地清楚、完整，但仍可由經由蛛絲馬跡
的殘留，逐一為後人檢視。可知《金瓶梅》並不是一個封閉自足的「作品」，而是一個
不斷地更動、擴充、吸納，具有豐富意義與內涵的「文本」。那麼，從詞話本到繡像本，
其在思想意識上有何流轉演變呢？以繡像本為底本的張評本又如何以閱讀活動的創發性
突顯《金瓶梅》不同的內蘊？對於詞話本和繡像本所關照的思想內涵，田曉菲曾提出相
當精闢的看法：

> 我以為，比較繡像本和詞話本，可以說它們之間最突出的差別是詞話本偏向於儒
> 家「文以載道」的教化思想：在這一思想框架中，《金瓶梅》的故事被當作一個
> 典型的道德寓言，警告世人貪淫與貪財的惡果；而繡像本所強調的，則是塵世萬
> 物之痛苦和空虛，並在這種富有佛教精神的思想背景之下，喚醒讀者對生命——生

52　王汝梅指出張評本除了少數出於政治的考量，以及為使文句通順而改動的字句，大致上是保留繡像
　　本的原貌。王汝梅撰：《金瓶梅探索》（北京：吉林大學出版社，1990年），頁58-59。
53　同注2，頁1。

和死本身的反省，從而對自己、對自己的同類，產生同情與慈悲。[54]

田曉菲細緻地閱讀、比對兩個版本的異同，指出繡像本比起詞話本，少了許多儒家的道德說教，多了佛家「萬物皆空」思想，或者是道家「方其夢也，不知其夢也，夢之中又占其夢焉」的思維[55]，更貼近、理解人情，並且洞悉人生之空虛，從而有一種悲憫的情懷。同時她亦指出各個版本系統的獨立特性，可說是與張竹坡所言「我自作我之《金瓶梅》」相互呼應，顯示讀者意識涉入文本，已然使《金瓶梅》更添紛歧樣態：

> 到底兩個版本的先後次序如何並非最重要的，最重要的是這兩個版本的差異體現了一個事實，也即它們不同的寫定者具有極為不同的意識形態和美學原則，以致於我們甚至可以說我們不是有一部《金瓶梅》，而是有兩部《金瓶梅》。[56]

「兩部《金瓶梅》」是今日許多研究者對於詞話本與繡像本彼此差異的共識[57]，以寫作風格、審美意趣言之，從詞話本到繡像本是由俚俗至文雅的轉變；從思想意識而言，繡像本刊落了詞話本的道德說教，彰顯佛教精神，表現出對世情、人情更深的體悟、關懷，甚至是悲憫，二者在許多層面的關注點迥不相同。此外，繡像本還多了一位無名的評點者，評點者的話語透過眉批、夾批，貼緊文本，與小說所呈現的思想相互映照[58]，這些批語顯示出評點者在閱讀世情、情色的過程中，不斷地糾纏於遊戲與道德之間[59]，這樣的拉鋸其實是晚明文化語境所造就的閱讀傾向，有其獨特的歷史意義，也使繡像本別具時代色彩。時至清代，時代氛圍、文化風尚為之一轉，張竹坡處於開始回歸道統的康熙

---

54 田曉菲：《秋水堂論金瓶梅·前言》，頁6。

55 同注23，頁187。

56 同注54。

57 陳遼撰：〈兩部金瓶梅，兩種文學〉，《金瓶梅藝術世界》（長春：吉林大學出版社，1991年），頁55。而胡衍南更是以為詞話本與繡像本分別為世情小說開創出不同的寫作趨向，一個是「俗」的，意在滿足市民脾胃的「金瓶梅模式」；另一則是「雅」的，意在投合文人喜好的「紅樓夢模式」。同注39，頁32-40。

58 李梁淑透過觀察繡像本評點對「情色」的態度，發現評點者並不諱言情色對人的誘惑，甚至是十分認同這類的描寫，指出這和繡像本在改寫後整體突出人的情感欲望的精神是一致的，因此她認為改寫者和評點者很可能就是同一人。李梁淑撰：《金瓶梅詮評史研究──以萬曆到民初為範圍》（臺北：國立臺灣大學中國文學研究所博士論文，2003年），頁78。姑且不論論者對繡像本的寫定者等同於評點者的推論是否正確，就評點和文本所表現的內涵來說，二者在面對情色、人情時，確實經常具有一致性的態度。

59 楊玉成指出崇禎本（即繡像本）批語以戲劇性的方式同存並置「遊戲與道德」這兩種晚明小說的閱讀傾向。楊玉成撰：〈閱讀世情：崇禎本《金瓶梅》評點〉，《國文學誌》第5期（2001年12月），頁124。

時期，再加上簪纓世冑的出身背景，傳統儒家價值觀早已無形地內化於其思想，成為不可撼動的人格態度。因此張竹坡在閱讀《金瓶梅》時，自然以道德理性思維一以貫之，其評點擴大了繡像本批語的內容與形式，不僅限於簡短的眉批、旁批，甚至系統地增加了回評以及〈第一奇書凡例〉、〈金瓶梅讀法〉、〈竹坡閒話〉、〈冷熱金針〉、〈寓意說〉、〈苦孝說〉、〈第一奇書非淫書論〉、〈雜錄小引〉等多篇文章，其批評體大精細，涵蓋範圍寬泛，強烈的道德意識藉由書寫空間的擴張滲透文本、籠攝全書，在張評本中幾不復見繡像本批語那種游移在遊戲與道德之間的態度，《金瓶梅》在思想旨趣上遂變成一宣揚孝悌、性理的道書[60]，寄寓張竹坡的勸懲大義。

張竹坡評點《金瓶梅》雖有個人主體意識的解釋方向，但是通過閱讀無名氏評點的繡像本，他亦不免受到那如影隨形的批語影響，二者的聯繫實乃有跡可尋[61]，例如冷熱概念的運用[62]，以及評析人物的某些視角。就人物批評而言，繡像本評點者注意人物的複雜性格，因此往往能根據不同事件、情境，投以同情的理解，然而，後起的評點者張竹坡因特別側重儒家道德理性思維，故不似繡像本評點者這般以多元的角度觀照、品鑒人物，而是深化善惡美醜的對立，予以道德評判。以吳月娘為例，繡像本評點對其批評可謂是瑕瑜互見，有溢美有貶責，經常以「好人」，或是「一片菩提熱念」、「觀音菩薩」來形容之，但是又不諱言地直指月娘治家不嚴，言其將陳敬濟引入妻妾圈乃是「引狼入室」、「禍亂皆此好人釀成」，對於她「禮短」之處頗有微詞。至於張竹坡則是極其嚴厲地譴責月娘之失，由第十八回繡像本批語與張竹坡評點觀之，即能知曉二者在思想觀點上的延續與差異：

> 月娘便問大姐：「陳姐夫也會看牌不會？」（張評本夾批：寫盡婦人壞事。）大姐道：「他也知道些香臭兒。」（繡像本夾批：妙語。）月娘只知敬濟是志誠的女婿，却不

---

60 例如第一百回回評：「一篇淫欲之書，不知却句句是性理之談，真正是道書也。世人自見為淫欲耳！」、「吁！此作者之深意也。誰謂《金瓶》一書不可作理書觀哉！」（《張竹坡批評金瓶梅》，頁 1560、1561）

61 浦安迪撰：〈瑕中之瑜──論崇禎本《金瓶梅》的評注〉，收入徐朔方編選校閱，沈亨壽等翻譯《金瓶梅西方論文集》（上海：上海古籍出版社，1987 年），頁 301。文中已指出繡像本評點的理論觀點、審美韻味對張竹坡產生的影響。

62 楊玉成指出繡像本評點者「將《金瓶梅》看作一部世情小說，『此書只一味要打破世情』，在字裡行間玩味人情冷暖，世態炎涼，有諷刺（一筆刺入）也有憐憫。……冷熱是一組相對的概念，沒有絕對的熱也沒有絕對的冷，經常熱中有冷，冷中有熱，這些複雜情況都在批語中細膩的反映出來了。」並以此進一部分析了繡像本批語中的冷熱觀在對白、場景、人物、冷筆、寓意上的運用。同注 59，頁 143-144。張竹坡是進一步將冷熱觀深化為全書的大結構，可參照〈冷熱金針〉一文。（《第一奇書·冷熱金針》，頁 1-2）。

道這小夥子而詩詞歌賦，雙陸象棋，拆牌道字，無所不通，無所不曉。（繡像本夾批：未必。）（張評本夾批：陳洪之報。）……月娘便道：「既是姐夫會看牌，何不進去咱同看一看？」（張評本夾批：可殺。）敬濟道：「娘和大姐看罷，兒子却不當。」（繡像本夾批：假志誠。）月娘道：「姐夫至親間，怕怎的？」（張評本夾批：可殺。）一面進入房中，只見孟玉樓正在床上鋪茜紅毡看牌，見敬濟進來，抽身就要走。月娘道：「姐夫又不是別人，見個禮兒罷。（繡像本夾批：壞事往往在人。眉批：月娘自引狼入室，卻又誰尤？）（張評本夾批：可殺。）63

繡像本評點者在此是以超然的角度，賞析每個人物的言行，再以眉批帶出對月娘此一行止的評議，可是張竹坡卻完全以道德眼光，針對月娘的言行而發，在此段落中甚至一連用了五次「可殺」表示對她愚闇舉動的憎惡與不滿。不過這並非意味張竹坡徹底否定繡像本評點稱月娘為「好人」的說法，他是更仔細地、嚴格地從中評估人物性格，說明月娘雖有向上資質，卻因不懂以禮持家，故不能算是一個全然的「好人」，而是一個「奸險好人」：

西門慶是混帳惡人。吳月娘是奸險好人。（《第一奇書·讀法三十二》，頁24）

《金瓶》雖有許多好人，卻都是男人，並無一個好女人。屈指不二色的，要算月娘一個，然却不知婦道，以禮持家，往往惹出事端。（《第一奇書·讀法九十》，頁55）

月娘，可以向上之人也……月娘終日聞夫之言，是勢利市井之言，見夫之行，是奸險苟且之行，不知規諫，而乃一味依順之，故雖有好資質，未免習俗漸染。後文引敬濟入室，放來旺進門，皆其不聞婦道，以致不能防閒也；送人直出大門，妖尼畫夜宣卷，又其不聞婦道，以致無所法守也。（《張竹坡批評金瓶梅》第一回回評，頁5-6）

由此看來，原先詞話本中的道德說教，雖被繡像本寫定者刪減，而使得小說的關懷視角有所轉移，可是到了清代張竹坡所認知的解釋成規之下64，道德意識又重新以評點之姿

63 本文所引用的繡像本批語是根據齊煙、汝梅校點：《新刻繡像批評金瓶梅》（臺北：曉園出版社，1990年）。下文引用此書時不另加注，僅於文後標明書名、回數與頁碼。至於此處引文是參照《新刻繡像批評金瓶梅》，頁226。以及《第一奇書》，頁460-461。

64 華萊士·馬丁於探討「閱讀」時，引述了弗蘭克·克默德的觀點，指出文化的和解釋的成規是變化的，其力量在於：「經典永遠通過重新解釋而獲得更新，這樣它們就既能有助於我們與過去保持聯繫，同時又能調整自己以適應當代關注的問題。」〔美〕華萊士·馬丁（W. Martin）撰，伍曉明譯：《當代敘事學》（北京：北京大學出版社，2005年），頁169。

現身文本，「倫常」、「財色」、「淫惡」等善惡勸懲觀點被反覆突顯，成為廣泛影響讀者閱讀的關照視野，蓋過繡像本中以審美、慈悲角度關照「世情」的特點。於是乎，我們將會發現《金瓶梅》一書，因為不同時代、不同讀者的介入，不斷地豐富文本的內涵，生產出更多的話語與思維向度：文本的改動，使關注視角為之一變；評點的增生，則是造就不同的閱讀視野，並且召喚、引發後世讀者對之進行更深刻的挖掘，通過閱讀、書寫，以更新文本的意義。

二、評論文字變成一篇文本——創作者的閱讀視角

羅蘭・巴特於〈閱讀的快樂〉指出：

> 如何閱讀評論文章呢？只有一種辦法：既然我是一位二等讀者，我就必須改變我的立場：對於這種評論快樂，由於我不同意成為其知情者——這是錯過這種快樂的可靠辦法，我便可以成為其窺視者：我秘密地觀察別人的快樂，我進入了反常之中；於是，在我看來，評論文字就變成了一篇文本、一部小說、一種帶有裂痕的外表。[65]

中國小說評點對小說文本有著強烈的依附性，其形式靈活、多樣，寓鑑賞於批評，至於理論闡釋是通過對具體作品的分析評判所附帶完成的[66]，因此內容多是圍繞在以人物批評為中心的評議[67]，以及小說技巧的討論。顯然中國小說評點所呈現的形式特徵與理論侷限性，自是與羅蘭・巴特此處所言的西式邏輯論述的評論文字不甚相同，不過小說評點對小說文本的介入，則使具有評點者主觀意識與情感色彩的語言文字融入小說文本，反而成為另一種特殊的文本形態，廣為讀者接受與歡迎。就此而言，小說評點早已在無形中成為一種文本，後起讀者一邊閱讀小說文本，一邊閱讀評論者的閱讀，有時這些評論文字甚至反客為主，比起小說文本更能吸引讀者目光，引導讀者閱讀，在《三續金瓶梅》的書寫中，我們即可覺察到張竹坡的評點正是帶有這種反客為主的力道，評論文字對於續書的滲透力、影響力更勝小說文本《金瓶梅》。是以此處以「閱讀」作為研究的切口，將小說續書也視為評論文字，觀察訥音居士於《三續金瓶梅》中所呈現的閱讀、

---

65 〔法〕羅蘭・巴特（Roland Barthes）撰，懷宇譯：《羅蘭・巴特隨筆選》（天津：百花文藝出版社，2005 年），頁 194。

66 陳翠英指出傳統小說經歷明末迄清初的發展，已經奠定了以人物批評為中心的鑑賞趨勢，尤其「回評」形式的人物論斷大多重在道德評判。陳翠英撰：〈閱讀與批評：文龍評《金瓶梅》〉，《臺大中文學報》第 15 期（2001 年 12 月），頁 8。

67 譚帆撰：《中國小說評點研究》（上海：華東師範大學出版社，2001 年），頁 14-16。

批評視野，勾勒其如何閱讀張竹坡的閱讀，那麼這無疑也帶有窺視他人閱讀的樂趣，形成一個永無止境的閱讀網絡。

　　張竹坡指出在閱讀《金瓶梅》後，他曾興起「恨不自撰一部世情書，以排遣悶懷」之念頭，但礙於必須設想小說的「前後結構，甚費經營」[68]，因而將此心志轉移到「批評」上，以書寫述說其欲求[69]。而後閱讀了張評本的訥音居士，同樣對原著以及張竹坡批語產生認同與焦慮，但他有別於張竹坡對創作世情書的考量，選擇「不惜苦心，大費經營」[70]，藉由帶有評論性質的續書創作來回應前作，同時也於字裡行間透露了張竹坡評點對其產生的深刻影響。首先可從《三續金瓶梅·小引》中反覆重申此部續書的意旨——「財色」觀之，究其實，「財色」無疑是《金瓶梅》最顯而易見的主題之一，然而此之所以「顯而易見」，與張竹坡於批語中再三提點不無關係，特別是在作為總綱的回評中屢屢強調，如第一回回評便開宗明義地指出：「此書單重財色」，至於其他回回評中亦經常將財色並舉：

> 見色欲有悲傷之時，錢財無止足之處，為世人涕淚相告也。（《張竹坡批評金瓶梅》第六十回回評，頁889）

> 此回總結「財色」二字利害，故「二八佳人」一詩，放於西門泄精之時，而積財積善之言，放於西門一死之時。西門臨死囑敬濟之言，寫盡癡人，而許多帳本，總示人以財不中用，死了帶不去也。（《張竹坡批評金瓶梅》第七十九回回評，頁1269）

> 看他只用二人發放一部大題目，一曰「售色」，一曰「盜財」，是其一絲不亂處，是其大筆如椽處。（《張竹坡批評金瓶梅》第八十回回評，頁1296）

此外，張竹坡又將「財色」、「倫常」並置而觀，警醒世人辨明其間的真假：

> 閒嘗論之，天下最真者，莫若倫常，最假者，莫若財色。然而倫常之中如君臣朋友夫婦可合而成，若夫父子兄弟，如水同源，如木同本，流分枝引，莫不天成，

68　〈竹坡閒話〉：「邇來為窮愁所迫，炎涼所激，於難消遣時，恨不自撰一部世情書，以排遣悶懷。幾欲下筆，而前後結構，甚費經營。」（《第一奇書·竹坡閒話》，頁7）。

69　羅蘭·巴特於《批評與真實》中指出：「由閱讀到批評是欲望的轉移。欲求的不是作品，而是它自身的語言。但這也算是把作品轉移到書寫的欲求上，而作品也是由此脫穎而出的。這樣，言語繞著書本迴旋：閱讀、寫作，一切文學都是這樣，從一個欲望轉移到另一個。多少作家不是為了被閱讀而寫作？多少批評家不是為了寫作而閱讀？」〔法〕羅蘭·巴特（Roland Barthes）撰，溫晉儀譯：《批評與真實》（臺北：桂冠圖書公司，1997年），頁75-76。

70　同注2，頁4。此段出自〈自序〉的話語，顯然與張竹坡〈竹坡閒話〉中的自陳有所對照、呼應。

乃竟有假父假子，假兄假弟之輩。噫！此而可假，孰不可假？……所以此書獨罪財色也。（《第一奇書·竹坡閒話》，頁 3-4）

張竹坡不斷地闡發《金瓶梅》中財色空幻的主題，並將之與因果報應連結，勸人以此為鑑，務必謹守道德倫常規範[71]，這些充滿道德說教、勸懲意味的話語，就今日而言，未免稍嫌保守、迂腐，可是在同時代的《三續金瓶梅》中卻得到具體的落實，作者不僅於〈小引〉中表明此部續書旨在「為『財色』說法，一可悅人耳目，引領細觀。再看『財色』始終，是真是假？因果報應，一絲不漏，可不慎乎！」[72]，小說中也確實安排孝哥作為遵從儒家三綱五常的代表，與西門慶的沉湎淫欲形成強烈對比，最後父子二人的結局又分別印證了「色空」與「倫常」的主題，與張竹坡闡發的理論相應，可見張竹坡所建構的意義體系已然滲入訥音居士的創作思維。

其次，關於《金瓶梅》塑造的「淫欲世界」，張竹坡則以「洗淫亂而存孝悌」來為之平反。自《金瓶梅》問世後，隨之而來的「淫書」、「淫褻」、「妖淫」……等攻訐，未曾稍歇，早在東吳弄珠客的序言中便已透顯此書爭議之處：「《金瓶梅》，穢書也。袁石公亟稱之，亦自寄其牢騷耳，非有取於《金瓶梅》也。然作者亦自有意，蓋為世戒，非為世勸也……余嘗曰：讀《金瓶梅》而生憐憫心者，菩薩也；生畏懼心者，君子也；生歡喜心者，小人也；生效法心者，乃禽獸耳。」[73]東吳弄珠客為小說中的淫事描寫提出解釋，提醒人們必須抱持戒慎恐懼的態度閱讀，切勿對小說的淫穢描寫興起效尤之心，此一說法深刻地影響了有清一代對《金瓶梅》的解讀，但與之同時，「穢書」一詞反倒成為《金瓶梅》揮之不去的標籤，是許多批評者心中潛在的不安，其中尤以張竹坡為最。張竹坡標舉《金瓶梅》為理書、道書，甚至撰寫〈第一奇書非淫書論〉，引用朱熹「淫詩說」的論點，彰顯孔子不刪鄭衛之詩的緣由，將《金瓶梅》與《詩經》比附，試圖藉此趨避「淫書」之惡諡，卻越益突顯其對小說描寫淫事的焦慮與不安，此種焦慮不斷地在評點中浮現，遂自然而然地內化於《三續金瓶梅》中，訥音居士預設續衍「淫書」可能獲致的抨擊，在讀者閱讀前，便率由〈自序〉聲明此書非以「淫書續淫詞」，同時又

---

[71] 關於張竹坡評點對《金瓶梅》主題的闡釋，李梁淑已有詳盡的論述，其指出張竹坡一方面承襲前人觀點，強調《金瓶梅》體現了因果報應的天理、財色俱空的色空觀、勸善懲惡的大義外，一方面又另闢蹊徑，以理學思維審視《金瓶梅》的主題，認為此書應當被當成一部「理書」、「道書」來讀。此外，張竹坡又以孝悌人倫來詮釋小說中有關孝悌的情節，堅守「最真者莫若倫常」的人生價值觀。同注 58，頁 183-190。

[72] 同注 3，頁 3。

[73] 東吳弄珠客撰：〈金瓶梅序〉，收入明蘭陵笑笑生撰，梅節校注《金瓶梅詞話》（臺北：里仁書局，2007 年），頁 4。

參照張竹坡的詮釋，同樣援引「詩三百，一言以蔽之，曰：思無邪」為證，先行替書寫進行自我批評與定位，這一舉動本身便充滿了後設的意味。若再進一步檢視續書內容，亦會發現全書雖充斥西門慶荒淫縱欲的描繪，卻完全不著墨於性交的過程、場景……等細節，作者減省一切可能引發爭議的穢言汙語，與〈自序〉所宣稱的立場一致。就此而言，張竹坡於評點中建構的道德思維實已與《金瓶梅》的文本渾然一體，訥音居士閱讀張評本，儼然將他的評論文字變成一篇文本，受其閱讀視角的引導、牽掣，以此來理解小說文本，並且進一步延伸到自身創作續書的觀點。

不過正如同霍蘭德對於閱讀和認知關係的闡釋，每個人在解釋文本時，自有其「同一性」（identity）[74]，因此詮釋的差異於焉形成。張竹坡依其同一性對《金瓶梅》提出詮解，評語處處帶有自身的文化身分與生命色彩，他在小說中發現自己的欲求，不時隨之大哭大笑：

> 今卻被我一眼覷見，九原之下，作者必大哭大笑。今夜五更，燈花影裡，我亦眼淚盈把，笑聲驚動妻孥兒子輩夢魂也。（《張竹坡批評金瓶梅》第三回回評，頁 62-63）

> 自前回至此回，寫太尉，寫眾官，寫太監，寫朝房，寫朝儀，至篇末，忽一筆折入斜陽古道，野寺荒碑，轉盼有興衰之感，真令人悲涼不堪，眼淚盈把。（《張竹坡批評金瓶梅》第七十一回回評，頁 1084）

> 極力將金蓮寫得暢心快意之甚，嬌極滿極，輕極浮極，下文一激便撤潑，方和身皆出，活跳出來也。文人用筆，如此細心費力，千古之心，卻問誰哉！我不覺為之大哭十日百日千日不歇，然而又大笑不歇也。（《張竹坡批評金瓶梅》第七十三回回評，頁 1123）

訥音居士也是透過閱讀《第一奇書》將自身對人生的體察與前人的想像和感知聯繫起來，藉由創作續書，一邊涵化前人的思想，一邊踐履自身的閱讀與認知，以不同形式參與文本、評點的對話，他在張竹坡評點的道德理性思維與不時大哭大笑的感懷中，體察《金瓶梅》的意旨，然後建構續書的主要思想內涵，但同時也融合自身的閱讀意見，開創另一種以笑談人生為主的觀照視角，我們觀察續書所安排的情節與結局中，便能發現作者

---

[74] 華萊士·馬丁指出：「讀者本身是解釋多樣性的最明顯的根源，因為每個讀者都帶給敘事一些不同的經驗和期待。對於諾曼·霍蘭德來說，不同個人在解釋作品時的差異與一個人心理『同一性』（identity）有關。每個人在生活中都抵抗著和渴望著什麼，這些抵抗和欲望構成一個人接近生活與文學的特定方式。」同注 64，頁 159。

於模仿原著及依循前人閱讀視角時，總不忘以書寫「快樂」之事為創作總綱，指出此部續書是「為觀者哂之，定一軸虎頭蛇尾圖畫以嘲，一笑云爾」[75]，經由閱讀而後以立基於閱讀之上的創作來闡發自己的意義體系，這無非是另一種對「經典」的索解之道。

第三節　映現後設筆法：《三續金瓶梅》的創作意識與遊戲意蘊

　　相較於書寫於十七世紀中葉，充滿了易代悲愴情感的《續金瓶梅》，十九世紀初所完成的《三續金瓶梅》，已全無層層皴染的易代色彩與王朝更迭的文化震撼，而是步趨另一種時代風氣、文學風尚，同時也以高度的創作意識來反思、回應前人前作，具有雙重的文化底蘊。是故《三續金瓶梅》具有的濃厚模擬色彩，不僅是順時所趨的單純效尤，亦有著對文學、文化的反思與顛覆，我們或可試由高辛勇此段話來理解之：

> 文化與文學史的發展有一種現象，在經過長時期的發展後會出現一種局面：作家創作精力不放在對已有的形式與題材的深化與提升，也不在於新形式題材的追求試驗。他們的創作方法是綜合既有的形式與題材，對它們做遊戲性的或揶揄性的諷擬（parody），與之進行反思性的「對話」。這種創作流露出作品的高度自我意識（self-consciousness），與對文學形式的自我反顧（self-reflexivity）。反顧的同時，也正是對當時文化的一種回應與批評。[76]

雖然訥音居士自言《三續金瓶梅》是跟隨《紅樓夢》的續衍風潮而創作，但是就作者選擇的續衍對象以及所渾涵之思想來說，比起其他《紅樓夢》續書的作者，訥音居士無疑具有一種逆反的創作精神，而小說對閱讀、創作的回應，及頻頻顯露的後設筆法，雖不能斷言為丕顯的自我意識與刻意為之的諷擬手法，但其中的確已蘊含批評實質。可以說，《三續金瓶梅》以續衍作為創作選擇，是對前作的應答：或是肯定，或是否定，或是補充；至於以模擬作為書寫策略，試圖與原作成為一個整體，則是作者有意識地進行一場顛覆原作的遊戲。因此以下將具體闡析這些書寫現象，以深掘此部續書所呈現的後設特質。

一、余今亦較學三續：解構文本真實度

　　瑪特·羅拜於《原始故事與小說起源》中說道：

75　同注 2，頁 4。

76　高辛勇撰：《修辭學與文學閱讀》（北京：北京大學出版社，1997 年），頁 83。

　　事實上小說與虛構的關係是牢不可破的，小說只能揚言一切屬實，而它愈是不承
認自己是虛構的，便愈重蹈覆轍，一方面強調所言沒有半句虛假，一方面卻明知
故犯地捏造真實人生的假象。維吉尼亞·伍爾芙（Virginia Woolf，英國小說家及評論
家，1882-1941）曾語重心長地說：「在藝術的領域裡，唯有小說要我們相信它寫的
是真人真事」。她一語道破了整個玄機，不錯，小說的特色與矛盾正是藉著暗示，
假真實之名製造幻象，「使讀者相信」。[77]

此段話雖是針對西方文學傳統中的「小說」（fiction）概念進行說明，然而，將之置入中
國古典小說的敘事模式來思考，亦不全然牴牾。中國白話小說的作者經常藉由「說話」
的虛擬情境，營造「似真性」的閱讀效果，因此讀者往往將之與現實世界緊密聯繫，忽
略它的虛構特質，當然這並非意味小說必定是虛構的，而是指小說的本質經常是「真實
中有虛構，虛構中有真實」，只是作者往往有技巧地掩蓋其中虛構性，使讀者信以為真，
並進而被其所提出的道理說服，但是此種穩定且自成結構的敘事模式卻在小說續書中產
生變異。

　　自《金瓶梅》問世以來，小說中曲盡人情的世相圖景，每每引發具有索隱派精神的
研究者，孜孜矻矻地將《金瓶梅》中的蛛絲馬跡與現實生活對比，不斷尋索、推測出諸
如：「相傳永陵中有金吾戚里，憑怙奢汰，淫縱無度，而其門客病之，採摭日逐行事，
匯以成編。而托之西門慶也。」[78]、「聞此為嘉靖間大名士手筆，指斥時事，如蔡京父
子則指分宜，林靈素則指陶仲文，朱勔則指陸炳，其他各有所屬云。」[79]、「讀之，似
有一人，親曾執筆，在清河縣前，西門家裡，大大小小，前前後後，碟兒碗兒，一一記
之，似真有其事，不敢謂為操筆伸紙做出來的。」（《第一奇書·讀法六十三》，頁43）……
等關涉現實的影跡。然而，續書作者卻完全不被《金瓶梅》中可能隱含的「現實」所束
縛，而是進入某種幻設的文學空間，以續衍揭櫫了續書作為後起之作的虛構性，特別是
《三續金瓶梅》更是在小說中「暴露敘述行為」[80]，解構小說的似真性，小說第一回寫道：

---

[77] 瑪特·羅拜（Marthe Robert）撰，逄塵瑩、何建忠譯：《原始故事與小說傳統》（臺北：國立編譯
館，1995年），頁12-13。

[78] 明謝肇淛撰：《小草齋文集·金瓶梅跋》，收入黃霖編《金瓶梅資料彙編》（北京：中華書局，2006
年），頁3。

[79] 明沈德符撰：《萬曆野獲編》（北京：中華書局，1997年），卷25，頁652。

[80] 陶東風指出小說有「隱藏敘述行為」與「暴露敘述行為」這兩種不同的作法，傳統小說家慣於隱藏
敘述行為，現代小說家，尤其是後現代作家則反之。陶東風撰：《文體演變及其文化意味》（昆明：
雲南人民出版社，1999年），頁183。

今按原本《第一奇書》，西門慶自大宋徽宗宣和元年病故，算至幻化孝哥，正七年的光景。朝中將除了蔡京、童貫與高球，又出了奸臣秦檜，專權舞弊，私通化外，弄的天下惶惶。金兵累犯邊境，清河縣亦遭塗之災炭。故引出千言萬語，掀簾看花，夢解三世報，返本還元，演一部三續的故事。正是：紅樓五續甚清新，只為時人讚妙文。余今亦較學三續，無非傀儡假中真。（《三續金瓶梅》，頁2）

此段話寫於「話說……」之前，作者不於開頭直接陳述故事，而是選擇先行解釋創作此部續書的緣由，此種敘述方式形同是跳出來招認自己：「虛構」了《三續金瓶梅》。雖然續書創作揭露了自身的虛構本質，但因傳統小說敘事模式已然根植作者心中，以致使其雖具有高度的創作意識，卻缺乏對形式的自我反顧，因此《三續金瓶梅》中對於真實／虛構界線的模糊，絕非如同後設小說那般充滿自覺性，不能將二者等同視之，但不可諱言，續書所展露的「後設」特質確是無庸置疑。

《三續金瓶梅》除了有續書自具的虛構本質，以及第一回中所達到對真實性的解構外，作者對原著的模擬亦構成對文本真實度的消解，可從續書刻意恢復西門慶一妻五妾的寫作策略觀之。《三續金瓶梅》中西門慶的妻妾皆本自原作，除了吳月娘仍維持正室地位，春梅經復生還魂而成為二娘之外，其餘四妾則是重新置換，從他人的妻妾變成西門慶的妾媵。藍如玉、葛翠屏、黃羞花以及馮金寶，原非西門慶宅第中人，續書作者將之引入西門家宅，填補侍妾的空缺，同時將孟玉樓、孫雪娥、潘金蓮、李瓶兒的魅影分別拆解而注入其中，遂使四人徒具新的皮相，而無新的骨血，形同替代原著人物的傀儡，而讀者也總是不斷地意識到作者處處刻意為之的模擬，察覺原著中的人物成為被用來拼貼的物件、符號，續書虛設了一個指向原著的空間，模仿意味濃厚的書寫，不是對外物或真實的再現，而是對真實的瓦解。

乾嘉年間一系列的《紅樓夢》續書，如《後紅樓夢》、《續紅樓夢》、《綺樓重夢》、《紅樓復夢》、《補紅樓夢》……多數出自對《紅樓夢》結局的不滿與遺憾而創作，所掀起的續衍風潮，使續書成為眾人競逐馳騁各種寫作技巧、題材的場域。細審這些續書的續衍方式與內容，並未見如同《三續金瓶梅》這般對原著採取根本性模擬的書寫策略，西門宅第的衰頹，成為續書作者重構的起點，但是作者的建構不是為了加入時下競逐情節與題材的行列，其言：「余今亦較學三續，無非傀儡假中真」，即已表明他標舉仿作、模擬乃是為了造就一種真實與虛構的錯位，以期達到顛覆原著結局的目的，解構某些對立的、嚴肅的框架，同時也消解讀者對小說真實性的信賴。

二、看官不可不知：互文的閱讀提示

　　當《三續金瓶梅》的「真實感」在書寫策略與敘述行為中被解構時，小說中所保留的說話情境，即「列公」、「看官」的召喚性話語，亦大幅減少，其發揮的功能也迥異於《金瓶梅》中藉由說話人的全知全能視野以獲致的「適中距離」及廣大公開的「意義範圍」[81]，而是傾向於一種互文的閱讀提示，也就是在對情節的交代、解釋中，同時提示讀者續書所呼應的文本，彷彿是刻意安排說話人現身，提醒我們續書與其他文本的對話關係，扭轉了以往小說中說書人提供的道德性、寓言式教誨。例如第六回描述因金兵入境，家家閉戶以防守番兵，黃羞花在文嫂家苦等一年，總盼不到西門慶前來迎娶，遂與和尚法戒淫媾私通，小說隨即於此處插入一段話：

> 列公，黃羞花原不是這等人，因怨女曠夫，邪火迷心，一念之差，失身於和尚。
> （《三續金瓶梅》，頁 109）

同樣還可對照第四十回眾妻妾因西門慶離家修真而去，頓覺無所適從，文嫂便藉機重新撮合黃羞花與王三官，正當她口若懸河地說服王三官時，敘述者此時又跳出來說道：

> 列公，王三官若是個有牙爪的人，自然不能點頭。他是個酒色之徒，哪裡講什麼禮義。一聞此話，早有二十分願意，說：「這件事倒兩全其美，當初原是我的錯，他又無不是，一時酒性，不好撐了他，至今後悔無及。你若說妥了，重重謝你。」
> （《三續金瓶梅》，頁 881-882）

說書人的話語一方面是出於解釋情節走向與批評人物而發，另方面則帶領讀者將目光投向《金瓶梅》中黃羞花與王三官的夫妻關係，使人思及在原著中王三官總是流連行院，以及黃羞花屢因此事氣憤不過而欲自縊……等描寫。此外，說書人的話語有時還直接引用其他文本的一個片斷，為小說情節服務，雖未標明文本間的互異性[82]，但透過「說話

81　王德威指出：「說話情境無疑替明、清小說家提供了一個遁辭（alibi），使他們藉一超然無我的聲音從事實為私人興趣的描寫。藉著說話人的全知視景所設定的『適中距離』，這些作家似乎超越了個人經驗的層面，而到達了一個更廣大、更可以公開的意義範圍中。這種傾向特別可以在從《金瓶梅》到李漁的《肉蒲團》以及『三言』、『二拍』等小說中的猥褻情節描寫得到證實。」王德威撰：〈「說話」與中國白話小說敘事模式的關係〉，《想像中國的方法：歷史‧小說‧敘事》（北京：三聯書店，1998 年），頁 88-89。

82　〔法〕薩莫瓦約撰，邵煒譯：《互文性研究》（天津：天津人民出版社，2002 年），頁 36-40。其中指出互文手法的幾種分類，包括引用、暗示、抄襲和參考，而引用和抄襲的差異即在於是否有將引文標誌出來，以呈現被引用文本和引用的文本之間的互異性。

的」、「作書的」這類超然的聲音述說，反而引發讀者關注，自然無法掩蓋續書所匯集
的相關文本，如第三十二回及第三十七回即是如此：

> 看官，說了半日，還不知這兩個人是誰。一個叫魯華，外號草裡蛇；一個叫張勝，
> 外號過街鼠。二人是本地的土豪，發了些外財，都是沒良心的錢。所以眠花宿柳，
> 聚賭窩娼，包占著韓金釧、董嬌兒，非止一日。（《三續金瓶梅》，頁 701）

> 列公，此山叫做沂嶺，上是通泰安府的大路。山上住著個草寇，綽號黑旋風，名
> 李鬼。手使兩把板斧，身高力大，招聚了上千的婁兵。嘯聚山寨。只因此山出了
> 草寇，把沂州進香的都斷了。是一個不學好的歹人。（《三續金瓶梅》，頁 816-817）

在《金瓶梅》中草裡蛇魯華和過街鼠張勝是為兩個無賴光棍，被西門慶買通用以教訓蔣
竹山，至於草寇李鬼則是出自《水滸傳》中真假李逵這一段故事。續書作者雖巧妙地將
《金瓶梅》和《水滸傳》的人物、情節作了些許更動以合理地吸納入文本，但是所使用的
敘述形式和徵引的文本，則顯示出此種互文關係並非偶然，具有相互關涉的聯繫性：《金
瓶梅》自《水滸傳》衍生而出，《三續金瓶梅》續衍《金瓶梅》。由此看來，說書人所
表露出文本相關的寫作背景與知識，使說話情境產生變異，說書所製造的臨場感減弱，
而說明、評論性質增強，暗示我們說話人的底本乃是來自其他文本，而非本於真實生活。

　　除了透過說書人表露的互文提示之外，小說中也使用其他技巧呈現互文的閱讀，如
第一回中作者巧妙地透過小玉夢見陰府審判，提醒讀者《續金瓶梅》的結局：

> 見一文官呈上一本冊籍，上寫「三世報」三個大字。只聽堂上叫「帶人犯」，下
> 邊眾多侍者，雁翅排班，帶上幾起人犯，非刑拷問，鬼哭神嚎，一件一件，都發
> 放了。末後帶上一起男女，陰陽相隔，看不真切，只聽上面說：「西門慶一名，
> 罪當挖眼、宮刑，三世了案；潘金蓮一名，罪當下油鍋，過奈河，三世了案；陳
> 敬濟一名，罪當割舌、碓搗，三世了案；李瓶兒一名，事屬有因，罪當杖斃、守
> 寡，三世了案；孝哥改名了空為僧，吳月姐為尼，母子分離十年，現報了案。」
>
> （《三續金瓶梅》，頁 5-6）

此段描寫簡要地總括《續金瓶梅》對西門慶一干人死後的安排，以及吳月娘和孝哥湖海
飄零，至終方得以完聚收場。下文引出《續金瓶梅》中地獄審判結果以對照而觀：

> 卻說李瓶兒被鬼使夢中牽去，到了東嶽門前，還是當初死的模樣……李瓶兒原無
> 大罪，不合私通門慶成奸，只問了個杖罪，重鞭一百釋放回陽，該失身娼籍，自
> 縊而終，也是個絞罪。（《續金瓶梅》第六回，頁 56）

> 西門慶的陰魂問成泥犁，到第七層地獄。他的陽魂一轉托生在東京沈越為子，作
> 失目乞丐；再轉作一內監，割去陽物；三轉作一犬善終，三案方結。潘金蓮的陰
> 魂問成刀山第九層地獄。他陽魂一轉，托生黎家為女，名喚金桂，終生無配偶，
> 閉陰而死，兩案方結……陳經濟變乞丐餓死，一案即結。（《續金瓶梅》第七回，頁
> 64）

當然《三續金瓶梅》並未鉅細靡遺地「精確」道出《續金瓶梅》對每人的結局安排，但
是小說中有意識地重提，甚至還明確地指出「掀簾看花，夢解三世報」，以及描寫文官
所呈上題有「三世報」的冊譜，此似乎不僅是轉引了《續金瓶梅》，也已然暗含了《續
金瓶梅》的刪改本《三世報隔簾花影》，作者在文本中埋下這些互文的提示，其實無非
是要告知身為讀者的「看官」，切勿輕忽續書中所蘊含閱讀網絡和文本間多層次的聯繫
性。

三、良藥未必苦口：以小說為藥石

> 此書斷不可視為小說，草草看過。用此作一服開心藥，可以分清濁矣。余雖無才，
> 粗知筆墨，不過止於至善。非敢妄談，故竭力搜求，效而續之。[83]

　　《三續金瓶梅·小引》以此段話作為宣示創作意旨的結語，或者說以此作為讀者閱讀
小說的起始，試圖回應：「小說是什麼？」，甚至是「小說還可以是什麼？」，這類關
於小說本質與功能的問題。作為一個高度讀者化的作者，當其親身以小說創作實踐來思
索小說創作的本質時，自然會產生與一般創作者不同的矛盾與焦慮。往昔的閱讀體察，
包括了《第一奇書》道德式的勸懲觀、《續金瓶梅》嚴格的三世果報觀、《紅樓夢》續
書的樂天精神與清新特質……等，此將不再只是作者知識背景的客觀展現，而是成為其
主觀模擬仿效，甚至是批評、評論的對象，如此一來，「創作」與「批評」涵化於一體，
作者「後設」的創作姿態，遂使小說鑑照的層面顯得分外複雜，但即便如此，小說的教
化功能仍然是創作者習慣性依循的教條，當然若不考慮作者的思想涵化，就《三續金瓶
梅》所呈現的內容以觀，這種標榜導欲歸正的說詞，無非是許多豔情小說的慣技，但是
若再進一步考慮清代中葉的時代氛圍，那麼〈小引〉所言的其實還是偏向於將此部續書
歸諸一種愉悅的閱讀療效，即以小說為藥石，認為讀者亦可從愉快的閱讀經驗中達成小
說得以承載的教化意義。

83　同注 3，頁 3-4。

　　那麼，此服開心藥究竟是如何配成？一言以蔽之，「僅講快樂之事」而已。此種作法顯然與丁耀亢大異其趣，丁耀亢在《續金瓶梅》中塑造出許多畸形的病體，他們或因淫而病、或因淫而苦，甚至是因淫而死。他一方面恐人不曉「淫樂」的危殆，另方面又自知一味說教的枯燥，於是透過「熱一回，冷一回」的書寫策略，使讀者在閱讀時隨之「癢一陣，酸一陣」，於意往神馳之際，立即予以迎頭棒喝，讓人不敢耽溺、沉湎淫樂，而達成借世說法的目的。反觀訥音居士主張以財色「悅人耳目」，同時卻又刪去一切穢言汙語，這不但迥別於丁氏所言「如不妝點得活現，人不肯看」，故以冷熱交錯來限制讀者閱讀感受的書寫設計，還悖逆了自身所言書寫「快樂之事」以使人愉悅的意旨。事實上作者所謂「刪去」並非意味不寫「進」，而是主張不寫「盡」，他讓一切淫事具陳眼前，卻僅是浮光掠影地帶過，讀者雖知悉淫事不斷地上演，但始終無法藉由窺視行淫過程以獲取愉悅的身體感知，此一則可規避「誨淫」的惡謚，二則不致使讀者心癢難熬。可以說，作者所言的「開心藥」，是指向虛設性、空泛性的財貨與淫欲觀，他不再重複演述前作已帶領讀者經歷過的歡愉與恐懼，轉而力圖彰顯無窮無盡的財色終將帶來的空虛與失落；也不以嚴肅的果報勸懲來抑制人欲，而改由厭足後的感悟顛覆之，出奇制勝地以圓滿收束結局，既滿足讀者追求的娛樂效果，亦達成小說的教化使命。

　　就另一方面而言，作者之所以不標舉「良藥苦口利於病」，以求治癒吾人之淫根，乃是由於他原無預先設想「病體」的存在，自然不訴諸任何治根、治本的藥方，其追求「分辨清濁」，是出自於對於「止於至善」的德行完善境界之回應，而此種將小說功能歸諸普遍性道德理念的作法，實與當時的社會風氣、文化語境緊密相繫。訥音居士所處的清代中葉，距離「天崩地解」的明末清初已近乎兩百年，康乾盛世之後的社會，相對而言較為穩定，階級、民族矛盾已不像清初那般尖銳，雖然康熙、乾隆所施行的各種文化政策，諸如禁止結社、禁燬書目、文字獄……使文化思想受到許多箝制[84]，歷來學者咸認為此即為形成乾嘉考據學風興起的根本原因，但是實際上整個時代主要還是以儒家傳統經典為依據，且是以程朱理學對經學的解釋為主，當時思想界完全被道德倫理的話語所籠罩[85]。至於此時通俗小說的創作與傳播亦受此流風所及，政府雖巧立各種名目以嚴格禁絕、把關，但是小說的生命力卻從未因此抑制，續書的創作者多半隱匿其名進行寫作，於小說中大發議論，將往昔閱讀經驗與體會，以及對當時文學、文化語境的浸濡與反動，匯聚、渾化為一種遊戲的書寫策略與態度，以之進行各方面的反思與回應。但不可否認的是，當中仍不免滲入或歸趨某些道德倫理教條，原因或許可參照葛兆光於分析

84　相關禁令可參考吳哲夫撰：《清代禁燬書目研究》（臺北：嘉新水泥公司出版，1969 年）。

85　葛兆光撰：《中國思想史》（上海：復旦大學出版社，2001 年），第 2 卷，頁 411-412。

清代士人話語時所言：「終極而空洞的道德說教盡管已經成為反覆絮叨的、令人乏味的車軲轆話語，但正是這反覆地絮叨卻使它成了一種司空見慣日用不知的當然，這種道德說教一方面滲入生活，一方面憑藉權力，成了一種『社會話語』，人們在公開的場合、在流通的文字中總是使用這種類似於社論或報告式的『社會話語』。」[86]我們誠然不能將續書內容與士人話語一概而論，續書作者亦不等同於當時的士人，但是小說以書面文字傳達，實已具備社會話語與私人話語雙重性質，作者處在當時的社會氛圍之中，自然無法完全脫卸時代風氣、思想的沾染，於小說中呈現出彼此相互融攝與牴牾之處。換言之，乾嘉以來這批續書的創作者雖懷著刻意顛覆原著的遊戲態度，並且企圖以各種不同的書寫策略以形塑出續書的脈絡與格局，此過程中有對時代風氣的反動（遊戲對抗嚴肅），但同時也具有對既存價值的認定與涵容。

《三續金瓶梅》既以「僅寫快樂之事」向讀者宣示此書不那麼嚴肅、苦痛，是帶有遊戲意味的書寫特質，但又難免憂慮讀者不能察見作者何以如此為文的深意，恐其隨意將小說歸之為毫無深意的「小道」，於是特將小說比喻為「開心藥」，強調良藥不必苦口，但亦可獲致效用。而我們從續書作者對小說本質與功能、讀者閱讀感知，以及對原著、前作的前後照應……等多重的設想與思索觀之，將會發現不管是〈自序〉、〈小引〉，還是小說文本，作者時時顯露的創作意識與夾雜道德理念的遊戲意蘊，正是其不斷迴向自身的展現，而此無疑即是造就《三續金瓶梅》「後設」傾向的關鍵所在。

第四節　小　結

倘若我們肯定「閱讀」與「書寫」之間有著千絲萬縷的複雜聯繫，那麼，「創作」與「評論」之間的往復映照，亦復如是。從續衍、閱讀、批評、創作意識……各個角度來審視《三續金瓶梅》，將會發現具有讀者與作者雙重身分的訥音居士，創作時經常是站在讀者的角度出發，不斷地設想「如果我是讀者……」，因此小說中不僅著意於回應前人的文本（原作、續書、評點……），以展現其批評特質，還假想與當下閱讀的讀者進行對話，相當熟諳創作者與讀者之間的聯繫與反應。換言之，續書不只是基於評論前作而發，同時還顧慮讀者對此書的評論，其「後設」姿態於焉產生。

---

[86] 葛兆光指出清代文化人實際上使用的是三種不同的話語，於公眾社會中使用「社會話語」，它是一本正經的，未必發自內心但人人會說的話語；學術圈子使用「學術話語」，只有在少數學者之間通行，並不是一個流行的話語；至於家庭、友人之間則使用「私人話語」，在世俗世界中偷得浮生閒趣。而清代許多人包括考據家是三種話語都會說的。同前注，頁397-398。

　　至於《三續金瓶梅》的「後設」特質，主要體現在書寫上有明顯「模擬」前作的痕跡，是以獨特的方式參與了《金瓶梅》所引發的複雜閱讀效應，而不同時代所形成殊異的文化語境，遂使此書在刻意模擬的基調之下具有創新精神，營造出「顛覆」與「遊戲」的解構策略，改變了世情小說盛極而衰的敘事框架，提供了另一種不那麼嚴肅的教化方式，如同第四十八回用以收束全文的回末詩所言：「夙緣了卻萬慮空，向善回心在卷中，二降塵寰人不知，倏然悔過便超升。」（《三續金瓶梅》，頁902）將之與《金瓶梅》第一百回回末詩對照：「閱閱遺書思枉然，誰知天道有循環。西門豪橫難存嗣，敬濟顛狂定被殲。樓月善良終有壽，瓶梅淫佚早歸泉。可怪金蓮遭惡報，遺臭千年作話傳。」（《第一奇書》，頁2885），顯然頗有相互辯證、抗衡之意味。

　　總之，自清初以來的《金瓶梅》續書，雖皆以「續」、「補」作為寫作策略，並由各種書寫現象昭著了續書的後設特質，但是隨著時空背景移易，這些續書作者亦各懷迥殊的創作理念與書寫意旨，清中葉的《三續金瓶梅》即是以情節的「延續性」來展現其對結構的「破壞性」，在閱讀與書寫、創作與批評之間，透過遊戲意蘊來自我形塑，同時也擴充了《金瓶梅》引發的閱讀效應。

第五章 結 論

中國白話小說對前人文本的借用或者說是重寫現象，屢見不鮮。第一奇書《金瓶梅》同樣也是脫化自另一奇書——《水滸傳》，是以其中的潘金蓮故事為起點，將情節性因素轉化為結構性因素[1]，自覺性地追求創新，造就了與前作截然不同的新文本。此種「自覺」展現在文本的各個面向，如樂蘅軍即比較二者於語言風格上的歧異，指出「金瓶梅已經從水滸對人生只作喜劇嘲弄裡走出來，冷冷然的做著諷刺的文章了。其中原故，就在後者比前者多負著一層自覺性的道德批判。」[2]可以說，「自覺性」的創作意識，正是許多後起之作所以「後設」的根源，特別是在特定文學語境上有著續衍關係的小說續書[3]，其雖試圖與原著保持若即若離的態勢，但是在字裡行間卻總透顯出前作如影隨形的魅影，也正是因為這揮之不去的意識，使續書作者在書寫過程中高度關注讀者的接受與反應，不斷地突顯其與前作的差異，而且不時地與讀者對話，因此小說續書不僅帶有批評的書寫意味，有些續書甚至還自我揭露了小說創作的虛構本質。此外，即使是由同一文本所衍生的續書，往往又因時代、社會、歷史、文化及思想背景的差異，而使續書不只是針對原著而發聲，還包括對之前續作，甚至是對同時代文本與各種社會、歷史語境的

---

1 黃大宏於〈中國古代小說重寫結構型本事的四種基本模式〉指出其中一種模式是「情節結構性重述」：是情節在重寫中被賦予了結構功能，成為派生文本的敘述功能體，以滿足新文本敘述結構要求的方式。黃大宏撰：〈中國古代小說重寫結構型本事的四種基本模式〉，《海南大學學報（人文社會科學版）》第21卷第4期（2003年12月），頁443-445。而《金瓶梅》對《水滸傳》情節的創造性運用，即是屬於此種模式。

2 樂蘅軍撰：《古典小說散論》（臺北：大安出版社，2004年），頁123。

3 此處所指的「特定文學語境」是根據韓南說法：「『文學語境』可以具有非常廣泛和普遍的意義，例如，它可以指文學流派或主題，或具有其他狹窄、精確的意義，如作家在創作小說時，對某一部特定的文學作品作了某種形式的借鑒。這裡我所說的語境是指後一種，我用『特定』這個詞表示。然而，就是『特定語境』這個說法也會有一定的意義範疇。就其一端而言，它也許僅僅是指通常所說的『來源』，也就是說，作者從其他哪些作品中擷取材料用於自己的作品中。這裡我所說的是一種特殊的材料來源，作者在對它有所反應的同時，出於自身的目的而對它加以創造性的運用。這類文學語境的例子頗為罕見，比較明顯的例子是續篇和戲仿，它們在性質上需要確認其文學語境，並在其關係上得以展開。」〔美〕韓南（Patrick Hanan）撰，徐俠譯：〈《恨海》的特定文學語境〉，《中國近代小說的興起》（上海：上海教育出版社，2004年），頁196。

迴響，遂於書寫上呈現為多重的往復辯詰又相互糾葛牽連的複雜現象。

而本書即是逐一觀察清初康熙年間的《續金瓶梅》、《隔簾花影》，以及清中葉的《三續金瓶梅》，乃至於清末民初的《金屋夢》，發現這批橫跨有清一代的《金瓶梅》續書，一方面各以不同敘事策略來接續、演繹《金瓶梅》的人物和情節；另一方面又在書寫中涵化時代色彩與社會風氣，對於《金瓶梅》各有其接受心理，而呈現迥別的閱讀情境、批評方式。丁耀亢在《續金瓶梅》中雖著力在歷史思維、易代背景之下，強調勸世意旨，暗含顛覆意圖，可是卻又不時地設想讀者可能抱持與原著參照的心態，於是其於書寫上每每遊走於情欲與道德、止淫與誨淫之間，透過突顯原著力道不足之處，以彰顯續書所長。至於訥音居士的《三續金瓶梅》則是循聲附會清代中葉續衍《紅樓夢》的風潮，以讀者樂天精神為依歸，透過遊戲式的戲擬、拼湊等書寫策略，意圖解構《金瓶梅》所刻畫的世態炎涼及盛極而衰的世情圖景。而當《金瓶梅》在傳播與禁毀的矛盾衝突之下，不斷地更迭文本的傳播方式，擴大傳播的範圍，逐漸確立其「經典」、「典範」的文學地位[4]，《金瓶梅》續書的傳播同樣也受限於歷史、社會語境，遂而造就了兩部《續金瓶梅》的刪改本──《隔簾花影》與《金屋夢》，刪改本作者是以增益、刪削甚至是易名的方式來自我形塑，雖然沒有大張旗鼓地昭著其創作、批評意識，但是從其增刪與留存的內容觀之，則可勾牽出作者對小說本質的思索、對時代的回應、對原著《金瓶梅》的關注以及對《續金瓶梅》幽微的評議，從而可知新的文本所包含對前作的超越、競爭之心理，亦不下於自創一個意義世界以解釋或是顛覆、轉化前作的《續金瓶梅》及《三續金瓶梅》，確實展現了續書立足於原著及其他續書之上，不斷地透過各種書寫策略以自我脈絡化的特殊現象。

綜觀這些《金瓶梅》續書，若單就其各自的續衍方式與創作意圖而言，無一不是獨立自足，特色鮮明，《續金瓶梅》緊接百回本奇書結局而寫，亦以「奇」自詡，試圖透過彼此交互參照、比較，以彰顯自身，而《三續金瓶梅》以「小補」完成半身美人圖，藉由續衍以轉化《金瓶梅》的衰頹結局及悲劇色彩，《隔簾花影》是以匿名與增刪的方式，斷絕對照與聯繫，聚焦文本本身的力量，重思小說本質，至於《金屋夢》則是在新舊思潮浸染之下，主要仍據其承襲自傳統小說美學的觀點進行增刪，但同時又融通西方的分類觀點，以此回應原著及時代思潮。然而，就作為《金瓶梅》的續書群以觀，這些作者透過續書這個幻設的文學空間，融合閱讀、創作、批評、傳播、闡釋於一體，在後設的思維之下，各自形成駁雜不一的書寫現象，對此，我們或可借用維根斯坦所提出的

4　劉玉林撰：《二十世紀《金瓶梅》傳播研究》（濟南：山東大學中國古代文學研究所碩士論文，2006年），頁10。

「家族相似性」（family resemblance）概念加以理解，維根斯坦以「遊戲」來比喻日常生活的語言活動，為了說明遊戲之間的關係，進而提出此一概念：

> 例如，考慮一下我們稱之為「遊戲」的活動。我意指的是下棋、玩牌、賽球、奧林匹克運動會等等。它們的共同點究竟是什麼？不要說：「必定有某種共同點」，否則它們就不會被稱作「遊戲」而是要看並看出所有遊戲活動中是否有著共同點──因為，如果你看它們，那麼你將看不出所有遊戲活動中有什麼共同點，而只有相似、關係，以及一系列的相似和關係。再說一遍：不要想，而要看！……我們可以用同樣的方式考察其他許許多多種遊戲；我們能夠看見相似性如何出現和消失。而這種考察的結果是：我們看到一張錯綜複雜、縱橫交錯的相似之網；有時是整體的相似，有時則是細節上的相似。[5]

> 我所能想像出的刻畫這些相似性的最佳措詞莫過於「家族相似」了；因為一個家族成員之間有著各式各樣的相像之處：骨架、長相、眼珠顏色、步伐、秉性等等，這些相像同樣是重迭交合的──我說：「遊戲」構成一個家族。[6]

事實上，這批《金瓶梅》續書又何嘗不是一個「大文本」的集體現象[7]？它們以「後設」的思維與姿態展現對各種不同面向的回應，在此思維之下，雖然無一貫串所有續書的共同書寫特徵，但其彼此間的相似性是重迭交合的。換言之，「後設」並非意味這批續書具有的單一的、本質性的定義，而是揭示它們總是朝向無限的可能性展開，無法自我封閉，但是又具有彼此關涉、連繫的特質。

---

[5] 維根斯坦（Ludwig Wittgenstein）撰，尚志英譯：《哲學研究》（臺北：桂冠圖書公司，1995年），頁42-43。

[6] 同前注，頁43。

[7] 高桂惠撰：《追蹤躡跡──中國小說的文化闡釋》（臺北：大安出版社，2005年），頁6。

參考書目

一、古籍

(一)小說原典

明馮夢龍編撰，徐文助校訂，繆天華校閱：《警世通言》（臺北：三民書局，2001年）

明董說撰：《西遊補》（臺北：世界書局，1975年）

明蘭陵笑笑生撰，梅節校注：《金瓶梅詞話》（臺北：里仁書局，2007年）

清丁耀亢撰，李增坡主編，張吉清校點：《丁耀亢全集》（鄭州：中州古籍出版社，1999年）

清丁耀亢撰，陸合、星月校點：《金瓶梅續書三種》（濟南：齊魯書社，1988年）

清不題撰人：《隔簾花影》，《古本小說集成》（上海：上海古籍出版社，1990年）

清張竹坡撰：《第一奇書》（康熙乙亥年張竹坡評在茲堂本《金瓶梅》）（臺北：里仁書局，1981年）

清曹雪芹、高鶚撰，馮其庸等校注：《紅樓夢校注》（臺北：里仁書局，1984年）

清訥音居士撰，何香久校點：《小奇酸志》（石家莊：花山文藝出版社，1993年）

清訥音居士編輯：《三續金瓶梅》，《古本小說集成》（上海：上海古籍出版社，1990年）

清訥音居士編輯：《三續金瓶梅》，《思無邪滙寶》（臺北：臺灣大英百科股份有限公司，1995年）

清紫陽道人撰：《續金瓶梅》，《古本小說集成》（上海：上海古籍出版社，1990年）

王汝梅、李昭恂、于鳳樹點校：《張竹坡批評金瓶梅》（濟南：齊魯書社，1991年）

秦修容整理：《金瓶梅：會評會校本》（北京：中華書局，1998年）

齊煙、汝梅校點：《新刻繡像批評金瓶梅》（臺北：曉園出版社，1990年）

(二)其他古籍

晉陶潛撰：《搜神後記》（臺北：木鐸出版社，1982年）

宋張伯端撰：《修真十書‧悟真篇》，收入《正統道藏》（臺北：新文豐出版公司，1985年）

明呂坤撰：《呻吟語》（臺北：志一出版社，1994年）

明李贄撰：《李溫陵集》，收入《續修四庫全書》（上海：上海古籍出版社，2003年）

明李贄撰：《焚書》（臺北：河洛圖書出版社，1974年）

明沈德符撰：《萬曆野獲編》（北京：中華書局，1997年）

清孔尚任撰，王季思、蘇寰中、楊德平校注：《桃花扇》（臺北：里仁書局，1996年）

清王晫撰，陳大康校點：《今世說》，收入《清代筆記小說大觀》（上海：上海古籍出版社，2007年）

清王端淑撰：《名媛詩緯初編》（臺北：國立中央圖書館縮影資料，清康熙間清音堂刊本）

清平步青撰：《霞外攟屑》（臺北：世界書局，1963年）

清永瑢、紀昀等撰：《欽定四庫全書總目》，《景印文淵閣四庫全書》（臺北：臺灣商務印書館，1986

年）

清金聖歎撰：《第五才子書施耐庵水滸傳》，《金聖歎全集》（南京：鳳凰出版社，2008 年）

清計六奇撰，任道斌、魏得良點校：《明季南略》（北京：中華書局，1984 年）

清章學誠撰：《丙辰劄記》，《章實齋札記四種》（臺北：廣文書局，1971 年）

清陳確撰：《陳確集》（北京：中華書局，1979 年）

清劉廷璣撰：《在園雜志》（臺北：文海出版社，1973 年）

清譚獻撰：《復堂詞話》，收入唐圭璋編《詞話叢編》（臺北：新文豐出版公司，1988 年）

二、現代專著

(一)中文著作

§《金瓶梅》相關研究

王汝梅撰：《金瓶梅探索》（長春：吉林大學出版社，1990 年）

王汝梅撰：《王汝梅解讀《金瓶梅》》（長春：時代文藝出版社，2007 年）

王利器主編：《國際金瓶梅研究集刊》第一集（成都：成都出版社，1991 年）

田曉菲撰：《秋水堂論金瓶梅》（天津：天津人民出版社，2008 年）

吉林大學中國文化研究所編：《金瓶梅藝術世界》（長春：吉林大學出版社，1991 年）

朱一玄編：《金瓶梅資料滙編》（天津：南開大學出版社，1985 年）

朱星撰：《金瓶梅考證》（天津：百花文藝出版社，1980 年）

吳紅、胡邦煒撰：《金瓶梅的思想和藝術》（成都：巴蜀書社，1987 年）

吳晗、鄭振鐸等撰，胡文彬、張慶善選編：《論金瓶梅》（北京：文化藝術出版社，1984 年）

李時人撰：《金瓶梅新論》（上海：學林出版社，1991 年）

杜維沫、劉輝編：《金瓶梅研究集》（濟南：齊魯書社，1988 年）

周中明撰：《金瓶梅藝術論》（臺北：里仁書局，2001 年）

周鈞韜撰：《金瓶梅素材來源》（鄭州：中州古籍出版社，1991 年）

周鈞韜編：《金瓶梅資料續編（1919-1949）》（北京：北京大學出版社，1991 年）

侯忠義、王汝梅編：《金瓶梅資料滙編》（北京：北京大學出版社，1985 年）

胡衍南撰：《飲食情色金瓶梅》（臺北：里仁書局，2004 年）

胡衍南撰：《金瓶梅到紅樓夢——明清長篇世情小說研究》（臺北：里仁書局，2009 年）

孫述宇撰：《金瓶梅的藝術》（臺北：時報文化出版公司，1985 年）

徐君慧撰：《從金瓶梅到紅樓夢》（南寧：廣西人民出版社，1987 年）

張遠芬撰：《金瓶梅新證》（濟南：齊魯書社，1984 年）

許建平撰：《金學考論》（石家莊：河北教育出版社，1999 年）

復旦學報社會科學版編輯部編：《金瓶梅研究》（上海：復旦大學出版社，1984 年）

黃霖編：《金瓶梅資料彙編》（北京：中華書局，1987 年）

葉桂桐撰：《論金瓶梅》（鄭州：中州古籍出版社，2005 年）

劉輝撰：《金瓶梅成書與版本研究》（瀋陽：遼寧人民出版社，1986 年）

劉輝撰：《金瓶梅論集》（臺北：貫雅文化，1992 年）

蔡國梁撰：《金瓶梅考證與研究》（西安：陝西人民出版社，1984 年）

魏子雲撰：《金瓶梅探原》（臺北：巨流圖書公司，1979 年）

魏子雲撰：《金瓶梅的問世與演變》（臺北：時報文化出版公司，1983 年）

魏子雲撰：《金瓶梅原貌探索》（臺北：臺灣學生書局，1985 年）

魏子雲撰：《金瓶梅散論》（臺北：臺灣商務印書館，1990 年）

魏子雲撰：《金瓶梅研究二十年》（臺北：臺灣商務印書館，1993 年）

§小說續書相關研究

王旭川撰：《中國小說續書研究》（上海：學林出版社，2004 年）

李忠昌撰：《古代小說續書漫話》（瀋陽：遼寧教育出版社，1992 年）

李增波主編：《丁耀亢研究——海峽兩岸丁耀亢學術研討會論文集》（鄭州：中州古籍出版社，1998 年）

林依璇撰：《無才可補天——《紅樓夢》續書研究》（臺北：文津出版社，1999 年）

高玉海撰：《明清小說續書研究》（北京：中國社會科學出版社，2004 年）

高玉海撰：《古代小說續書序跋釋論》（北京：中國社會科學出版社，2007 年）

高桂惠撰：《追蹤躡跡：中國小說的文化闡釋》（臺北：大安出版社，2005 年）

趙建忠撰：《紅樓夢續書研究》（天津：天津古籍出版社，1997 年）

§其他

方正耀撰：《明清人情小說研究》（上海：華東師範大學出版社，1986 年）

王國維撰：《紅樓夢評論》（上海：上海古籍出版社，2005 年）

王彬主編：《清代禁書總述》（北京：中國書店，1999 年）

王德威撰：《想像中國的方法：歷史・小說・敘事》（北京：三聯書店，1998 年）

王瑾撰：《互文性》（桂林：廣西師範大學出版社，2005 年）

石昌渝撰：《中國小說源流論》（北京：三聯書店，1994 年）

石昌渝主編：《中國古代小說總目》（太原：山西教育出版社，2004 年）

向楷撰：《世情小說史》（杭州：浙江古籍出版社，1998 年）

朱一玄、寧稼雨、陳桂聲編著：《中國古代小說總目提要》（北京：人民文學出版社，2005 年）

江蘇省社會科學院明清小說研究中心文學研究所編：《中國通俗小說總目提要》（北京：中國文聯出版公司，1997 年）

吳哲夫撰：《清代禁燬書目研究》（臺北：嘉新水泥公司出版，1969 年）

吳禮權撰：《中國言情小說史》（臺北：臺灣商務印書館，1995 年）

宋莉華撰：《明清時期的小說傳播》（北京：中國社會科學出版社，2004 年）

李時人等撰：《中國古代禁毀小說漫話》（上海：漢語大詞典出版社，1999 年）

李劍國、陳洪主編：《中國小說通史》（北京：高等教育出版社，2007 年）

林辰撰：《明末清初小說述錄》（瀋陽：春風文藝出版社，1988 年）

林崗撰：《明清之際小說評點學之研究》（北京：北京大學出版社，1999 年）

河洛圖書出版社編審：《元明清三代禁毀小說戲曲史料》（臺北：河洛圖書出版社，1980 年）

阿英撰：《晚清小說史》，《阿英全集》（合肥：安徽教育出版社，2003 年）

柳存仁編：《倫敦所見中國小說書目提要》（臺北：鳳凰出版社，1974 年）

胡亞敏撰：《敘事學》（武漢：華中師範大學出版社，2004 年）

茅盾等撰，張國星編：《中國古代小說中的性描寫》（天津：百花文藝出版社，1993年）

孫琴安撰：《中國評點文學史》（上海：上海社會科學院出版社，1999年）

孫楷第撰：《中國通俗小說書目》（臺北：木鐸出版社，1983年）

徐朔方撰：《小說考信編》（上海：上海古籍出版社，1997年）

徐復觀撰：《兩漢思想史》（臺北：臺灣學生書局，1984年）

高小康：《中國古代敘事觀念與意識形態》（北京：北京大學出版社，2005年）

高辛勇撰：《修辭學與文學閱讀》（北京：北京大學出版社，1997年）

康正果撰：《重審風月鑑——性與中國古典文學》（臺北：麥田出版社，1996年）

張吉清撰：《丁耀亢年譜》（南京：南京大學出版社，1996年）

張俊撰：《清代小說史》（杭州：浙江古籍出版社，1997年）

許蘇民撰：《李贄評傳》（南京：南京大學出版社，2006年）

陳大康撰：《明代小說史》（上海：上海文藝出版社，2000年）

陳平原、夏小虹主編：《二十世紀中國小說理論資料》（北京：北京大學出版社，1997年）

陳平原撰：《小說史：理論與實踐》（北京：北京大學出版社，2005年）

陳榮捷撰：《王陽明傳習錄詳註集評》（臺北：臺灣學生書局，1988年）

陳翠英撰：《世情小說之價值探論》（臺北：國立臺灣大學文學院出版，1996年）

陳霞撰：《道教勸善書研究》（成都：巴蜀書社，1999年）

陶東風撰：《文體演變及其文化意味》（昆明：雲南人民出版社，1999年）

章培恆、王靖宇編：《中國文學評點研究論集》（上海：上海古籍出版社，2002年）

游子安撰：《勸化金箴——清代善書研究》（天津：天津人民出版社，1999年）

黃卓越撰：《明中後期文學思想研究》（北京：北京大學出版社，2005年）

甯宗一撰：《中國小說學通論》（合肥：安徽教育出版社，1995年）

楊義撰：《中國古典小說史論》（北京：中國社會科學出版社，2004年）

楊義撰：《中國敘事學》（嘉義：南華管理學院，1998年）

葉朗撰：《中國小說美學》（北京：北京大學出版社，1985年）

葛兆光撰：《中國思想史》（上海：復旦大學出版社，2001年）

熊秉真主編，王璦玲、胡曉真合編：《欲掩彌彰：中國歷史文化中的「私」與「情」・私情篇》（臺
　　　　北：漢學研究中心，2003年）

熊秉真、余安邦合編：《情欲明清——遂欲篇》（臺北：麥田出版社，2004年）

趙樸初、任繼愈等撰：《佛教與中國文化》（臺北：國文天地雜誌社，1990年）

齊裕焜撰：《明代小說史》（杭州：浙江古籍出版社，1997年）

劉季倫撰：《李卓吾》（臺北：東大圖書公司，1999年）

樂蘅軍撰：《古典小說散論》，（臺北：大安出版社，2004年）

歐陽健撰：《晚清小說史》（杭州：浙江古籍出版社，1997年）

蔡國梁撰：《明清小說探幽》（臺北：木鐸出版社，1987年）

鄭振鐸撰：《文學大綱》（上海：上海書店，1992年）

魯迅撰：《中國小說史略》，《魯迅全集》（北京：人民文學出版社，2005年）

魯迅撰：《且介亭雜文二集》，《魯迅全集》（北京：人民文學出版社，2005年）

譚帆撰：《中國小說評點研究》（上海：華東師範大學出版社，2001 年）

（二）外文譯著

〔日〕小野忍等撰，黃霖、王國安編譯：《日本研究《金瓶梅》論文集》（濟南：齊魯書社，1989 年）

〔日〕溝口雄三撰，索介然、龔穎譯：《中國前近代思想的演變》（北京：中華書局，2005 年）

〔法〕薩莫瓦約撰，邵煒譯：《互文性研究》（天津：天津人民出版社，2002 年）

〔法〕羅蘭・巴特（Roland Barthes）撰，溫晉儀譯：《批評與真實》（臺北：桂冠圖書公司，1997 年）

〔法〕羅蘭・巴特（Roland Barthes）撰，懷宇譯：《羅蘭・巴特隨筆選》（天津：百花文藝出版社，2005 年）

〔美〕包筠雅（Cynthia J. Brokaw）撰，杜正貞、張林譯：《功過格——明清社會的道德秩序》（杭州：浙江人民出版社，1999 年）

〔美〕浦安迪（Andrew H. Plaks）撰：《中國敘事學》（北京：北京大學出版社，1995 年）

〔美〕浦安迪（Andrew H. Plaks）撰，沈亨壽譯：《明代小說四大奇書》（北京：三聯書店，2006 年）

〔美〕華萊士・馬丁（W. Martin）撰，伍曉明譯：《當代敘事學》（北京：北京大學出版社，2005 年）

〔美〕韓南（Patrick Hanan）撰，徐俠譯：《中國近代小說的興起》（上海：上海教育出版社，2004 年）

〔英〕佛斯特（Edward Morgan Forster）撰，李文彬譯：《小說面面觀——現代小說寫作的藝術》（臺北：志文出版社，2002 年）

帕特里莎・渥厄（Patricia Waugh）撰，錢競、劉雁濱譯：《後設小說：自我意識小說的理論與實踐》（臺北：駱駝出版社，1995 年）

徐朔方編選校閱，沈亨壽等譯：《金瓶梅西方論文集》（上海：上海古籍出版社，1987 年）

瑪特・羅拜（Marthe Robert）撰，逢塵瑩、何建忠譯：《原始故事與小說傳統》（臺北：國立編譯館，1995 年）

維根斯坦（Ludwig Wittgenstein）撰，尚志英譯：《哲學研究》（臺北：桂冠圖書公司，1995 年）

三、單篇論文

§《金瓶梅》相關研究

王彪撰：〈作為敘述視角與敘述動力的性描寫——金瓶梅性描寫的敘事功能與審美評價〉，《社會科學戰線》第 2 期（1994 年），頁 212-219。

李建軍撰：〈消極倫理與色情敘事——從小說倫理看《金瓶梅》及其評論〉，《文藝研究》第 7 期（2008 年），頁 50-58。

胡衍南撰：〈《金瓶梅》非「淫書」辨〉，《淡江大學中文學報》第 9 期（2003 年 12 月），頁 169-192。

胡衍南撰：〈明清長篇世情小說的兩個模式〉，《淡江中文學報》第 13 期（2005 年 12 月），頁 113-140。

胡衍南撰：〈《金瓶梅》於《紅樓夢》之影響研究〉，《中國學術年刊》第 28 期（2006 年 3 月），頁 161-184。

胡衍南撰：〈兩部《金瓶梅》——詞話本與繡像本對照研究〉，《中國學術年刊》第 29 期（2007 年 3 月），頁 115-144。

張進德撰：〈明清人解讀《金瓶梅》〉，《明清小說研究》第 4 期（2000 年），頁 173-186。

陳翠英撰：〈閱讀與批評——文龍評《金瓶梅》〉，《臺大中文學報》第 15 期（2001 年 12 月），頁

283-320。

黃霖撰：〈再論《金瓶梅》崇禎本系統各本之間的關係〉，《上海師範大學學報（社會科學版）》第
　　30 卷第 5 期（2001 年 9 月），頁 39-46。

楊玉成撰：〈閱讀世情：崇禎本《金瓶梅》評點〉，《國文學誌》第 5 期（2001 年 12 月），頁 115-157。

齊魯青撰：〈明代《金瓶梅》批評論〉，《內蒙古大學學報（哲學社會科學版）》第 1 期（1994 年），
　　頁 94-102。

齊魯青撰：〈論張竹坡的《金瓶梅》批評〉，《內蒙古大學學報（哲學社會科學版）》第 1 期（1995
　　年），頁 59-69。

劉勇強撰：〈《金瓶梅》文本與接受分析〉，《北京大學學報（哲學社會科學版）》第 4 期（1996 年），
　　頁 68-76。

滕先森撰：〈《金瓶梅》性描寫平議〉，《泰安師專學報》第 11 卷第 4 期（1998 年 12 月），頁 36-39。

蔡一鵬撰：〈論張竹坡評點《金瓶梅》的道德理性思維方式〉，《文學遺產》第 5 期（1994 年），頁
　　106-114。

§小說續書相關研究

中國第一歷史檔案館：〈順康年間《續金瓶梅》作者丁耀亢受審案〉，《歷史檔案》第 2 期（2000 年），
　　頁 29-32。

王旭川撰：〈清代《紅樓夢》續書的三種模式〉，《紅樓夢學刊》第 4 輯（2000 年），頁 292-304。

王汎森撰：〈「人間腹笥多藏草，隔代安知悔立言」——丁野鶴與《續金瓶梅》〉，《中國文化》第
　　12 期（1995 年），頁 220-223。

王君澤撰：〈《續金瓶梅》主體精神探析〉，《赤峰學院學報（漢文哲學社會科學版）》第 27 卷第 3
　　期（2006 年），頁 42-44。

王瑾撰：〈丁耀亢思想論略〉，《廣州大學學報（社會科學版）》第 2 卷第 5 期（2003 年 5 月），頁
　　20-23。

王瑾撰：〈試論《續金瓶梅》的創作年代〉，《廣州大學學報（社會科學版）》第 2 卷第 9 期（2003
　　年 9 月），頁 38-39，47。

王瑾撰：〈《續金瓶梅》主旨解讀〉，《廣州大學學報（社會科學版）》第 3 卷第 2 期（2004 年 2 月），
　　頁 11-13。

田可文撰：〈《金屋夢》中的明清佛道音樂〉，《黃鐘（武漢音樂學院學報）》第 2 期（1996 年），
　　頁 7-10。

石玲撰：〈《續金瓶梅》的作期及其他〉，《金瓶梅藝術世界》（長春：吉林大學出版社，1991 年），
　　頁 333-337。

朱眉叔撰：〈論《續金瓶梅》及其刪改本《隔簾花影》和《金屋夢》〉，《明清小說論叢》第 1 輯（1984
　　年），頁 250-279。

朱萍撰：〈丁耀亢研究小史述略〉，《江淮論壇》第 1 期（2001 年），頁 99-105。

余嘉華撰：〈評《金瓶梅》的續書《隔簾花影》〉，《湖北師範學院學報（哲學社會科學版）》第 4
　　期（1989 年），頁 58-65。

吳波撰：〈明清小說續書創作論〉，《松遼學刊（社會科學版）》第 1 期（1996 年），頁 28-32。

周洪才撰：〈丁耀亢及其著作考論〉，《齊魯學刊》第 5 期（1996 年），頁 17-19。

周鈞韜、于潤琦撰：〈丁耀亢與《續金瓶梅》〉，《明清小說研究》第 1 期（1992 年），頁 144-156，95。

林衛東、高永生撰：〈丁耀亢作品的版本及其他〉，《山東圖書館季刊》第 4 期（2004 年），頁 92-95。

邵來文撰：〈試論《續金瓶梅》的哲學機鋒〉，《中國文學研究》第 2 期（1997 年），頁 64-66。

邱奇撰：〈簡論中國古代長篇小說續書的分類及歷史的評估〉，《湖北教育學院學報（哲社版）》第 11 卷第 3 期（1994 年 9 月），頁 49-51。

侯寶源撰：〈《金瓶梅》續書三種比較談〉，《聊城師範學院學報（哲學社會科學版）》第 4 期（1998 年），頁 94-97。

段春旭撰：〈論《金瓶梅》續書——《三續金瓶梅》〉，《遼寧行政學院學報》第 9 卷第 7 期（2007 年），頁 234-235。

胡衍南撰：〈「世情小說」大不同——論《續金瓶梅》對原書的悖離〉，《淡江人文社會學刊》第 15 期（2003 年 6 月），頁 1-26。

胡衍南撰：〈論《三續金瓶梅》的世情書寫與俗雅定位〉，《淡江中文學報》第 23 期（2010 年 12 月），頁 27-54。

胡曉真撰：〈《續金瓶梅》——丁耀亢閱讀《金瓶梅》〉，《中外文學》第 23 卷第 10 期（1995 年 3 月），頁 84-101。

孫玉明撰：〈丁耀亢其人其事〉，《金瓶梅藝術世界》（長春：吉林大學出版社，1991 年），頁 307-318。

孫玉明撰：〈《續金瓶梅》成書年代考〉，《社會科學輯刊》第 5 期（1996 年），頁 131-135。

孫言誠撰：〈《續金瓶梅》的刻本、抄本和改寫本〉，《金瓶梅藝術世界》（長春：吉林大學出版社，1991 年），頁 319-332。

孫言誠撰：〈論《續金瓶梅》的思想內容及其認識價值〉，《吉林大學社會科學學報》第 6 期（1991 年），頁 51-55。

時寶吉撰：〈《續金瓶梅》所表現的愛國主義精華〉，《殷都學刊》第 2 期（1991 年），頁 42-46，48。

高桂惠撰：〈畫蛇添足：續集、接續、重寫以及中國小說 "Snakes' legs:sequels, continuations, rewritings, and Chinese fiction"〉，《中國文哲研究集刊‧書評》第 27 期（2005 年 9 月），頁 317-322。

張兵撰：〈丁耀亢研究的回顧與思考〉，《中國文學研究》第 4 期（1997 年），頁 53-57。

張春山撰：〈《小奇酸志》是否「上乘」之作？〉，《運城高等專科學校學報》第 17 卷第 2 期（1999 年 4 月），頁 58-60。

張振國撰：〈《續金瓶梅》的人物塑造藝術〉，《太原師範學院學報（社會科學版）》第 3 卷第 2 期（2004 年 6 月），頁 90-93。

張振國撰：〈《金瓶梅》續書研究世紀回眸〉，《徐州師範大學學報（哲學社會科學版）》第 30 卷第 5 期（2004 年 9 月），頁 24-28。

郭浩帆撰：〈《金瓶梅》續書《金屋夢》若干問題考述〉，《廈門教育學院學報》第 13 卷第 2 期（2011 年 5 月），頁 25-30。

陳小林撰：〈論《續金瓶梅》之文化整合及其敘事特色之生成〉，《蘭州大學學報（社會科學版）》第 36 卷第 4 期（2008 年 7 月），頁 57-61。

陳慶浩撰：〈「海內焚書禁識丁」——丁耀亢生平及其著作〉，《文學、文化與世變——第三屆國際漢學會議論文集文學組》（臺北：中央研究院中國文哲研究所，2002 年），頁 351-394。

黃霖撰：〈丁耀亢及其《續金瓶梅》〉，《復旦學報（社會科學版）》第 4 期（1988 年），頁 55-60。

葉桂桐撰：〈從《續金瓶梅》看《金瓶梅》的版本及作者〉，《吉林大學社會科學學報》第 2 期（1989 年），頁 90-96。

葛邦祥撰：〈且看海內孤本《三續金瓶梅》之真偽〉，《淮陰師專學報（哲學社會科學版）》第 3 期（1992 年），頁 36。

趙華錫撰：〈談《續金瓶梅》作者丁耀亢〉，《濱州師專學報》第 18 卷第 3 期（2002 年 9 月），頁 29-30。

劉洪強撰：〈《續金瓶梅》成書年代新考〉，《東岳論叢》第 29 卷第 3 期（2008 年 5 月），頁 105-109。

劉洪強撰：〈《玉嬌李》與《續金瓶梅》關係考論〉，《南京理工大學學報（社會科學版）》第 23 卷第 2 期（2010 年 4 月），頁 59-65。

劉洪強撰：〈《續金瓶梅》中的「王推官」即「王漁洋」考──兼論《續金瓶梅》成書於 1661 年〉，《常熟理工學院學報（哲學社會科學）》第 7 期（2010 年 7 月），頁 61-64。

劉淦撰：〈中國古代小說史上的連體兒──淺談──《金瓶梅續書三種》的成因及其他〉，《聊城師範學院學報（哲學社會科學版）》第 2 期（1995 年），頁 107-108。

歐陽健撰：〈《續金瓶梅》的成書年代〉，《齊魯學刊》第 5 期（2004 年），頁 119-123。

歐陽健撰：〈陳忱丁耀亢小說合論〉，《貴州大學學報（社會科學版）》第 22 卷第 2 期（2004 年 3 月），頁 63-71。

魯歌、馬征撰：〈讀《三續金瓶梅》〉，《徐州師範學院學報》第 1 期（1992 年），頁 37-38。

龍緒江撰：〈試論《續金瓶梅》與《金瓶梅》的異同〉，《湖南科技大學學報（社會科學版）》第 2 期（1989 年），頁 46-50。

聶春豔撰：〈淺議《續金瓶梅》的歷史反思與社會現實批判〉，《時代文學》第 8 期（2008 年），頁 83-84。

魏紅梅撰：〈人間腹笥多藏草　隔代安知悔立言──論丁耀亢與「《續金瓶梅》案」有關的詩歌〉，《濰坊學院學報》第 7 卷第 5 期（2007 年 9 月），頁 10-12。

羅德榮撰：〈《續金瓶梅》主旨索解〉，《明清小說研究》第 3 期（1997 年），頁 165-174。

羅德榮撰：〈別一種審美意趣的追求──《續金瓶梅》審美價值探究〉，《南開學報》第 6 期（1997 年），頁 36-42。

§其他

丁福寧撰：〈維根士坦論定義與家族類似（上）〉，《哲學與文化》第 26 卷第 8 期（1999 年 8 月），頁 721-729。

丁福寧撰：〈維根士坦論定義與家族類似（下）〉，《哲學與文化》第 26 卷第 9 期（1999 年 9 月），頁 805-822。

王璦玲撰：〈記憶與敘事：清初劇作家之前朝意識與易代感懷之戲劇轉化〉，《中國文哲研究集刊》第 24 期（2004 年 3 月），頁 39-103。

王璦玲撰：〈「忖度予心，百不失一」──論《桃花扇》評本中批評語境之提示性與詮釋性〉，《中國文哲研究集刊》第 26 期（2005 年 3 月），頁 161-212。

朱秀梅撰：〈晚清「新小說」類型及其演變〉，《河南大學學報（社會科學版）》第 50 卷第 2 期（2010 年 3 月），頁 6-10。

段致成撰：〈試論金丹派南宗張伯端之「內丹」思想與「禪宗」的關係〉，《鵝湖》第 333 期（2003年 3 月），頁 35-47。

段致成撰：〈修丹與天地造化同途——試論「外丹」與「內丹」派對《周易參同契》的不同詮釋路徑〉，《輔仁宗教研究》第 9 期（2004 夏），頁 181-206。

浦安迪撰：〈談中國長篇小說的結構問題〉，收入葉維廉等撰《中國古典文學比較研究》（臺北：黎明文化公司，1977 年），頁 277-287。

張廣保撰：〈論《周易參同契》的丹道與天道〉，《宗教哲學》第 2 卷第 2 期（1996 年 2 月），頁 99-117。

陳大康撰：〈關於「晚清」小說的標示〉，《明清小說研究》第 2 期（2004 年），頁 125-133。

黃大宏撰：〈中國古代小說重寫結構型本事的四種基本模式〉，《海南大學學報（人文社會科學版）》第 21 卷第 4 期（2003 年 12 月），頁 441-448。

黃大宏撰：〈重寫：文學文本的經典化途徑〉，《陝西師範大學學報（哲學社會科學版）》第 35 卷第 6 期（2006 年 11 月），頁 93-98。

楊玉成撰：〈小眾讀者：康熙時期的文學傳播與文學批評〉，《中國文哲研究集刊》第 19 期（2001年 9 月），頁 55-108。

楊玉成撰：〈啟蒙與暴力——李卓吾的文學評點〉，收入於林明德、黃文吉總策劃《臺灣學術新視野——中國文學之部（二）》（臺北：五南圖書公司，2007 年），頁 902-985。

劉勇強撰：〈一種小說觀及小說史觀的形成與影響——20 世紀「以西例律我國小說」現象分析〉，《文學遺產》第 3 期（2003 年），頁 109-124。

賴芳伶撰：〈晚清迷信與反迷信小說〉，《中外文學》第 19 卷第 10 期（1991 年 3 月），頁 33-60。

賴錫三撰：〈《周易參同契》的「先天－後天學」與「內養－外煉一體觀」〉，《漢學研究》第 20 卷第 2 期（2002 年 12 月），頁 109-140。

薛麗云撰：〈馮夢龍對小說理論中「虛」「實」觀的繼承與發展〉，《雲南民族學院學報（哲學社會科學版）》第 1 期（1994 年），頁 80-85。

譚帆撰：〈「奇書」與「才子書」——對明末清初小說史上一種文化現象的解讀〉，《華東師範大學學報（哲學社會科學版）》第 35 卷第 6 期（2003 年 11 月），頁 95-102。

四、學位論文

朴炫玗撰：《張竹坡評點《金瓶梅》之小說理論》（臺北：國立政治大學中國文學研究所碩士論文，1995 年）

李梁淑撰：《金瓶梅詮評史研究——以萬曆到民初為範圍》（臺北：國立臺灣大學中國文學研究所博士論文，2003 年）

林雅鈴撰：《《續金瓶梅》研究》（臺中：私立東海大學中國文學研究所碩士論文，1992 年）

段春旭撰：《中國古代長篇小說續書研究》（福州：福建師範大學中國古代文學研究所博士論文，2004年）

張振國撰：《傷時勸世　生新續奇——《續金瓶梅》價值重估》（濟南：山東師範大學中國古代文學研究所碩士論文，2003 年）

陳小林撰：《《續金瓶梅》研究》（長沙：湖南師範大學中國古代文學研究所碩士論文，2005 年）

陳智喻撰：《《金瓶梅》續書研究》（石家莊：河北師範大學中國古代文學研究所碩士論文，2010 年）

黃清順撰：《臺灣小說的後設之路——「後設小說」的理論建構與在臺發展》（臺北：國立臺灣師範大學國文研究所碩士論文，2003 年）

黃瓊慧撰：《世變中的記憶與編寫——以丁耀亢（1599-1669）為例的考察》（桃園：國立中央大學中國文學研究所碩士論文，2009 年）

劉玉林撰：《二十世紀《金瓶梅》傳播研究》（濟南：山東大學中國古代文學研究所碩士論文，2006 年）

賴慧娟撰：《丁耀亢戲曲傳承與創新之研究》（高雄：國立中山大學中國文學研究所碩士論文，2006 年）

五、外文著作

Martin W. Huang, *Snakes' Legs: Sequles, Continuations, Rewritings, and Chinese Fiction*, (Honolulu: University of Hawai'i Press, 2004)

國家圖書館出版品預行編目資料

後設現象：《金瓶梅》續書書寫研究

鄭淑梅著.－初版.－臺北市：臺灣學生，2014.09
面；公分（金學叢書第1輯；第14冊）

ISBN 978-957-15-1630-1 (精裝)

1. 金瓶梅　2. 研究考訂

857.48　　　　　　　　　　　　　　　103011453

後設現象：《金瓶梅》續書書寫研究

著　作　者：鄭　　　淑　　　梅
主　　　編：吳　敢　、　胡　衍　南　、　霍　現　俊
出　版　者：臺　灣　學　生　書　局　有　限　公　司
發　行　人：楊　　　雲　　　龍
發　行　所：臺　灣　學　生　書　局　有　限　公　司
　　　　　　臺北市和平東路一段七十五巷十一號
　　　　　　郵 政 劃 撥 帳 號：00024668
　　　　　　電　話：(02)23928185
　　　　　　傳　眞：(02)23928105
　　　　　　E-mail：student.book@msa.hinet.net
　　　　　　http://www.studentbook.com.tw

定價：精裝 16 冊不分售
　　　新臺幣 20000 元

二 〇 一 四 年 九 月 初 版

金學叢書 第一輯